Über die Autorin:

Veronica More ist in München geboren und auf-
gewachsen. Nach vielen turbulenten Jahren kehrte
sie der Großstadt den Rücken zu und erfüllte sich
mit ihrer Familie den Traum vom einsamen Haus
am Waldrand. Wenn sie nicht gerade schreibt oder
unzählige Bücher verschlingt, powert sie sich
am liebsten am Schlagzeug aus oder verbringt
ihre Freizeit mit ihrer Familie und
den Hunden in der Natur.

www.veronicamore.de

VERONICA MORE

BEHIND THE SALT LINE

ROMAN

Bibliografische Information der Deutschen Nationalbibliothek:
Die Deutsche Nationalbibliothek verzeichnet diese Publikation in der
Deutschen Nationalbibliografie; detaillierte bibliografische Daten sind
im Internet über http://dnb.d-nb.de abrufbar.

© 2021 by Veronica More
Deutsche Erstausgabe April 2021

Lektorat/Korrektorat: Cara Rogaschewski

Buchcoverdesign: Sarah Buhr / www.covermanufaktur.de
unter Verwendung Stockfotografien von Razvan Ionut
Dragomirescu / Shutterstock sowie Violin / Depositphotos
und dlyastokiv / Adobe Stock

Verlag & Druck: tredition GmbH
Halenreie 40-44, 22359 Hamburg

ISBN: 978-3-347-27976-6
ISBN: 978-3-347-27977-3

Für meine Familie,
die mit ihrer Liebe und Zuversicht
jeden Tag meines Lebens erhellt.

Dieses Buch enthält potenziell triggernde Themen. Deshalb findet ihr auf Seite 339 eine Triggerwarnung. Diese enthält Spoiler für das gesamte Buch.

Kapitel 1

»Liebes, würdest du bitte Mrs. Hopper nach hinten bringen?«

Während ihre Grandma sich wieder in den Anmelde-Unterlagen vertiefte, krempelte Hope die Ärmel hoch und schob den Neuankömmling ins Arbeitszimmer, dessen Tür hinter einem schweren, weinroten Samtvorhang versteckt war. Dort öffnete sie vorsichtig den Holzdeckel und betrachtete ihre neue Kundin.

Mrs. Hopper war blass, was auch kein Wunder war. Das hatten tote Menschen so an sich. Trotzdem sah die alte Dame friedlich aus, fast als würde sie schlafen.

»Lass mich dir kurz helfen«, sagte Grandpa Mike, der gerade aus dem Büro kam und langsam auf sie zuhumpelte. Seine Arthrose wurde von Tag zu Tag schlimmer. Das Alter hatte eben viele Tücken.

Gemeinsam hoben sie Mrs. Hopper aus dem Transportsarg und legten sie behutsam auf den Arbeitstisch.

»Danke, Grandpa.« Hope lächelte. »Den Rest schaff ich allein. Und wenn du im Büro Hilfe brauchst, sag Bescheid, okay?«

Ihr Großvater nickte und ein liebevolles Lächeln zog sich über sein altes Gesicht. »Ich sag's ja immer: Wenn wir dich nicht hätten ...« Damit verschwand er durch die Seitentür in das Büro.

Hope wandte sich wieder dem Leichnam der alten Dame zu. Sie trug ein verblichenes, fliederfarbenes Nachthemd und ihre Haare waren von der Anstrengung des Sterbens platt und zerzaust.

»Na, dann wollen wir mal, Mrs. Hopper«, sagte Hope, zog sich ihren alten Arbeitskittel und ein Paar schwarze Einmalhandschuhe an. Aus einer Schublade kramte sie ihr Handy, zusammen mit den Bluetoothkopfhörern hervor. Für diese Arbeit brauchte sie Motivationsmusik und kurz darauf ertönte »Like it or not« von Willa J.

Nachdem sie Wasser und Seife bereitgestellt hatte, entkleidete sie den Leichnam und wusch mit einem großen, weichen Schwamm den leblosen Körper im Takt der Musik. Für einen Moment keimte die Hoffnung in ihr auf, heute einmal in Ruhe arbeiten zu können.

»Das darf doch nicht wahr sein! Hast du denn überhaupt keinen Respekt?«, schallte es in diesem Moment empört durch den Raum.

Schwer seufzend zog sich Hope die Handschuhe aus, bevor sie ihre Kopfhörer abnahm.

»Hallo, Mrs. Hopper. Schön, Sie kennenzulernen.«

»Ich kann wohl nicht behaupten, dass die Freude auch meinerseits ist. Schließlich liege ich hier völlig entblößt auf einem Metalltisch und meine Haare sind eine einzige Katastrophe.«

Genervt pustete sich Hope ein paar ihrer rotblonden Haarsträhnen aus dem Gesicht. Warum waren Tote immer so anstrengend?

»So ist das nun mal, wenn man stirbt, Mrs. Hopper. Wenn Sie mich jetzt weiterarbeiten lassen, verspreche ich Ihnen, dass Sie bei Ihrer Beerdigung hervorragend aussehen werden«, wandte sie sich auffordernd an die alte Dame, doch diese rührte sich nicht vom Fleck.

Schockiert starrte sie die junge Frau an. »Du kannst mich sehen?«

»Ja, kann ich«, antwortete Hope und zuckte die Schultern. »Ist eine besondere Gabe. Darf ich jetzt bitte weiterarbeiten?«

Mrs. Hopper betrachtete einen Moment ihren leblosen Körper, schwebte dann quer durch das Zimmer und nahm auf dem Arbeitshocker aus schwarzem Leder Platz. Einen Augenblick später hallte ihr lautes Schluchzen durch den Raum.

Hope schloss die Augen und stöhnte. Damit war klar, dass es heute wieder länger dauern würde. Es gab Tage, da verfluchte sie ihre außergewöhnliche Fähigkeit.

Mit sechs Jahren hatte sie ihren ersten Geist gesehen. Anfangs war sie völlig verängstigt gewesen. Ihre Eltern hatten sogar verschiedene Experten kontaktiert. Doch als Hope eines Tages anfing, in den Sitzungen Nachrichten von verstorbenen Angehörigen an ihre Therapeuten weiterzuleiten, wollte schnell niemand mehr mit ihr arbeiten. Zu Beginn hatte Hope nicht verstanden, warum die Geister sie nicht in Ruhe ließen, aber bald stellte sich heraus, dass sie nur Hilfe suchten. Viele Seelen waren nach ihrem Tod so verwirrt, dass Hope ihnen zeigen musste, wohin sie gehen sollten. Sie sozusagen ins Licht führen. Andere wollten noch dringend eine Nachricht an ihre Hinterbliebenen loswerden, was nicht immer leicht war.

Nachdem sie die angsterfüllten Blicke der Menschen nicht mehr länger ertragen konnte, war sie auf anonyme Briefe umgestiegen. Das schien die beste Lösung für beide Parteien zu sein, die Geister waren zufrieden und hatten endlich die Möglichkeit weiterzuziehen.

Mrs. Hopper zählte mit ihrem Verhalten eher zu den verwirrten Seelen, die ihren Tod erst begreifen mussten.

»Alles in Ordnung bei Ihnen?«, fragte Hope den Geist der alten Dame mitfühlend. »Es tut mir sehr leid, dass Sie von uns gegangen sind. Ich kann verstehen, dass Sie das alles erst mal verarbeiten müssen.«

Die leicht durchsichtige Gestalt schniefte laut. »Kindchen, ich bin froh, dass ich diese Welt endlich verlassen kann. Schließlich sehe ich nun bald meinen geliebten Mann wieder.« Angewidert rümpfte sie die Nase. »Aber du wirst mir doch nicht allen Ernstes dieses Ding da anziehen.«

Mit einem ihrer dünnen, knochigen Zeigefinger deutete sie auf einen Kleidersack, der etwas abseits an der Tür eines kleinen Holzschrankes hing. Der geöffnete Reißverschluss gab den Blick auf einen eleganten, flaschengrünen Hosenanzug frei.

Das konnte doch jetzt nicht ihr Ernst sein. Ein Kleidungsdrama?

»Mrs. Hopper, denken Sie nicht, dass Sie ein wenig übertreiben? Sie sind schließlich tot und werden in ein paar Tagen begraben. Niemanden interessiert es, was Sie tragen.«

»Schätzchen, wenn du mal so weit bist, kannst du das gern selbst entscheiden. Ich jedenfalls will in meinem schönen, weinroten Kleid beerdigt werden. Das habe ich an unserer Goldenen Hochzeit getragen. Damals in Wien.« Bei der Erinnerung daran strahlten die Augen der alten Dame und sie blickte verträumt aus dem Fenster.

»Und wie stellen Sie sich vor, dass ich das machen soll, Mrs. Hopper?« Verärgert über diese pingelige Zeitgenossin verschränkte Hope die Arme vor der Brust. Das Ganze war mal wieder ein Job, der ihrem

Ruf als Freak absolut gerecht werden würde. Sollte sie sich das Kleid doch selbst holen.

»Ach, dir wird ganz bestimmt etwas einfallen.« Mrs. Hopper setzte sich direkt auf den Rand des Metalltisches und reckte trotzig das Kinn in die Höhe. »Ich jedenfalls werde hier erst weggehen, wenn ich das rote Kleid anhabe.«

Nicht zu fassen. Jetzt wurde sie auch noch von diesem nervtötenden Geist erpresst.

Hope schnaubte und verdrehte missmutig die Augen. Sie wusste, dass sie keine Wahl hatte. »Schon gut. Ich tue, was ich kann.«

Hätten sich die Angehörigen von Mrs. Hopper nicht an ein anderes Bestattungsinstitut wenden können? Verärgert riss Hope ein paar neue Einmalhandschuhe aus der Packung, um den Leichnam endlich fertig zu waschen, als ihre Grandma den Vorhang zum Empfangsbereich zur Seite schob und den Kopf hereinstreckte.

»Alles in Ordnung hier hinten?«

»Jaja, ist nur wieder etwas schwierig.«

Ihre Großmutter lächelte mitfühlend. »Oje. Schon wieder eine verwirrte Seele? Kann ich dir irgendwie helfen, Liebes?«

»Nein, ich glaube, das sollte ich allein machen. Mein Ruf ist eh schon ruiniert.«

Kaum hatte sie ausgesprochen, zog ihre Grandma sie fest in die Arme. »Ach Hope, nimm's nicht so schwer. Du musst das so sehen: Für diese Seelen bist du der letzte Mensch, mit dem sie sprechen können. Nur du kannst ihnen ihren letzten Wunsch erfüllen. Das ist eine wirklich großartige Fähigkeit.«

Hope ließ den Kopf auf die weiche Schulter ihrer Großmutter sinken und seufzte schwer. Im Grunde hatte sie recht. Eigentlich war es ein gutes Gefühl, den Verstorbenen zu helfen, damit sie das irdische Leben in Frieden hinter sich lassen konnten. Trotzdem war es oft anstrengend.

Wenigstens hatte Hope die seelische Unterstützung ihrer Großeltern. Zwei Menschen, die ihre besondere Gabe von Anfang an niemals infrage gestellt und ihr immer geglaubt hatten. Sie waren die einzig Lebenden, mit denen sie über ihre Erlebnisse mit den Verstorbenen sprechen konnte. Selbst ihre Eltern waren insgeheim überzeugt gewesen, dass mit ihrer Tochter etwas nicht stimmte. In ihrer Kindheit hatte sie zu viele imaginäre Begleiter gehabt. Nach dem Autounfall vor fünf Jahren, bei dem ihre Eltern ums Leben gekommen waren, änderte sich alles für Hope. Sie war es, die die beiden ins Licht schicken musste, und der Abschied brach ihr das Herz. In den nachfolgenden Monaten hatte sie sich immer mehr zurückgezogen, die Lebenden gemieden und nur noch mit ihren Großeltern oder den Geistern gesprochen.

»Was hat Mrs. Hopper denn für einen Wunsch?«, fragte ihre Grandma sanft und ihre tiefe, weiche Stimme holte Hope zurück ins Hier und Jetzt.

»Los, sag es ihr. Sie versteht mich bestimmt. Sei mir nicht böse, Kindchen, aber du bist einfach noch zu jung.«

Hope ignorierte den schnippischen Kommentar der alten Geisterlady und löste sich langsam von ihrer Großmutter. »Sie möchte in einem bestimmten Kleid beerdigt werden.«

»Na, wenn das alles ist. Das kann ich gern für dich übernehmen«, meinte diese und strich ihr liebevoll über den Kopf. »Mrs. Hoppers Tochter ist eine nette Frau, die wegen des Todes ihrer Mutter ziemlich durcheinander ist. Ich denke, da kann ich sicher etwas tun.«

»Danke, Grandma.« Hope atmete tief durch, bevor sie sich widerwillig an ihre geisterhafte Kundin wandte. »Wo ist denn das Kleid genau?«

Die alte Dame lächelte triumphierend. »In meinem Haus natürlich. Erster Stock, zweite Tür rechts, in dem antiken Holzschrank. Der war ein Hochzeitsgeschenk von einem sehr guten Freund.«

Aus einer der Schubladen kramte Hope einen Zettel hervor, notierte die erhaltene Antwort und reichte ihn ihrer Großmutter.

»In Ordnung. Ich kümmere mich gleich darum«, erwiderte diese beruhigend. »Und, Liebes … mach für heute Schluss. Grandpa und ich schaffen das schon«, fügte sie lächelnd hinzu.

»Bist du sicher? Seine Arthrose scheint heute wieder besonders stark zu sein.« Auf keinen Fall wollte Hope die beiden im Stich lassen. Lieber ertrug sie dafür Mrs. Hoppers nervige Anwesenheit.

»Ja, ich bin mir sicher. Also, mach dir einen schönen Abend. Geh doch mal wieder unter Menschen. Du bist so eine liebenswerte, hübsche junge Frau. Wie willst du denn jemals einen Mann finden, wenn du immer nur allein zu Hause sitzt?«

»Ach, Grandma. Ich weiß, dass du es nur gut meinst, aber ich will gar keinen Typen kennenlernen. Mein Leben ist so schon kompliziert genug.«

Als Hope kurz darauf ihre schwarze Strickjacke angezogen und das Handy in der Tasche verstaut hatte, wandte sie sich ein letztes Mal um. »Ich hoffe, sie sind jetzt zufrieden, Mrs. Hopper. Wir sehen uns dann morgen wieder.«

»Ich bin erst zufrieden, wenn ich mein Kleid anhabe.«

Kopfschüttelnd verließ Hope das Bestattungsinstitut und trat durch die schwere Eingangstür hinaus auf die Straße. Sie schnappte nach Luft, als ihr die stehende Hitze des Sommerabends entgegenschlug.

Das Institut war stets gut klimatisiert. Ein bisschen wie in einem Kühlschrank. Anders würde der Verwesungsprozess der Leichen viel schneller einsetzen und der Geruch wäre nicht auszuhalten.

Erneut holte Hope ihre Kopfhörer aus der Jackentasche und verknüpfte sie mit dem Handy.

Gerade wollte sie sie aufsetzen, da spürte sie einen eisigen Luftstoß auf der Haut.

»Hey, du willst uns doch nicht etwa ausknipsen, oder?«

Bei der ihr wohlbekannten, dunklen Stimme zuckte sie mit den Mundwinkeln und ein Lächeln stahl sich auf ihre Lippen.

»Klar, wieso nicht?«, antwortete sie grinsend, als zwei Geister vor ihr auftauchten und laut schimpfend um sie herumschwebten.

Trudy und Jim waren seit über vier Jahren ihre stetigen Begleiter. Bei den beiden handelte es sich um sogenannte unruhige Seelen, die die Welt der Lebenden nicht verließen. Hope hatte sie entdeckt, als die zwei im Bestattungsinstitut alle Frischlinge mit Horrorgeschichten über das Leben danach erschreckt hatten. Dass Geister noch blasser werden konnten, als sie ohnehin schon waren, war ihr bis dahin fremd gewesen. Auch wenn es ab und zu lustig war, ihre Spielchen zu beobachten, hatte sie Mitleid mit den armen Seelen gehabt und sich Trudy und Jim eines Abends vorgeknöpft.

Seit diesem Tag kamen die beiden immer wieder zu ihr und versorgten sie mit aktuellen News aus der Geisterwelt und dem neuesten Klatsch und Tratsch der Lebenden. In den letzten Jahren waren ihr die zwei quirligen Gestalten ans Herz gewachsen und es entstand eine enge Freundschaft zwischen den dreien.

»War doch nur ein Witz«, besänftigte Hope die wild umherschimpfenden Erscheinungen. »Erzählt mir lieber, was es Neues gibt.«

Abrupt blieb Trudy in der Luft stehen, woraufhin Jim ungebremst gegen sie krachte.

»Autsch! Du Trampel! Hast du keine Augen im Kopf?«, schimpfte die Geisterfrau und zupfte sich ihre langen, blonden Locken zurecht.

»Wer macht denn bitte ohne Grund eine Vollbremsung?«, zeterte Jim zurück. »Typisch Frau«, fügte er abfällig hinzu.

Die Geisterblondine stemmte die Hände in die Hüfte. »Ach ja? Ich sage nur: Typisch Mann. Blind wie ein Fisch.«

»Schluss damit. Wollt ihr mir jetzt was erzählen, oder nicht?«, unterbrach Hope die zwei Streithähne.

Von Anfang an hatten sich die beiden gezankt, trotzdem waren sie ein Herz und eine Seele, wenn es darauf ankam. Na ja, eher nur eine Seele.

Nach einem weiteren giftigen Blick zu Jim wandte sich Trudy an Hope. »Es gibt tatsächlich was Neues. Meine Schwester will heiraten!«

»Na, das ist doch schön für sie. Ihr solltet euch nur das Spuken auf der Hochzeit verkneifen«, antwortete Hope, während sie zügig die Straße entlangspazierte. So gern sie Trudy und Jim auch mochte, nach der anstrengenden Mrs. Hopper wünschte sie sich nichts mehr als eine erfrischende Dusche und ihre Couch.

»Trudy hat aber was gegen den Bräutigam.« Bei diesen Worten flog Jim einmal um seine Geisterfreundin herum, die daraufhin wild mit den Armen in der Luft herumwedelte, als würde sie eine lästige Fliege verscheuchen.

»Der ist ja auch zum Kotzen«, sagte sie angewidert. »Ständig schaut er anderen Frauen hinterher. Und meine Schwester merkt das nicht mal! Der ist doch zum Fremdgehen geboren!« Sogar im Sonnenlicht erkannte Hope die leichte Rötung in Trudys verärgertem Gesicht.

»Ach, Mädels«, winkte Jim ab. »Ihr versteht das einfach nicht. Männer sind nicht für Monogamie gemacht. Wir müssen die Welt vor dem Aussterben retten und deshalb unsere Spermien verbreiten.«

Trudy holte aus und schlug ihm kräftig gegen die Schulter. »Du blöder Macho.«

»Ich weiß nicht, Jim«, mischte sich Hope ein. »Vielleicht war das vor Millionen von Jahren so. Heute ist die Welt doch eher überbevölkert. Solltet ihr Männer euch da nicht lieber einen Knoten in eure Lieblinge machen?«

Trudy brach in schallendes Gelächter aus. Auch Hope konnte sich nicht mehr zurückhalten und prustete ebenfalls los.

Jim verzog das Gesicht und sah die beiden beleidigt an. »Ach, ihr habt doch keine Ahnung.«

Den Rest des Weges war er auffällig ruhig. So konnten Trudy und Hope ungestört über den unerwünschten Verlobten herziehen. Jim würde sich schon wieder beruhigen. Es war keine Seltenheit, dass einer der beiden Geister den Beleidigten mimte.

An der Wohnungstür angekommen, verabschiedete sich Hope von ihren Freunden. Wie der Blitz sausten sie durch die Wand des Mehrfamilienhauses davon. Als sie die Tür hinter sich schloss, lehnte Hope sich für einen Moment mit dem Rücken dagegen und nahm einen tiefen Atemzug. Endlich Ruhe für heute. Mit Schwung kickte sie ihre schwarzen Boots von den Füßen und hängte die Strickjacke an den metallenen Garderobenständer. Dann schleppte sie sich in die Küche, holte das Salz aus dem Schrank und machte sich daran, alle Fenster und Türen zu kontrollieren.

Jeden Tag wieder dankte sie im Stillen der Serie *Supernatural*. Erst durch die Winchester-Brüder hatte sie von dem Trick mit dem Salz erfahren. Natürlich hatte sie den Tipp gleich ausprobiert und siehe da, es funktionierte. Seitdem war Hopes Wohnung ihre persönliche Ruhe-Oase, zu der kein Geist mehr Zugang hatte.

Nachdem sie sicher war, dass sie das Salz überall an den richtigen Stellen verteilt hatte, schaltete sie Musik an und zog sich erschöpft die verschwitzten Klamotten aus. In ihrem winzigen Badezimmer stellte sich Hope unter die kühle Dusche. Eine ganze Weile ließ sie das Wasser über ihren Körper laufen. Erst, als ihre Haut schon schrumpelig war, trocknete sie sich ab und betrachtete ihr Spiegelbild.

Im Grunde hatte Grandma recht. Mit den großen graublauen Augen und den hellbraunen Sommersprossen, die sich über ihre Stupsnase und die weich geschwungenen Wangenknochen verteilten, sah Hope genauso aus wie ihre Mutter. Sie hätte bestimmt kein Problem, jemanden kennenzulernen.

Und wenn schon. Schnell griff sie nach einem kleinen Handtuch und rubbelte damit durch ihre schulterlangen Haare. Es war vollkommen egal, wie sie aussah. Niemand wollte mit einem Freak wie ihr zusammen sein. Ihre ungewöhnliche Gabe würde immer nur viele Fragen aufwerfen und auf diesen Beziehungsstress konnte sie gut verzichten.

Mit sechzehn Jahren hatte sie es einmal versucht. Tom war ein Klassenkamerad gewesen und hatte schon eine ganze Weile Interesse an ihr gezeigt. Er war ihre erste große Liebe gewesen. Doch als er sie eines Tages dabei überrascht hatte, wie sie mitten auf der Straße mit der Luft diskutierte, hatte er sie sitzen lassen. Auch Hopes Erklärungsversuche hatten nicht geholfen. Wer glaubte einem schon, dass man sich mit seinen Geisterfreunden unterhielt. Toms Blick damals würde sie niemals vergessen. Schockiert und abwertend zugleich. Als hätte er nie etwas für sie empfunden.

Nein, das brauchte sie nicht noch einmal. Da blieb sie lieber allein. Außerdem hatte Hope genug mit all den hilfesuchenden Seelen um sich herum zu tun. Bei diesem Gedanken fiel ihr Mrs. Hopper wieder ein und sie schüttelte sich. Um die alte Lady würde sie sich morgen kümmern.

Im Vorbeigehen schnappte sich Hope ein lockeres, graues Sweat-Kleid, schlüpfte hinein und ließ sich erschöpft auf ihre Couch plumpsen. Für heute hatte sie definitiv genug von Geistern.

Kapitel 2

Liam vergrub die Hände in den Taschen seiner schwarzen Jeans, während er weiter die Hauptstraße entlang schlenderte. Die Sonne war fast untergegangen und die großen geschwungenen Straßenlaternen würden jeden Moment anspringen, um ihr goldenes Licht zu verbreiten.

Der Abend war immer Liams Lieblingszeit gewesen, selbst vor seinem Tod. Wie ein feiner Schleier breitete sich die Dunkelheit über der Stadt aus und die Hitze des Tages verblasste, um der angenehmen Kühle der Nacht Platz zu machen. Die Menschen krochen aus ihren Wohnungen, tummelten sich in den Cafés und Bars, die die ganze Straße mit ihrer Musik beschallten. Gläser klirrten, der Duft von Alkohol erfüllte die Luft und die Stimmen der lachenden Gäste hallten durch die Gassen. Manchmal kam es Liam so vor, als würden alle zusammen eine große Party feiern.

Die lauten Schläge der Kirchenglocken ließen ihn aufhorchen und er hob den Blick zur Turmuhr.

Gleich zehn Uhr. Er musste sich beeilen, wenn er sie heute sehen wollte. Vorbei an den vielen Tischen und Stühlen, die auf dem Bürgersteig vor jedem Laden aufgebaut waren, bahnte sich Liam seinen Weg durch die Menge. Wie gewohnt bog er an der nächsten Kreuzung links ab und steuerte zielstrebig auf ein blassgelbes, vierstöckiges Haus zu. Ein schmaler Durchgang führte ihn in einen kleinen gepflasterten Hinterhof, in dem einige Fenster mit Blumenkästen dekoriert waren. Unter den winzigen Balkonen mit ihren geschwungenen Metallgittern blieb er stehen, drückte sich mit den Füßen ab und schwebte hinauf bis zum vierten Stock. Genau in dem Moment, als Liam sich auf das Balkongitter sinken ließ, hörte er das dumpfe *Plopp* eines Sektkorkens. Das nannte er Timing. Mit einem triumphierenden Lächeln trat er näher an die Scheibe der Balkontür heran.

In einem hellen, modernen Wohnzimmer mit dunklem Laminatboden hatten es sich drei junge Frauen auf großen, pinken Sitzkissen bequem gemacht, die im Kreis um einen runden Glastisch auf dem Boden lagen. Außer ihren Handys waren auf dem Tisch vier Sektgläser verteilt. Ihr ausgelassenes Gelächter war trotz der basslastigen Musik durch die geschlossene Balkontür zu hören.

Erwartungsvoll ließ er seinen Blick über die Gesichter schweifen und runzelte dann die Stirn. Wo war Jenny? Doch genau in diesem Moment öffnete sich die Tür zum Wohnzimmer und eine schlanke Frau mit langen, schwarzen Haaren trat herein. Liam seufzte zufrieden. Er hatte schon befürchtet, heute nicht auf seine Kosten zu kommen.

In den Händen hielt Jenny die Sektflasche, deren Öffnen er eben gehört hatte. Mit begeisterten Rufen griffen die Freundinnen nach ihren Gläsern und hoben sie in die Höhe. Eine ganze Weile wurde gelacht und getratscht. Plötzlich stand Jenny auf und öffnete die Balkontür. Sofort drangen die klaren Stimmen der Frauen nach draußen. Nur wenige Zentimeter trennten Liam jetzt von der hübschen Schwarzhaarigen, doch ihr Blick glitt, wie immer, einfach durch ihn hindurch.

»Puh, ganz schön heiß hier drin«, sagte sie und fächelte sich mit der Hand Luft zu.

»Ja, am liebsten würde ich gar nichts anziehen heute Abend«, entgegnete Mary, eine kleine vollschlanke Blondine.

Tina, die ihre langen Beine im Schneidersitz verschränkt hatte, warf kichernd ein: »Überleg's dir. Da würden die Typen sicher Schlange stehen.«

Schlagartig schoss Mary die Röte ins Gesicht und sie nippte verlegen an ihrem Glas. Lachend schaltete sich Naomi ein, die sich ihr kurzes, knallrotes Haar zurechtzupfte. »Vielleicht wäre das ja eher was für dich, Tina. Wir wissen doch alle, dass du die größte Bitch von uns bist.«

Tina zuckte nur die Schultern und grinste frech. »Ich genieße und schweige, Mädels.«

Daraufhin brachen alle in schallendes Gelächter aus und hoben gemeinsam ihre Gläser.

»Auf uns!«, riefen sie im Chor und kicherten.

Die ganze Zeit über beobachtete Liam amüsiert die lockere Runde. Jeden Freitagabend trafen sich die Freundinnen in Jennys Wohnung, um dann zusammen um die Häuser zu ziehen. Vor ein paar Monaten hatte er die Gruppe zufällig getroffen und sich den heißen Ladys sofort angeschlossen. Seitdem war er jedes Wochenende hier zu finden, um sich sein Geisterleben ein wenig zu versüßen.

Nach einer Weile sah Jenny auf ihre Armbanduhr. »Wir sollten langsam los, Mädels. Ich zieh mich noch schnell um. Bin gleich wieder da.« Mit diesen Worten verschwand sie aus dem Wohnzimmer.

Endlich. Liam hatte schon Angst gehabt, sie würden die Wohnung heute gar nicht mehr verlassen. Ein Fenster weiter ging das Licht an und er schwebte eilig hinüber. Genau im richtigen Moment, denn Jenny zog gerade ihr Top über den Kopf aus. Oh ja, das war der beste Teil der Wochenendvorbereitung.

***

Eine knappe Stunde später saßen die Freundinnen an einem der vielen Tische im *Piña Colada*, einer karibisch dekorierten Bar an der Hauptstraße. Die riesigen Lautsprecher, die in den Ecken aufgehängt waren, beschallten den Innen- und Außenbereich mit lateinamerikanischen Sommerhits. Anstelle von Sekt tranken die jungen Frauen jetzt fruchtige, mit bunten Schirmchen geschmückte Cocktails.

Liam hielt sich gerne hier auf, denn die ausladende Strand-Dekoration ermöglichte es ihm, auf einer Palme oberhalb der Tische Platz zu nehmen. So hatte er alles im Blick und brauchte sich nicht durch die Menge zu kämpfen. Früher wäre er mitten im Partygetümmel zu finden gewesen, meistens mit mehr Alkohol im Blut, als er vertragen konnte, und mehr als einer heißen Frau in den Armen. Doch seit seinem Tod hatte sich einiges geändert.

Er hasste es, wenn die Leute direkt durch ihn hindurchgingen. Jedes Mal hatte er das Gefühl, als würde ihm diese fremde Person wortwörtlich in die Seele greifen. Nein, darauf konnte er verzichten. Da saß er lieber hier oben auf der Palme und schwebte über den Dingen.

Gegen ein Uhr morgens erreichte die Party ihren Höhepunkt und Liam beobachtete amüsiert, wie die grottenschlechten Anmachsprüche der aufgepumpten Männer von Stunde zu Stunde besser bei den Frauen ankamen, was allein dem steigenden Alkoholpegel zuzuschreiben war. Genau das hatte er früher an den Wochenenden ebenfalls ausgenutzt, wobei man ihn selbst tagsüber selten nüchtern angetroffen hatte. Anders wäre sein Leben nur schwer zu ertragen gewesen. Er hatte niemals zu den Glückspilzen gehört, für die das Schicksal jede Menge Spaß und Erfolg parat hielt.

Ein helles Lachen riss Liam aus seinen deprimierenden Gedanken und er suchte mit den Augen die Menge ab. Auf einem Barhocker direkt an der Theke erspähte er Jenny. Vor ihr ein muskulöser Latinotyp, der ihr etwas ins Ohr flüsterte, das ihr zu gefallen schien. Liam schnaubte belustigt. Dieser alte Trick, seiner Flirtpartnerin beim Sprechen so nah zu kommen und dabei zufällig mit den Lippen ihre Haut zu berühren, funktionierte zu dieser späten Stunde so gut wie immer.

Bei dem Gedanken seufzte Liam frustriert. Das war eines der wenigen Dinge, die ihn an seinem momentanen Zustand störten. Es war ihm nicht möglich, etwas anzufassen. Jedes Mal, wenn er es versuchte, glitt seine Hand durch den Gegenstand hindurch. Sogar nach dem Tod wollte ihm das Schicksal nichts gönnen.

Erneut blickte er hinunter zur Theke, an der Jenny und ihr neuer Verehrer einen Shot tranken. Jetzt hatte der Typ sie gleich so weit. Kaum hatte Liam den Gedanken zu Ende gedacht, sahen sich die beiden tief in die Augen und standen auf. Die junge Frau winkte ihren Freundinnen zu und verließ die Bar im Arm ihrer neuen Eroberung.

Das würde sich Liam nicht entgehen lassen. Zügig schwebte er über die Menge hinweg auf die

Straße. Ein kurzer Blick nach links und rechts, da hatte er das frische Paar schon entdeckt. Wie erwartet waren sie auf dem Weg zu Jennys Wohnung. Dieser schmierige Kerl war so berechenbar. Damit konnte er sich gleich im Anschluss an den ganzen Spaß wieder aus dem Staub machen. Jetzt, da Liam darüber nachdachte, fiel ihm auf, dass das so gesehen eine echt miese Nummer war, doch genauso hatte er es zigmal abgezogen. Er zuckte die Schultern. Im Grunde waren die Frauen selbst schuld. Wer sich auf so einen Schleimer einließ, konnte nichts anderes erwarten. Ob Jenny das auch klar war, würde Liam heute Nacht herausfinden.

Allein die Hauptstraße entlang dauerte eine gefühlte Ewigkeit. Immer wieder blieb das frisch gefundene Paar stehen und knutschte, als gäbe es kein Morgen. Liam legte den Kopf in den Nacken und seufzte ungeduldig. Er dachte darüber nach, schon einmal vorauszufliegen und in der Wohnung auf die beiden zu warten, da zogen die Stimmen zweier streitender Geister auf der gegenüberliegenden Straßenseite seine Aufmerksamkeit auf sich.

Neugierig sah er zu ihnen hinüber. Gleichgesinnte traf Liam nicht oft, was daran lag, dass die meisten Verstorbenen den Weg ins Licht wählten und nicht wie er planlos durch die Welt der Lebenden spukten. Unauffällig schwebte er auf Höhe der Straßenlaternen und näherte sich den schimmernden Gestalten. Jenny und ihren Lover holte er bei deren lahmem Tempo auch später noch rechtzeitig ein.

»Jim! Wie kannst du nur so über sie reden?«, fragte die blonde Geisterfrau empört.

Der schlaksige, männliche Geist neben ihr hob nur lässig die Schultern. »Wieso? Ich hab doch nur gesagt, dass sie es dringend mal wieder nötig hätte. Mal ehrlich, immer selbst Hand anlegen ist auf Dauer nicht gesund. Schau dich zum Beispiel an, Trudy.«

Daraufhin traf ihn ein heftiger Schlag auf den Oberarm. »Du bist echt ein Arsch. Das kann sie doch wohl selbst entscheiden. Und wenn sie es so will, dann ist es eben so. Übrigens lege ich lieber selbst Hand an, als dass ich einen Vollhonk wie dich in mein Bett lasse, der sowieso keine Ahnung davon hat, was Frauen wirklich wollen.«

Jim schnaubte abfällig und fuhr sich betont lässig durch seine schwarzen, nach hinten gegelten Haare. »Jede Frau würde sich glücklich schätzen, mich im Bett zu haben. Hat sich noch nie eine beschwert.«

»Die zwei armen Mädels waren ja auch blind«, konterte die Blondine frech. »Jedenfalls mache ich mir Sorgen um sie«, fügte sie schnell hinzu, bevor ihr Begleiter weitersprechen konnte. »Bald ist ihr Geburtstag und bis auf uns hat sie nun mal keine

Freunde. Sie kann wirklich froh sein, dass sie als Lebende mit Geistern sprechen kann, sonst wäre sie mit ihren Großeltern völlig allein.«

Liam horchte auf. Eine Frau, die mit Toten reden konnte? Ein wenig abseits sank er auf den Bürgersteig und flog auf die beiden Gestalten zu.

»Hi«, fing er an und zog damit sofort ihre Aufmerksamkeit auf sich.

Jim verzog das Gesicht zu einem begeisterten Lächeln. »Hey. Endlich mal wieder ein Gleichgesinnter. Wer bist du, Kumpel?«

»Liam«, stellte er sich kurz vor.

»Ich bin Jim und meine anstrengende Freundin hier ist Trudy.« Ohne sie eines Blickes zu würdigen, deutete er lässig neben sich.

Die Geisterblondine verengte die Augen zu Schlitzen und fuhr ihn wütend an, »Erstens bin ich nicht deine Freundin, sondern nur eine Freundin, wenn überhaupt, und zweitens kann ich mich selbst vorstellen.«

Liam hob die Augenbrauen. Er wusste nicht recht, wie er mit der Dynamik zwischen den beiden umgehen sollte.

»Sorry«, versuchte er es daher freundlich. »Ich hab euer Gespräch gerade mitbekommen.«

»Ja und?«, antwortete Trudy augenblicklich und beäugte ihn misstrauisch.

»Ihr sagtet etwas von jemandem, der mit Geistern sprechen kann. Meint ihr das ernst?«

Jim sauste einmal um die nächste Straßenlaterne, flitzte zu ihnen zurück und grinste. »Klar, sie kann uns sogar sehen. Und heiß ist sie auch noch.«

»Jim!«, fauchte Trudy und wandte sich wieder Liam zu. »Sie ist unsere Freundin und hilft verlorenen Seelen.«

Seine Neugier war geweckt. Seit über vier Jahren führte er nun dieses Geisterdasein und noch nie hatte er erlebt, dass Menschen tatsächlich mit Geistern in Kontakt treten konnten. Alle medial veranlagten Leute, die er bisher abgeklappert hatte, waren Scharlatane gewesen. Doch diese beiden Seelen schienen es ernst zu meinen. Liam musste diese Frau unbedingt kennenlernen.

»Wo kann ich sie finden?«, erkundigte er sich aufgeregt.

»Warum?«, kam es schlagartig von der Blondine, die ihn weiterhin misstrauisch betrachtete. »Brauchst du etwa Hilfe?«

»Äh ... nein.« Er biss sich auf die Unterlippe. Diese Geisterfrau verhielt sich wie ein Pitbull, der sein Frauchen beschützte. Er musste geschickter vorgehen, um eine Antwort zu erhalten. »Also ... nicht ich brauche Hilfe, sondern ... ein Freund von mir. Er möchte ins Licht, weiß aber nicht, wie.« Ratlos hob Liam die Schultern. »Und ich kann ihm leider auch nicht sagen, wo's langgeht.«

»Hey, Trudy«, mischte sich Jim auf einmal in das Gespräch ein. »Entspann dich mal. Liam braucht

Hilfe. Das ist doch Hopes Job, oder?«

Die Geisterfrau verschränkte die Arme vor der Brust und zog eine Schnute, wie ein trotziges Kind. Schließlich verdrehte sie seufzend die Augen und nickte widerwillig.

»Na, also«, setzte Jim zufrieden fort und wandte sich wieder an Liam. »Du findest sie am besten im *Crossroads*, dem Bestattungsinstitut ihrer Großeltern. Etwas außerhalb der Stadt. Richte ihr einen Gruß von uns aus, vielleicht bevorzugt sie dich dann.« Er zwinkerte ihm zu und stieß ihn dabei freundschaftlich mit der Schulter an.

»Ok, danke ... dann ... geh ich jetzt zu meinem Freund und überbring ihm die gute Nachricht.« Zum Abschied hob er die Hand und flog eilig davon.

Gedankenverloren ließ sich Liam auf der Dachterrasse eines fünfstöckigen Firmengebäudes nieder und betrachtete die flimmernden Lichter der Stadt.

Dieses Geisterpärchen war ihm suspekt, aber wenigstens hatte er am Ende die gewünschte Auskunft erhalten. Sollten die beiden tatsächlich die Wahrheit gesagt haben, würde die Begegnung mit dieser geistersehenden Frau sicher spannend werden. Und wenn sie so heiß war, wie Jim behauptet hatte, konnte das auch nicht schaden.

Kapitel 3

»Mistwetter«, schimpfte Hope und zog sich die tropfnasse Kapuze ihrer schwarzen Jacke vom Kopf. Den ganzen Weg zum Bestattungsinstitut war sie durch den strömenden Regen gelaufen.

Hope hasste dieses Wetter. Natürlich war ihr klar, dass die Natur den Regen brauchte, aber für ihre Haare war er eine einzige Katastrophe. Sobald sie nur ein wenig Feuchtigkeit abbekamen, verwandelte sie sich innerhalb kürzester Zeit in einen Pudel. Darauf konnte sie gern verzichten. Bei diesem Wetter verirrten sich nicht einmal ihre Geisterfreunde nach draußen. Sie meinten, es fühlte sich an, als schlängelten sich hunderte kleiner glitschiger Schlangen durch ihre Körper, wenn die dicken Regentropfen durch sie hindurchglitten.

Schimpfend knöpfte sie ihren durchnässten Mantel auf, ließ ihn über die Schultern gleiten und schüttelte ihn unter dem Vordach des Eingangsbereiches kräftig aus.

»Hör auf zu meckern, Kindchen, und komm endlich herein. Ich muss dir was zeigen.«

Bei dem Klang von Mrs. Hoppers aufdringlicher Stimme fuhr Hope zusammen und ließ daraufhin genervt die Schultern hängen. Den ganzen Morgen hatte sie die alte Dame erfolgreich aus ihren Gedanken verbannt. Hoffentlich hatte ihre Grandma das Kleid für die Beerdigung bereits besorgt, sonst würde das ein langer anstrengender Arbeitstag werden.

In diesem Moment steckte die blasse Gestalt erneut den Kopf durch die geschlossene Tür. »Wo bleibst du denn?«, fragte sie ungeduldig und bedachte Hope mit einem auffordernden Blick.

»Ich komm ja schon, Mrs. Hopper«, antwortete sie seufzend und setzte ein gezwungenes Lächeln auf, als sie den Eingangsbereich betrat und ihre Jacke an die Garderobe hängte. »Was gibt es denn so Wichtiges, das keine Sekunde länger warten kann?«

Bei dem entrüsteten Blick der alten Geisterlady rechnete Hope mit einer Standpauke über ihren patzigen Tonfall, doch Mrs. Hopper schnaubte nur, reckte das Kinn in die Höhe und flog durch den Vorhang ins Hinterzimmer. Bevor sie der Erscheinung folgen konnte, schwang die Tür zur Garage auf und ihr Großvater humpelte heraus.

»Guten Morgen«, begrüße er sie lächelnd. »Wie geht's dir heute?«

»Morgen, Grandpa«, erwiderte Hope und drückte ihm liebevoll einen Kuss auf die Wange. »Ganz gut und dir? Kein gutes Wetter für deine Arthrose, oder?«

Er bedachte sie mit einem warmherzigen Blick. »Ach, das ist schon in Ordnung. Es gibt immer wieder schlechtere Tage. So ist das eben, wenn man alt wird.«

»Wo ist Grandma?«, erkundigte sich Hope. »Weißt du zufällig, ob sie wegen des Kleides schon bei den Hoppers war?«

Bedauernd schüttelte er den Kopf. »Leider nein. Als ich gestern Abend nach Hause kam, hat sie schon geschlafen.« Ächzend sank er auf den Bürostuhl im Empfangsbereich. »Sie müsste eigentlich im Zeremonienzimmer sein, wollte noch das Blumenarrangement umstellen. Meine Anordnung hat ihr mal wieder nicht gefallen.« Ihr Großvater zwinkerte amüsiert und Hope lächelte.

»Dann geh ich sie mal suchen«, verabschiedete sie sich. »Vielleicht braucht sie Hilfe.« Damit schob sie den schweren Vorhang zur Seite und öffnete die Tür zum Hinterzimmer, wo ihr augenblicklich eine schrille Stimme entgegenschlug.

»Wenn jemand zu dir sagt, er möchte dir etwas zeigen, dann meint er sofort. Merk dir das, Schätzchen.« Die Arme vor der Brust verschränkt, saß Mrs. Hopper auf einem der Holzstühle und hatte die Stirn in Falten gelegt.

»Entschuldigung, ich hatte noch etwas mit meinem Großvater zu besprechen. Und da es bei Ihnen wahrscheinlich nicht um Leben und Tod geht ...« Empört zog die alte Lady die Augenbrauen hoch und schnappte nach Luft, doch Hope ließ sie nicht zu Wort kommen. »Was wollten sie mir denn nun zeigen, Mrs. Hopper?«

Nachdem sich die aufgebrachte Erscheinung wieder beruhigt hatte, räusperte sie sich und schwebte zu einem dunkel glänzenden Holzsarg, der im hinteren Teil des Raumes auf einem rollbaren Metallgestell stand.

»Wärst du so freundlich?« Sie deutete mit dem Zeigefinger auf die Öffnung des Sarges.

Vorsichtig klappte Hope die obere Hälfte des Deckels hoch. Zum Vorschein kam der Leichnam der alten Dame. Die Hände friedlich auf dem Bauch gefaltet, ruhte ihr Körper auf dem cremeweißen Seidenkissen. Die dezente Schminke verlieh der Toten eine gesunde Gesichtsfarbe und das lange, weinrote Kleid mit den Rüschenärmeln lag in fließenden Wellen über ihrem Oberkörper.

Hope lächelte. Da hatte Grandma ihr mal wieder die ganze Arbeit abgenommen. Dafür würde sie später die gefüllten Pralinen besorgen, die sie so gerne mochte.

»Sie hatten recht, Mrs. Hopper. Das Kleid steht Ihnen tatsächlich sehr gut. Freut mich, dass wir helfen konnten«, wandte Hope sich an die Geisterdame.

»Helfen? Hast du überhaupt richtig hingesehen, Kindchen?« Aufgeregt fuchtelte die alte Dame mit den Händen vor dem Kopf ihres Leichnams herum. »Hast du dir mal meine Frisur angesehen? Das ist eine Tragödie!«

Fragend zog Hope eine Augenbraue hoch und betrachtete die ordentlich zurückgekämmten Haare der Toten, die hinter den Ohren mit goldenen Haarklammern festgesteckt waren. »Was ist daran nicht in Ordnung?«

»Oh Gott, ich bin umgeben von Banausen.« Kopfschüttelnd ließ sich Mrs. Hopper auf dem unteren Teil des Sarges nieder. »Im Grunde kann ich nichts anderes erwarten. Die Frisuren und der Kleiderstil von dir und deiner Großmutter beweisen eindeutig, dass in diesem Haus auf Mode kein Wert gelegt wird.« Hope klappte die Kinnlade herunter. Fassungslos blinzelte sie den schimpfenden Geist an.

Doch Mrs. Hopper war noch nicht fertig. »Die Wellen dieses wunderschönen Kleides müssen sich in der Frisur widerspiegeln, Kindchen. Sie gehören nach vorne über die Schultern gelegt. Ich habe schließlich nicht mein ganzes Leben diese seidigen Haare gepflegt, um sie jetzt hinter meinem Kopf zu verstecken.«

Für einen Moment schloss Hope die Augen und atmete tief durch. Diese Seele raubte ihr noch den letzten Nerv. Das Regenwetter drückte heute sowieso schon gewaltig auf ihre Stimmung, da brauchte sie nicht auch noch ein Modedrama mit dieser verstorbenen alten Schreckschraube. Genau genommen war sie aber eine Kundin, also presste Hope die Lippen zusammen und zwang sich, den aufkeimenden Groll hinunterzuschlucken.

»In Ordnung, Mrs. Hopper. Ich werde mich später darum kümmern. Jetzt muss ich erst mal meiner Großmutter helfen.« Mit diesen Worten marschierte sie entschlossen Richtung Zeremonienzimmer.

Gerade legte sie die Hand an die Türklinke, da flog die alte Dame blitzschnell von hinten durch sie hindurch und baute sich direkt vor ihr auf. Ein eisiger Schauer lief Hope den Rücken hinunter und sie schüttelte sich unwillkürlich, während sich die Gänsehaut bis in ihre Zehenspitzen ausbreitete. Sie hasste es, wenn die Seelen einfach durch sie hindurchflogen.

Die Erscheinung plusterte sich auf und flackerte vor Wut. »Du wirst mich jetzt nicht einfach hier stehenlassen, Schätzchen! Ihr habt einen Fehler gemacht und ich verlange, dass er sofort behoben wird!«, protestierte sie aufgebracht.

»Jetzt reicht's, Mrs. Hopper!«, fuhr Hope ihr blasses Gegenüber an. »Ich werde mich später um Ihre Frisur kümmern und wenn Sie mich jetzt nicht sofort in Ruhe lassen, werde ich Ihrem Leichnam persönlich die Haare abrasieren.«

Ohne ein weiteres Wort, dafür mit einem schockierten Gesichtsausdruck, schwebte die Geisterlady zur Seite und gab die Tür frei.

***

Erschöpft ließ sich Hope auf die schwarze Ledercouch im Empfangsbereich fallen. Was war das heute nur für ein Tag? Zum Glück war jetzt Mittagspause und sie konnte sich eine Stunde zurückziehen.

Nachdem sie ihrer Großmutter mit den Blumengestecken geholfen hatte, war sie zurück zu Mrs. Hopper gegangen und hatte sich bei ihr entschuldigt. Die alte Dame war schließlich gestorben und hatte im Grunde ein wenig mehr Respekt verdient. Gemeinsam trafen sie eine Abmachung. Hope kümmerte sich um die Frisur des Leichnams und Mrs. Hopper ließ sie dafür bis zur Trauerfeier in Ruhe arbeiten.

»Sollen wir dir wirklich nichts mitbringen, Liebes?«, erkundigte sich ihre Großmutter und zog einen grell-orangenen Regenschirm unter dem Schreibtisch hervor. Hope schmunzelte. Die dominierende Farbe eines Bestattungsinstituts war schwarz, doch Grandma achtete bewusst darauf, ihre Freizeit bunt zu gestalten. Das war eine der kleinen Eigenheiten, für die sie sie so liebte.

»Nein danke, ich hab noch einen Müsliriegel.

Der reicht mir. Ich koch mir dann heute Abend was Warmes. Versprochen«, beruhigte sie ihre besorgte Grandma schnell.

Zufrieden nickte ihre Großmutter. Mindestens eine warme Mahlzeit am Tag musste sein, da brauchte man nicht mit ihr zu diskutieren.

Draußen ertönte eine Autohupe. »Ich muss jetzt los. Dein Grandpa wartet schon. Bis später.«

»Lasst es euch schmecken!«, rief Hope ihr hinterher, ließ sich wieder auf die Couch sinken und schloss die Augen.

Nur wenige Minuten später wurde sie von einer hellen, aufgeregten Stimme aus dem Schlaf gerissen. »Hope! Hooope! Wach auf, ich muss dir was sagen.«

Erschrocken fuhr Hope in die Höhe und musste sich an einem der Rückenpolster festkrallen, um nicht von der Couch zu plumpsen.

»Was zur Hölle ... Trudy! Spinnst du?« Verwirrt strich sie sich die Haare aus dem Gesicht und sah ihre blasse Freundin stirnrunzelnd an. »Was machst du hier? Wir hatten doch abgemacht, dass ihr mich nicht bei der Arbeit besucht.«

Trudy wischte ihre Frage mit einer wegwerfenden Handbewegung beiseite, flog einmal um die Couch herum und ließ sich neben ihr nieder. »Schon klar, aber es ist wichtig.«

»Also gut.« Hope seufzte. »Leg los.«

»Gestern Abend hat uns so ein komischer Typ angesprochen ...«

»Gibt es etwa noch jemanden, der Geister sehen kann?«, fragte Hope hoffnungsvoll.

»Hä? Ach so … nein, der war auch ein Geist«, fuhr Trudy irritiert fort.

»Oh, okay.« Enttäuscht ließ Hope die Schultern hängen. »Und was wollte er?«

»Ja, das will ich dir doch gerade sagen. Lass mich mal ausreden«, schimpfte das Geistermädchen, woraufhin Hope entschuldigend die Hände hob. »Also, Jim und ich haben uns gerade über dich unterhalten, da kam er …«

»Ihr habt euch über mich unterhalten?«, unterbrach Hope sie erneut und hob skeptisch eine Augenbraue.

Trudy schoss in die Höhe und vollführte einen Purzelbaum in der Luft. »Das ist doch schnurzegal! Dieser Typ hat unser Gespräch belauscht und wollte wissen, wo er dich finden kann, weil er angeblich Hilfe für seinen Freund braucht. Und Jim, diese hirnlose Quasselstrippe, hat ihm natürlich sofort gesagt, wo das Bestattungsinstitut ist.« Sie nahm wieder auf der Couch Platz und pustete sich ein paar ihrer Locken aus dem Gesicht. »So, jetzt weißt du's.«

Hope runzelte die Stirn. »Ja und? Dafür hast du mich extra aufgeweckt? Um mir zu sagen, dass eine Seele meine Hilfe braucht? Das passiert hier ständig. Schon vergessen?«

Die Geisterblondine runzelte die Stirn und reckte pikiert ihr Kinn in die Höhe. »Ich wollte es dir sagen, weil ich diesem Kerl nicht traue. Mit dem stimmt was nicht. Das sagen mir meine Geistersensoren. Ich denke, das mit dem Freund war gelogen. Und weil du meine beste Freundin bist, wollte ich dich eben warnen, aber das war wohl ein Fehler.«

Sofort bekam Hope ein schlechtes Gewissen. »Tut mir leid, Trudy. Ich wollte dich nicht verletzen. Ist nicht mein Tag heute.«

Für ein paar Augenblicke sah die Erscheinung sie beleidigt an, dann wurden ihre Gesichtszüge wieder weich. »Schon gut. Versprich mir nur, dass du auf dich aufpasst, und wenn du Hilfe brauchst, lass es uns wissen.« Daraufhin fuhr sie entschlossen in die Höhe und schwebte zur Eingangstür hinüber. »Und jetzt lass ich dich weiterarbeiten. Hat ja sehr anstrengend ausgesehen. Bis dann. In der Zwischenzeit versuche ich, etwas über diesen Typen rauszufinden.«

Nachdem Trudy durch die Glastür davongesaust war, blieb Hope noch eine Weile auf der Couch sitzen. Ihre Freundin veranstaltete einen ganz schönen Wirbel um diesen Geistertypen. Gut, tief in ihrem Inneren war sie eine misstrauische Person, trotzdem war sie von Trudys überfürsorglichem Verhalten überrascht.

Doch genau das weckte Hopes Neugier und insgeheim hoffte sie, dass dieser Kerl bald hier auftauchen würde.

Kapitel 4

Das *Crossroads Bestattungsinstitut* befand sich im Erdgeschoss eines zweistöckigen Altbau-Stadthauses. Durch das dunkelgraue Spitzdach, die beiden frontal ausgerichteten Gauben und die kleine Holzveranda am Eingangsbereich erinnerte es Liam an ein altes Spukhaus.

Hier arbeitete also die mysteriöse junge Frau, die mit Geistern sprechen konnte. Wie passend. Erfreulicherweise hatte es aufgehört zu regnen. So konnte Liam ungehindert durch die Luft fliegen. Er schwebte an der Eingangstür vorbei und durch die Garage in den Hinterhof. Da er nicht sofort hineinplatzen wollte, zog er es vor, zuerst durch eines der großen Fenster zu spähen. Er hatte Glück, denn eins davon war gekippt und der weiße dichte Vorhang zur Hälfte beiseitegezogen, sodass er freie Sicht hatte.

Der Innenbereich mit den beigen Wänden und dem hellen Laminatboden war einfach und schlicht gestaltet. Auf einer Seite des Raumes befand sich ein dunkler Holztisch, über dem ein großes, weißes Tuch lag, das fast bis zum Boden reichte. Darauf stand ein dunkelbraun lackierter Holzsarg, dessen obere Hälfte aufgeklappt war und den Blick auf den toten Körper einer alten Dame freigab. Drumherum schmückten verschiedene Vasen mit weißen Lilien und einige Holzständer, an denen ausladende Trauerkränze hingen, das Zimmer.

Alles sah nach den Vorbereitungen für eine Trauerfeier aus, doch außer des Leichnams war niemand hier. Gerade wollte Liam ein anderes Fenster suchen, da öffnete eine ältere Dame die Tür und eilte herein. Unter jedem Arm trug sie einen schwarzen Klappstuhl.

Schnell sprang er zur Seite und versteckte sich hinter dem weißen Vorhang. Eine menschliche Angewohnheit, die er einfach nicht ablegen konnte.

Nachdenklich runzelte er die Stirn. War das etwa das Medium, von dem die beiden Geister gesprochen hatten? Entweder stand Jim auf alte Damen oder er hatte eine andere Frau gemeint. Das Wort heiß würde Liam jedenfalls nicht mit ihr in Verbindung bringen. Durch die Scheibe hindurch beobachtete er, wie sie die Klappstühle im hinteren Teil des Zimmers nebeneinanderstellte und sich den Schweiß von der glänzenden Stirn wischte.

»Kommst du mit dem Bild klar, Liebes?«, fragte sie in Richtung der geöffneten Tür.

»Hab's schon gefunden!«, erklang eine weiche, melodische Stimme aus dem Nebenraum und keine zwei Sekunden später wackelte ein verschnörkelter, goldener Bilderrahmen herein. Der Rahmen war so groß, dass er die Person, die ihn trug, vollständig verdeckte.

»Wohin damit?«, wollte die Trägerin wissen.

»Warte, ich helfe dir.« Hastig eilte ihr die alte Dame entgegen und gemeinsam transportierten sie das Bild zu einer Staffelei, die gleich neben dem Sarg positioniert war.

»Puh, geschafft. Danke für deine Hilfe, Hope. Allein hätte ich das nicht tragen können und deinem Grandpa mit seinem Rücken wollte ich das heute nicht antun.« Angestrengt atmete sie ein paar Mal tief durch.

»Kein Problem, Grandma. Dafür bin ich doch da.«

Liam klappte die Kinnlade herunter, als die junge Frau hinter dem Bilderrahmen zum Vorschein kam. Wenn diese zarte Schönheit mit den schulterlangen, rotblonden Haaren das Medium war, hatte Jim wirklich nicht zu viel versprochen.

Der Drang herauszufinden, ob sie ihn tatsächlich sehen und mit ihm kommunizieren konnte, war mit einem Schlag deutlich stärker geworden. Trotzdem beschloss Liam abzuwarten. Es war nur eine Frage der Zeit, bis ihre Großmutter den Raum verließ, um weitere Stühle zu holen, und dann wäre er mit Hope allein. Bis dahin blieb er, wo er war, und sah zu, wie die junge Frau den Kopf schief legte und eingehend das Foto betrachtete.

»Ganz ehrlich, ich hätte nicht gedacht, dass Mrs. Hopper so ein freundliches Gesicht machen kann.«

»Hope«, erwiderte ihre Großmutter ernst und bedachte ihre Enkelin mit einem tadelnden Blick. Im nächsten Moment fingen ihre Mundwinkel an zu zucken. »Na ja, nach dem, was du mir über sie erzählt hast, kann ich dich sogar verstehen.«

Hope grinste und rückte den Rahmen gerade.

»Dann wollen wir mal die anderen Stühle holen. Sind ja leider noch ein paar.« Ihre Großmutter seufzte und verschwand in den Nebenraum.

Die Rothaarige griff in die Tasche ihrer schwarzen Jeans und zog einen Haargummi hervor. Mit ein paar gekonnten Bewegungen band sie sich die offenen Haare zu einem lockeren Pferdeschwanz zurück.

Jetzt war der richtige Zeitpunkt für Liam. Er huschte durch die Fensterscheibe, als plötzlich eine blasse Gestalt in den Raum flog und drauflosschimpfte. »Ich bin zwar tot, aber ich kann dich gut hören, Kindchen. Dein Kommentar über mein Bild war eine bodenlose Frechheit und absolut unpassend.«

Mit einem Augenrollen blieb die junge Frau stehen und seufzte. »Das war doch nur ein Scherz, Mrs. Hopper. Sie sehen wirklich toll aus auf dem

Foto.« Bei ihren Worten entspannten sich die Gesichtszüge der schwebenden Gestalt ein klein wenig. »Aber Sie müssen schon zugeben, dass Sie nicht gerade ein Sonnenschein waren, seit Sie bei uns sind.«

»Wie kannst du nur?«, empörte sich die Geisterlady erneut und ihre Erscheinung flackerte heftig. Hope schenkte ihr ein breites Lächeln, machte einen Bogen um sie und verschwand ohne ein weiteres Wort durch die Tür.

Liam, der sich wieder hinter dem Vorhang versteckt hatte, schmunzelte. Ganz schön taff, die Kleine. Es war sicher nicht einfach, mit so einem nervigen Geist zurechtzukommen. Zumindest hatte ihm Mrs. Hopper soeben den Beweis geliefert, dass Jim und Trudy nicht gelogen hatten, und er freute sich schon jetzt auf ein Gespräch mit der hübschen Geisterflüsterin. Aufdrängen wollte er sich aber trotzdem nicht. Es sah aus, als hätte sie mit der Seele der verstorbenen alten Dame erst einmal genug um die Ohren. Außerdem fand er es unheimlich amüsant, Hope bei der Arbeit zu beobachten. Da konnte er auch noch die paar Stunden bis Feierabend warten und ein wenig mehr über sie herausfinden.

***

Die Zeit verging wie im Flug und Liam folgte Hope auf Schritt und Tritt. Waren die Fenster in einem Raum verschlossen, flog er hindurch und blieb hinter den weißen Vorhängen versteckt. Je länger er sie beobachtete, desto mehr freute er sich darauf, ihr bald persönlich gegenüberzustehen. Es beeindruckte ihn, mit wie viel Ruhe sie die Arbeit erledigte und wie harmonisch die Zusammenarbeit mit ihren Großeltern war.

Er selbst kannte solch einen Familienzusammenhalt nicht. Liam war ein Waisenkind und wurde viele Jahre über von einer Pflegefamilie zur nächsten gereicht, weshalb ihn der liebevolle Umgang der Menschen in diesem Haus so faszinierte.

Aus seinem Versteck heraus spähte Liam zu Hope, die dabei war, alle Arbeitsflächen gründlich zu reinigen. Ihre Großmutter stand mit einem Stapel Akten in den Händen daneben.

»Ich denke nicht, dass wir dich heute noch brauchen, Liebes. Geh ruhig nach Hause, wenn du hier fertig bist.«

Als Antwort erhielt sie ein wissendes Lächeln. »Damit du wieder die ganze Arbeit erledigen kannst? Nein, heute bleibe ich und helfe Grandpa noch beim Ausladen.«

Die alte Frau lachte auf. »In Ordnung, aber du weißt ja, dass ich das gerne für dich mache. Du arbeitest sowieso so viel und wenn ich dich am Samstag früher nach Hause schicke, stehen die Chancen besser, dass du endlich mal ausgehst und einen netten Mann kennenlernst.«

Hope setzte zu einer Antwort an, da schwang die Tür zur Garage auf und die beiden Frauen unterbrachen das Gespräch. Ein alter Mann, mit lichten, weißen Haaren und einer dicken Hornbrille betrat den Raum. »Da bin ich wieder. Kannst du mir kurz helfen, Hope?«

»Klar, Grandpa. Kein Problem«, antwortete sie und folgte ihm in die Garage.

Ein paar Minuten später schoben die beiden eine Metalltrage mit Fahrgestell herein, auf die ein schwarzer Leichensack geschnallt war. Neben dem Arbeitstisch hielten sie an und während ihr Großvater den Reißverschluss aufzog, öffnete Hope die Gurte.

Zum Vorschein kam der leblose Körper eines Mannes um die dreißig, der durch das viele getrocknete Blut, die Nähte und Blessuren ziemlich ramponiert aussah. Angewidert verzog Liam das Gesicht und beobachtete, wie sich die junge Frau über den Leichnam beugte.

»Wie heißt er?«, fragte sie stirnrunzelnd. »Und was ist mit ihm passiert?«

Ihr Großvater fuhr sich durch die wenigen Haare auf dem Kopf. »Sein Name war John Miller. Er war wohl mit seiner Frau wandern. Waren ihre

Flitterwochen. Irgendwie muss er abgestürzt sein. Das vermutet jedenfalls die Polizei.«

Im Gesicht von Hopes Großmutter spiegelte sich ehrliches Mitleid wider. »Die arme Frau. Sie muss jetzt wirklich stark sein.«

»Das ist ja das tragische«, fuhr der alte Mann fort. »Seine Frau ist verschwunden. Sie vermuten, dass sie mit ihm in die Tiefe gestürzt ist. Die Suche der Bergwacht läuft, doch jede Minute zählt. Ich denke nicht, dass sie sie lebend bergen können.«

»Wahrscheinlich nicht«, schaltete sich die junge Geisterflüsterin wieder ein. »Vor allem, wenn man bedenkt, wie ihr Mann nach dem Sturz aussieht.«

Gemeinsam hoben sie den Leichnam auf den Arbeitstisch und breiteten ein dunkelgraues Tuch über ihm aus.

»Ich bringe ihn in den Kühlraum. Wir kümmern uns dann am Montag um ihn.« Hopes Großmutter griff an die seitlich befestigten Metallstangen, um den Tisch wegzuschieben, da legte ihre Enkelin ihr eine Hand auf den Arm.

»Warte, Grandma. Lasst mich noch kurz allein mit ihm. Vielleicht ist er hier.«

»Wie du möchtest, Liebes«, antwortete sie. »Wir sind nebenan, wenn du uns brauchst.« Damit hakte sie sich bei ihrem Mann unter und die beiden verließen den Raum.

Erneut trat Hope an den Toten heran und enthüllte seinen Oberkörper. Als Liam ihren mitfühlenden Gesichtsausdruck sah, wurde sein Herz auf einmal ganz schwer. Das war dann wohl die Schattenseite ihres Jobs.

Kapitel 5

»Mr. Miller?«, fragte Hope in den leeren Raum hinein. »Mr. Miller, sind Sie hier?«

Keine Antwort. Sie blickte sich um, doch die Seele des verstorbenen Mannes war nirgends zu sehen. Womöglich war er bereits ins Licht gegangen. Unfallopfer blieben nur selten länger bei den Lebenden, was vielleicht daran lag, dass in solchen Fällen der Tod häufig sehr plötzlich eintrat.

»Alles Gute, Mr. Miller«, murmelte Hope, nahm das Tuch und deckte den leblosen Körper wieder zu. Sie hatte Mitleid mit der armen Seele, aber das gehörte eben auch zu ihrem Job. Seufzend wandte sie sich ab und zog ihre Tasche unter einem Stuhl hervor.

»Nein, nein, nein!«, ertönte in diesem Moment eine zitternde Stimme.

Erschrocken fuhr Hope herum. »Mr. Miller? Sind Sie das?«

Keine Sekunde später erhob sich der Geist des Unfallopfers aus dem leblosen, abgedeckten Körper auf dem Arbeitstisch. Verwirrt starrte er auf den Boden. »Nein, nein, nein. Ich muss zurück. Warum geht das denn nicht?«

Behutsam trat sie näher an die Erscheinung heran. »Mr. Miller?«

Die Gestalt blickte auf und runzelte die Stirn. »Wer sind Sie?«, fragte er irritiert.

»Mein Name ist Hope. Ich arbeite hier«, erwiderte sie vorsichtig.

»Aber ... Ich kann nicht hier sein. Ich muss zurück. Warum funktioniert das nicht?« Die Verzweiflung, die in seiner Stimme lag, war so groß, dass sich ein dicker Kloß in Hopes Hals bildete.

»Sie können nicht wieder zurück in Ihren Körper, Mr. Miller ... weil ... Sie tot sind«, antwortete sie sanft.

Erschrocken riss der Geist die Augen auf. »Tot? Aber ... wo ist Kelly? ... Ich will sofort zu meiner Frau! Sofort!« Völlig außer sich schoss er in die Höhe, sauste quer durch den Raum und bremste kurz vor dem Tisch mit den Arbeitsutensilien ab.

»Wo ist sie?«, schrie er panisch und mit einer schnellen Armbewegung fegte er den Metalltisch leer. Alle Gegenstände flogen in hohem Bogen durchs Zimmer und landeten scheppernd und klirrend auf dem Fliesenboden.

»Mr. Miller!«, fuhr Hope die flackernde Gestalt an. »Jetzt beruhigen Sie sich mal. Das ganze Rumgespuke bringt Sie auch nicht zu Ihrer Frau.«

Die blasse Erscheinung ließ die Schultern hängen und sah sie traurig an. »Bitte ... ich muss zu meiner Frau.«

»Wissen Sie denn, was passiert ist, Mr. Miller?«, fragte Hope den jungen Geist mitfühlend.

»John ... Ich heiße John.«

»Okay, John. An was erinnern Sie sich?«

Nachdenklich schwebte er zu seinem abgedeckten Körper und ließ sich erschöpft darauf nieder. »Kelly und ich waren wandern. Drüben am *Mount Keya*. Wir hatten vor ein paar Tagen geheiratet ... Es sollte ein romantischer Campingausflug werden. Das Ganze war meine Idee ...« Seine Augen glänzten und als die erste Träne seine Wange hinunterlief, verschwamm seine Erscheinung und fing an, sich in Wellen zu bewegen, als würde sein gesamter Körper weinen. »Irgendwann wurde der Weg sehr schmal«, erzählte er weiter. »Auf einer Seite des Pfades ging es sehr tief hinunter. Ich wollte umkehren, um eine andere Route zu suchen, aber Kelly bestand darauf weiterzugehen. Sie sagte, das wäre unser erstes gemeinsames Abenteuer als Mann und Frau ...« John schluchzte auf. »Plötzlich verlor ich den Halt und rutschte ab. Kelly griff nach meiner Hand und versuchte, mich festzuhalten, doch ich war zu schwer und zog sie mit mir in die

Tiefe. Das Letzte, das ich hörte, bevor alles um mich herum schwarz wurde, waren ihre Schreie ... und jetzt bin ich hier. Aber wo ist Kelly? Wo ist meine Frau?«

Hope schluckte betroffen. In ihrem Job wurde sie mit vielen Tragödien und Schicksalen konfrontiert und hatte gelernt, damit umzugehen. Doch diese Geschichte bewegte sie mehr, als sie es zulassen sollte.

»Ihre Frau wurde noch nicht gefunden«, antwortete sie leise. »Es tut mir so leid, John. Wenn ich Ihnen irgendwie helfen könnte, würde ich es sofort tun.«

Mr. Miller ließ traurig den Kopf hängen. Bei seinem Anblick wurde Hopes Herz schwer. Eine Weile war es totenstill im Raum.

»Aber ... Sie können mir helfen«, erwiderte der Geist auf einmal und fuhr aufgeregt in die Höhe. »Sie können Kelly für mich finden.«

Verwirrt sah sie ihn an. »Ich? Aber dafür ist doch die Bergwacht zuständig, und ich befürchte, dass Ihre Frau ebenfalls nicht mehr am Leben ist.«

»Die Suche nach Kelly wird sowieso bald eingestellt«, entgegnete er mit einer wegwerfenden Handbewegung. »Außerdem weiß ich, dass sie tot ist. Das spüre ich. Aber vielleicht irrt ihre Seele irgendwo an der Unfallstelle herum. Wer wäre für diese Suche besser geeignet als jemand, der mit Verstorben sprechen kann?« Mit flehendem Blick sah er Hope an und in seinen Augen blitzte Hoffnung auf.

»Lassen Sie mich kurz in Ruhe darüber nachdenken, John.«

»Alles, was Sie wollen«, antwortete er optimistisch. »Ich warte inzwischen im Nebenraum.« Damit verschwand er durch die Wand ins Zeremonienzimmer und ließ Hope allein.

Schwer seufzend fuhr sie sich durch die Haare. Sollte sie diesem Geist helfen, die Leiche seiner verunglückten Frau zu finden? Wandern gehörte nicht zu ihren Lieblingsbeschäftigungen und das würde kein einfacher Spaziergang werden. Außerdem wäre sie auf sich allein gestellt. Sie konnte schlecht ihre Großeltern mitschleppen, wenn sie querfeldein unterwegs war. Doch Hope brachte es nicht übers Herz, den armen Mann hängen zu lassen. Er sollte wenigstens gemeinsam mit seiner Frau ins Licht gehen können. Das war ihnen das Schicksal schuldig.

Eine flüchtige Bewegung am Fenster riss Hope aus ihren Gedanken und sie spähte seufzend zum Vorhang hinüber. Die Erscheinung des jungen Mannes, der sich dahinter versteckte, hatte sie schon den ganzen Nachmittag über immer wieder wahrgenommen. Bis jetzt hatte ihr nur die Zeit gefehlt, den toten Stalker zur Rede zu stellen.

»Dachtest du, ich seh dich nicht?« Sie wandte sich in seine Richtung und hob auffordernd die Augenbrauen.

»Ich dachte, ich versuch's mal«, kam prompt die Antwort. Keine Sekunde später schwebte die Seele eines jungen, schlanken Kerls, nicht viel älter als sie selbst durch den Vorhang hindurch ins Zimmer. Seine schwarzen Haare standen ihm kreuz und quer vom Kopf ab und er hatte die Hände locker in den Taschen seiner dunklen Jeans vergraben. Mit einem selbstsicheren Lächeln musterte er Hope von oben bis unten.

»Kann ich dir irgendwie helfen?«, fragte sie, ohne eine Miene zu verziehen.

Lässig schüttelte er den Kopf. »Ich bin zufrieden.«

»Was willst du dann hier?« Hope runzelte die Stirn.

»Wollte nur sehen, ob du wirklich mit Geistern sprechen kannst.«

»Tja, jetzt weißt du's.«

Dieses Gespräch war schräg. Der ganze Typ war irgendwie schräg. Und in diesem Moment erinnerte sie sich an Trudys Worte von heute Mittag.

Ihre Freundin hatte ihr von einem Kerl erzählt, der angeblich Hilfe für seinen Freund bräuchte. Sie war deswegen völlig aus dem Häuschen gewesen.

»Wie hast du von mir erfahren?«, erkundigte sie sich und beobachtete ihn misstrauisch, als er weiter auf sie zu schwebte.

»Ist das wichtig?«

»Ja, ist es. Ich glaube, ich weiß, wer du bist.«

Amüsiert hob er die Augenbrauen. »Raus damit. Vielleicht weißt ja du mehr als ich.«

»Jim hat dir gesagt, wo du mich findest. Du bist der Typ, der Hilfe für seinen Freund sucht, stimmt's?« Siegessicher grinste sie ihn an.

»Ah, ich seh schon. Mein Ruf eilt mir mal wieder voraus.«

Irritiert starrte Hope ihr Gegenüber an. So ein eingebildeter Schnösel. Trudy hatte recht. Dieser Kerl war seltsam.

Sie trat einen Schritt zurück. »Bei so einem Ruf wäre mir das eher unangenehm. Also wenn du keinen Freund hast, der wirklich meine Hilfe benötigt, dann würde ich jetzt gern weiterarbeiten«, entgegnete sie provozierend und deutete dabei zum Fenster.

Die Mundwinkel des Geistes zuckten. »Oh, verstehe, du hast schon einen Stalker.«

Genervt ließ sie die Schultern sinken. Sie hatte Wichtigeres zu erledigen, als sich mit so einem arroganten Möchte-Gern-Hui-Buh rumzuschlagen.

»Schon gut«, entgegnete die Gestalt. »Humor ist wohl nicht so deine Stärke.«

»Jetzt reicht's!«, fuhr Hope ihn an und stemmte dabei die Hände in die Hüfte. »Wenn du nur hier bist, um dein Ego aufzubessern, dann hau ab. Zu deiner Info: Es gibt genügend Seelen, die wirklich meine Hilfe brauchen.«

Überrascht wich die Erscheinung vor ihr zurück. »Okay, okay. Komm wieder runter. Ich bin hier, um dir einen Deal vorzuschlagen.«

Jetzt war es Hope, die überrascht dreinblickte. »Einen Deal?«

»Pass auf. Ganz zufällig habe ich das Gespräch mit diesem armen Kerl und seiner Frau mitbekommen. Die, die du für ihn suchen sollst.«

»Und weiter? Weißt du vielleicht, wo sie ist?«, fragte Hope ungeduldig.

Ohne auf sie einzugehen fuhr er fort. »Außerdem habe ich gesehen, wie der Typ diesen Tisch abgeräumt hat. Dafür musste er die Gegenstände berühren, oder?«

Sie nickte skeptisch. »Ja, musste er. Was hat das mit seiner Frau zu tun?«

»Können das alle Geister?«

Sie zuckte die Schultern. »Denke schon. Wieso interessiert dich das?«

»Ich will das auch können.«

»Schön für dich«, warf ihm Hope patzig entgegen.

Amüsiert schüttelte er den Kopf. »Zügle deine Begeisterungsstürme. Hier kommt der Deal: Du zeigst mir, wie ich Dinge bewegen kann, und ich helfe dir bei der Suche nach der Frau.«

Hope lachte laut auf. »Warum denkst du, ich würde in den Bergen Hilfe brauchen?«

Der junge Geist fuhr sich lässig durch die Haare. »Na, das liegt doch auf der Hand. Ich komme überall hin, also auch in Spalten, auf Bäume und so weiter ... Außerdem suchst du wahrscheinlich eine Leiche, was bedeutet, dass vielleicht irgendwo eine Seele durch die Gegend fliegt, die ich schneller wahrnehmen kann, als du ...«

Hope schnaubte. Damit hatte er leider recht.

»Und das Beste: Du fühlst dich nicht so allein.« Bei seinen letzten Worten setzte er ein breites Grinsen auf.

Seufzend stieß sie die Luft aus und verdrehte die Augen. Damit hatte sie nicht gerechnet. Dieser Kerl würde sie sicher in den Wahnsinn treiben. Trotzdem hatte er ein paar gute Argumente angebracht und wenn die Suche mit seiner Hilfe schneller ginge, musste sie nicht so lange durch die Wildnis wandern und John wäre früher mit seiner Frau vereint.

Widerwillig sah sie den jungen Kerl an. »Okay. Ich mach's.« Bei ihren Worten huschte ein triumphierendes Lächeln über sein Gesicht. »Aber nur unter einer Bedingung. Wir konzentrieren uns auf die Suche und du hältst dein Ego zurück.«

Kapitel 6

»Shit!«, fluchte Liam. »Shit! Shit! Shit!«

Seit zwei Stunden versuchte er verzweifelt, wenigstens einen winzigen Kieselstein zu bewegen. Doch jedes Mal stieß sein Finger wieder hindurch.

Amüsiert beobachtete Hope, wie er vor Wut wilde Kreise in der Luft drehte, und konnte sich ein Grinsen nicht mehr verkneifen. »Tja, würdest du auf mich hören ...«

Verärgert fuhr er zu ihr herum und äffte sie nach. »Es ist ganz einfach, Liam. Konzentrier dich, Liam.« Mit verschränkten Armen schnaubte er beleidigt. »Wenn es so einfach wäre, wie du behauptest, könnte ich es schon längst.«

»Vielleicht ist das nicht so deine Stärke?«, setzte Hope mit einem schadenfreudigen Lächeln entgegen.

Liam bedachte sie mit einem giftigen Blick und flog ohne ein weiteres Wort voraus. Neidisch sah Hope ihm hinterher. Jetzt wäre es viel praktischer, ein Geist zu sein, dann würden sich ihre Füße nicht doppelt so dick anfühlen. Angestrengt schnaufte sie und wischte sich den Schweiß von der Stirn.

Unter einem gemütlichen Sonntag stellte sie sich normalerweise etwas anderes vor. Seit einer gefühlten Ewigkeit marschierten sie durch die Wildnis und hatten die Absturzstelle, die John ihnen beschrieben hatte, noch immer nicht erreicht. Der junge Geist war im Bestattungsinstitut geblieben, für den Fall, dass zwischenzeitlich die Leiche seiner Frau gefunden und dorthin gebracht wurde.

Hope war froh, dass sie sich die alten Bergschuhe ihrer Grandma ausgeliehen hatte, denn außer unzähligen leichten Boots und zwei Paar Sneakers gab ihr eigener Schuhschrank nicht viel her. Die Gegend um den *Mount Keya* war dafür bekannt, nichts für gewöhnliche Spaziergänger zu sein, und mehr als einmal hatte sich Hope heute schon gefragt, ob dieser Ausflug eine gute Idee war.

»Kommst du oder bist du eingeschlafen?«, rief Liam, der einige Meter voraus zwischen grauen Felsen schwebte.

»Sagt die fliegende Gestalt ...«, murmelte sie gereizt und stapfte dem Geist hinterher.

Die Sonne brannte gnadenlos vom Himmel und Hopes schwarzes Top und die kurze Hose fühlten sich an, als hätten sie sich in ihre Haut gebrannt. Im Schatten der Felsen sank sie erschöpft auf den Boden und kramte eine Wasserflasche aus dem

Rucksack. Nach ein paar großen Schlucken seufzte sie zufrieden auf.

Liam stand vor ihr und wippte ungeduldig mit dem Fuß. »Wenn wir weiter so oft Pause machen, sind wir nächste Woche noch unterwegs.«

»Du kannst dich gern nützlich machen und schon mal vorausgehen. Ich jedenfalls brauche jetzt fünf Minuten im Schatten«, erwiderte Hope entschlossen und streifte sich die Haarsträhnen von ihrer schweißnassen Stirn.

»Und die ganze Arbeit allein machen? Auf keinen Fall«, empörte sich Liam. »Ich nutze die Zeit lieber zum Üben. Bis wir endlich da sind, bin ich Profi.«

Hope zuckte gleichgültig die Schultern und lehnte sich zurück an den kühlen Felsen. »Tu dir keinen Zwang an.«

Vor einem faustgroßen Stein brachte Liam sich in Position. Er verengte die Augen zu Schlitzen und es wirkte, als würde er sein Zielobjekt jeden Moment in tausend Stücke sprengen. Hopes Mundwinkel zuckten bei seinem Anblick.

Liam holte mit einem Bein aus und trat mit voller Wucht dagegen. Nur flog leider nicht wie geplant der Stein durch die Luft, sondern Liam. Der Geist hob ab und schlug drei Saltos, bevor er sich wieder unter Kontrolle bringen konnte. Verdutzt sah er zu dem harten Klumpen hinüber, der sich keinen Millimeter bewegt hatte.

Hope prustete los. »Wenn du dich jetzt sehen könntest ...« Sie lachte und Tränen stiegen ihr in die Augen.

»Dann wäre ich ziemlich beeindruckt von meinem dreifachen Salto«, beendete er ihren Satz und ein Lächeln breitete sich auf seinem Gesicht aus.

Egal wie anstrengend dieser Typ war und wie sehr ihr sein Ego auf die Nerven ging, Hope musste zugeben, dass sie schon lange nicht mehr so gelacht hatte wie in den letzten Stunden.

Über diesen kleinen Zwischenfall verloren die beiden kein weiteres Wort und verbrachten die restliche Zeit schweigend. Als der Wanderweg immer schmaler wurde, dachte Hope an Mr. Millers Beschreibung.

»Hier muss es sein«, sagte sie überzeugt und blieb an einem steilen Abhang stehen. »Laut John ist das die Stelle, an der er und seine Frau abgestürzt sind.« Vorsichtig spähte sie in die Tiefe.

Unter ihr erstreckte sich ein Meer aus Felsbrocken und Geröll. Vereinzelt ragten alte Kiefern in die Höhe.

»Scheiße, das ist echt hoch«, stellte sie fest und trat sicherheitshalber wieder einen Schritt zurück. Vor ihnen verengte sich der Weg zu einem schmalen Trampelpfad, der direkt am Felsen entlang über das Geröll führte.

Verständnislos schüttelte Liam den Kopf. »Ganz ehrlich? Da sind die beiden irgendwie selber schuld, oder?«

Hope warf ihm einen bösen Blick zu, holte ein Fernglas aus ihrem Rucksack und setzte sich in den Schneidersitz. »Vielleicht können wir sie von hier oben aus sehen«, sagte sie und hob es vor die Augen.

»Und was hat die Bergwacht deiner Meinung nach die ganze Zeit hier gemacht?«, fragte Liam und sank neben ihr auf den trockenen Boden.

Verärgert biss Hope sich auf die Unterlippe. Dieser nervige Kerl hatte mal wieder recht. Wenn die Leiche der jungen Frau so offensichtlich zu sehen wäre, hätte man sie schon längst gefunden.

Seufzend ließ sie das Fernglas sinken. »Also gut, du Schlaubi. Wo sollen wir denn deiner Meinung nach anfangen?«

»Da unten«, erwiderte er lässig und deutete mit dem Finger vor sich in die Tiefe.

»Sehr witzig«, entgegnete Hope schnaubend. Doch als sie den Ausdruck in seinem Gesicht sah, stockte sie. »Warte mal. Du meinst das ernst?«

Liam nickte unbeeindruckt. »Tut mir leid, dass ich deine Träume platzen lasse, Prinzessin, aber ich sehe keine andere Möglichkeit.«

Hope schloss die Augen und atmete tief durch. Verdammter Mist. »Okay, aber wir teilen uns auf. Ich suche bei den großen Felsblöcken am Rand und du konzentrierst dich auf die Mitte. Im Gegensatz zu mir, kannst du ja nicht mehr draufgehen.«

»Jawohl, Chefin«, antwortete Liam und salutierte vor ihr, bevor er sich kreischend in den Abgrund stürzte.

Schmunzelnd schüttelte Hope den Kopf und sah ihm hinterher, schnappte sich ihren Rucksack und kletterte vorsichtig auf den nächsten großen Felsblock unter ihr.

»Kelly!«, rief sie und das Echo ihrer Stimme hallte von den Steinen wider. »Kelly, sind Sie hier?«

Hoffentlich hatte John recht damit, dass die Seele seiner Frau hier herumirrte und noch nicht ins Licht gegangen war. Das würde die Suche um vieles vereinfachen. Einen Geist zu finden, sollte nicht allzu schwer sein. Eine versteckte Leiche dagegen …

***

Eine halbe Stunde später waren sie noch keinen Schritt weitergekommen und Hopes Muskeln zitterten mittlerweile vor Anstrengung.

»Liam, hast du schon was gefunden?« Auf allen vieren krabbelte sie über die glatte Fläche eines riesigen Steinbrockens und hielt Ausschau nach ihrem Begleiter.

»Du erfährst es als Erste! Versprochen!«, ertönte die entfernte Antwort von weiter unten.

Etwa in der Mitte des Abhangs ragte eine wuchtige, flache Steinplattform aus dem Geröll heraus. Wenn sie es dorthin schaffen würde, hätte sie einen besseren Überblick und könnte es noch mal mit dem Fernglas versuchen. Doch der Abstand zwischen ihrer derzeitigen Position und dem Felsen war zu groß, um hinüber zu klettern. Nachdenklich sah sie sich um, bis ihr Blick an einer Kiefer hängenblieb, die im zweiten Drittel der Strecke in den Himmel ragte. Mit einem gezielten Sprung müsste es gehen. Vom Baum aus war es dann nur ein weiterer Schritt zur Plattform.

Hope schluckte und atmete tief ein. Ihr Herz begann zu rasen, aber sie biss die Zähne zusammen und unterdrückte ihre Angst. Langsam wich sie zurück und stellte sich an den hintersten Rand des Felsbrockens, um so viel Anlauf wie möglich zu haben.

Im Kopf zählte sie bis drei, dann rannte sie los. Für eine Millisekunde kam ihr der Gedanke, dass das ein großer Fehler war, doch es blieb keine Zeit, sich umzuentscheiden. Ehe sie sich versah, war sie schon in der Luft, lehnte sich weit nach vorn und prallte mit ausgestreckten Armen heftig gegen den Baumstamm. Instinktiv krallte sie die Finger in die Baumrinde, die sich schmerzhaft unter ihre Fingernägel grub.

Sie hatte es geschafft. Erleichtert schnappte sie nach Luft. Gut, dass Liam nicht sah, wie sie hier an diesem Baum klebte und ihn mit Händen und Füßen umarmte. Ein letzter großer Schritt und schon war sie auf der flachen Felsplattform angekommen. Erschöpft sank sie auf die Knie und fuhr sich durch die schweißnassen Haare.

Keine Sekunde später tauchte Liam vor ihr auf und hob fragend eine Augenbraue. »Machst du immer alles nach, was andere dir vormachen?«

»Was meinst du?«

»Na, dich in den Tod stürzen wie John und Kelly.«

Genervt verdrehte Hope die Augen. Er hatte sie doch gesehen.

»Hast du schon was gefunden?«, fragte sie eilig und beendete damit das Thema.

Er schüttelte den Kopf und landete neben ihr.

»Vielleicht ist ihre Seele schon weg.« Hope seufzte und stand auf. »Kelly! Sind sie hier?«, rief sie erneut in den Abgrund.

Nichts.

»Ich bin dafür, dass wir zurückgehen«, schlug Liam vor und ein breites Grinsen erschien auf seinem Gesicht. »Bevor du weiter wie ein Affe von Baum zu Baum springen musst.«

Hope spürte, wie ihre Wangen heiß wurden. »Schön, dass ich dich unterhalten konnte«, presste sie zwischen zusammengebissenen Zähnen hervor.

»Ich könnte mich dran gewöhnen«, entgegnete Liam frech, was ihm einen bösen Blick von Hope einbrachte.

Erneut zog sie ihr Fernglas aus dem Rucksack. »Einmal versuch ich's noch, dann gehen wir zurück«, entschied sie und spähte hindurch. »Mrs. Miller? Ihr Mann sucht nach Ihnen! Sind Sie hier?«, rief sie ein letztes Mal, aber außer Felsen und Bäumen bekam sie nichts zu sehen. Enttäuscht ließ sie die Arme sinken.

»Wir haben es immerhin versucht«, tröstete Liam sie.

Hope nickte, steckte das Fernglas zurück in den Rucksack und wandte sich zum Gehen, da tauchte plötzlich inmitten des Gerölls die Erscheinung einer jungen Frau auf. Schreiend flog die Gestalt auf sie zu. »John! Wo ist er? Was habt ihr mit ihm gemacht!«

Bevor einer der beiden antworten konnte, fuhr der flackernde Geist durch Hope hindurch. Augenblicklich breitete sich eisige Kälte in ihrem Körper aus und sie wich vor Schreck zurück. Dabei hatte sie völlig vergessen, dass sie sich auf einem Felsbrocken befand. Mit dem Fuß rutschte sie über die Kante und verlor das Gleichgewicht. Erschrocken ruderte Hope mit den Armen durch die Luft, aber es half nicht. Mit einem lauten Schrei stürzte sie in die Tiefe.

Instinktiv versuchte sie, mit den Fingern am rutschigen Boden Halt zu finden, doch vergeblich. Ihr Körper schlitterte immer weiter den Abhang hinunter. Angst breitete sich wie ein Lauffeuer in ihr aus und überschattete die stechenden Schmerzen der unzähligen Steine, die über ihre Haut kratzten. Hope schloss die Augen und bereitete sich innerlich auf das Schlimmste vor, als ein heftiger Ruck durch ihren Körper fuhr und ihr Fall gestoppt wurde. Erschrocken blinzelte sie, blickte nach oben und riss vor Erstaunen den Mund auf.

Liam umschloss ihren Arm mit seiner Hand und hielt sie fest. Das Seltsame daran war, dass sie seinen Griff nicht spürte. An der Stelle, an der seine Finger sie berührten, fühlte sie lediglich einen zarten, kühlen Hauch.

»Schau nicht so«, stöhnte er angestrengt. »Gib mir lieber deine andere Hand.«

Liams tiefe Stimme holte sie aus ihrer Starre und sie streckte ihm ihren freien Arm entgegen. Er ergriff ihn und zog sie Stück für Stück hinauf bis zu einem großen Felsen. Mit allerletzter Kraft hielt sich Hope an der Felskante fest und hievte sich mit Hilfe von Liam nach oben. Behutsam ließ er sie los und flog blitzschnell zurück zu dem Geist von Kelly, der weiterhin wild durch die Gegend sauste.

Verwirrt blieb Hope sitzen und beobachtete, wie er sich der jungen Frau in den Weg stellte und sie so zum Stehen brachte. Leider waren die beiden Seelen so weit weg, dass sie nichts von ihrem Gespräch mitbekam. Liams Worte schienen Kelly zu beruhigen. Ihre Erscheinung hörte auf zu flackern und sie ließ sich erschöpft auf einem der großen Felsblöcke nieder.

Liam legte ihr tröstend die Hand auf den Rücken, sagte etwas zu ihr und sauste dann eilig zurück zu Hope.

»Alles klar bei dir?«, erkundigte er sich besorgt.

»Du … hast mir gerade das Leben gerettet«, stotterte sie. Noch immer konnte sie kaum glauben, was eben passiert war, und ihr Herz pochte laut in ihren Ohren.

Lässig zuckte er die Schultern. »Kein Problem.« Ein triumphierendes Lächeln breitete sich auf seinem Gesicht aus. »Wer behauptet jetzt, Dinge berühren sei nicht meine Stärke?«

Kapitel 7

»Was für ein Glück, dass Sie gerade in dieser Gegend wandern waren«, sagte der Officer und hielt Hope ein Klemmbrett entgegen.

»Ja, ein Glück«, entgegnete sie mit einem gezwungenen Lächeln.

»Vielleicht sollten Sie das nächste Mal trotzdem lieber eine geeignetere Strecke wählen«, fügte er hinzu und sein Blick fiel dabei auf die vielen Schrammen und Schürfwunden an Hopes Armen und Beinen.

Ohne den Polizeibeamten anzusehen, nahm sie ihm hastig das Klemmbrett aus der Hand und unterschrieb das Aussageformular. Hope war eine schlechte Lügnerin und ihr Beinahe-Absturz saß ihr noch immer in den Knochen. Zum Glück verabschiedete sich der Officer mit einem höflichen Nicken, nachdem er das Formular wieder an sich genommen hatte, stieg in den Streifenwagen und fuhr davon.

Für einen Moment schloss Hope die Augen und atmete tief durch. Das war mit Abstand der anstrengendste Arbeitstag in der Geschichte der Bestatter gewesen.

Liam hatte sich überraschend einfühlsam um Kelly gekümmert und als sie sich endlich beruhigt hatte, führte sie ihn zu zwei dicht beieinanderstehenden Felsen in der Mitte des Abgrunds. Der Körper der jungen Frau war genau zwischen die beiden Steine gerutscht und damit nahezu unauffindbar. Noch von der Absturzstelle aus hatte Hope die Bergwacht informiert.

Die Polizei hatte die Frauenleiche ohne weitere Untersuchungen freigegeben und so war sie direkt ins *Crossroads* transportiert worden. John und Kelly waren sich überglücklich in die Arme gefallen. Eigentlich war Hope nicht so nah am Wasser gebaut, aber bei dem Anblick der beiden Seelen hatte sogar sie feuchte Augen bekommen.

Die Glocke über der Eingangstür des Bestattungsinstituts bimmelte und sie wandte sich um. Ein älteres Ehepaar trat heraus. Der Mann hatte den Arm um die Schultern seiner Frau gelegt, die sich mit einem Taschentuch die rot geschwollenen Augen tupfte. Es waren Kellys Eltern, die mit Grandma alles Nötige für die Beerdigung besprochen hatten.

Hope trat einen Schritt beiseite, um nicht mitten im Weg zu stehen, und schenkte ihnen einen mitfühlenden Blick. »Nochmals mein Beileid, Mr. und Mrs. Todd.«

Kellys Mutter sah auf und lächelte schwach. »Danke, dass du sie gefunden hast. Ohne dich würde sie noch immer ...« Ihre Stimme brach ab und sie schluchzte auf. Traurig seufzte ihr Ehemann, nickte Hope ein letztes Mal freundlich zu und ging mit seiner Frau im Arm davon.

Die Türglocke bimmelte erneut und Hope wandte sich um.

»Wie geht es dir, Liebes?«, fragte ihre Großmutter sanft und trat neben sie auf den Gehsteig.

Ihre beruhigende Stimme entspannte Hope. »Alles gut. Mach dir keine Sorgen. War nur ein anstrengender Tag.«

»Ja, das kann ich mir vorstellen. Du solltest nach Hause gehen. Ruh dich aus.«

»Gleich, Grandma. Ich will nur noch einmal nach ihnen sehen«, antwortete Hope und drückte ihr einen flüchtigen Kuss auf die Wange, bevor sie hineinging.

Im Hinterzimmer fiel ihr Blick sofort auf die beiden Särge, die ihr Großvater direkt nebeneinandergeschoben hatte. Nahe dem Fenster standen drei schimmernde Gestalten und unterhielten sich leise. Eine davon war Liam.

Schnell trat sie zur Seite und versteckte sich hinter dem nächsten Vorhang. Seit dem Eintreffen der Bergwacht hatte sie nicht mehr mit ihm gesprochen und am Bestattungsinstitut angekommen war er sofort davongeflogen. Hope wusste noch nicht, wie sie mit der Tatsache, dass er ihr Leben gerettet hatte, umgehen sollte. Etwas hatte sich am Mount Keya verändert und sie fragte sich, ob sie Liam falsch eingeschätzt hatte. Um dies zu beantworten brauchte sie jedoch noch Zeit.

»Nochmals Danke für deine Hilfe, Liam.« Kellys helle Stimme lenkte ihre Aufmerksamkeit auf sich. Die Geisterfrau lehnte sich an Johns Schulter, der sie daraufhin liebevoll auf den Kopf küsste.

»Ja, von mir auch«, fügte er glücklich hinzu.

»Ach, war doch selbstverständlich. Ich helfe Gleichgesinnten immer gern.« Liam winkte lässig ab und vergrub die Hände in den Taschen seiner Jeans.

Empört verschränkte Hope die Arme vor der Brust. Dieser Angeber. Als ob er allein die ganze Arbeit erledigt hatte. Sie war es gewesen, die ihr Leben für die beiden riskiert, die Bergwacht informiert und alles Weitere abgewickelt hatte. Und nun heimste dieser Hui-Buh-Verschnitt den Dank ein?

»Was habt ihr jetzt vor?«, fragte Liam in diesem Augenblick.

Das Geisterpaar sah sich verliebt in die Augen, dann lächelte John. »Hope meinte, wir könnten noch bis zur Beerdigung warten. Das wäre eine schöne Gelegenheit, um gemeinsam ins Licht zu gehen. Zum Unfallort zurückkehren kommt für uns nicht in Frage.«

»Na, dann ... wenn ihr euch die Zeit bis dahin vertreiben wollt, kann ich nur die Stadt empfehlen. Ist witzig, wenn einen die anderen nicht sehen können. Vor allem die Mädels ...« Liam zwinkerte John verschwörerisch zu.

Der lachte nur und nahm seine Frau an die Hand. »Danke, aber ich habe alles, was ich mir jemals gewünscht habe. Mach's gut, Liam. Und bestell Hope schöne Grüße von uns.«

Damit schwebten die beiden durch die Wand davon und ließen den stirnrunzelnden Liam allein zurück. Bei seinem verdutzten Gesichtsausdruck schmunzelte Hope.

»Dachtest du, ich seh dich nicht?«, fragte er plötzlich in ihre Richtung.

Sie presste die Lippen aufeinander. Diesem Kerl entging aber auch gar nichts. Mit durchgedrücktem Rücken trat sie aus ihrem Versteck hervor.

»Ich wollte nur mal sehen, wie es sich anfühlt, ein Stalker zu sein«, entgegnete sie selbstbewusst.

Liams Mundwinkel zuckten. »Und? Gefällt dir, was du siehst?«, erkundigte er sich und spannte dabei übertrieben seinen Bizeps an.

Beim Anblick seiner gut trainierten Arme schoss Hitze in ihre Wangen und sie wechselte schnell das Thema. »Warum bist du überhaupt noch hier?«

Entschuldigend hob Liam die Hände. »Keine Panik. Bin gleich weg. Wollte mich nur noch verabschieden. Ich bin schließlich ein höflicher junger Mann.«

Belustigt hob Hope eine Augenbraue. »Da muss ich wohl was verpasst haben.«

Ein verschmitztes Lächeln breitete sich auf seinen Lippen aus und er sauste blitzschnell auf sie zu. Überrascht wich sie einen Schritt zurück und als er zum Stehen kam, waren nur wenige Zentimeter zwischen ihnen. Nach wie vor hatte Liam dieses schelmische Grinsen im Gesicht, das bis hinauf in seine braunen Augen reichte. Hope schluckte. Im nächsten Augenblick ergriff er ihre Hand, beugte sich hinunter und küsste sie sanft auf den Handrücken.

»Na dann, Geisterflüsterin. Hat Spaß gemacht mit dir. Wir sehen uns.« Er zwinkerte ihr zu und verschwand mit einer lässigen Drehung durch die Hauswand.

Verdutzt starrte Hope ihm hinterher. Jetzt hatte dieser Irre völlig den Verstand verloren. Sie atmete einmal tief durch, um das heftige Pochen ihres Herzens unter Kontrolle zu bringen. Als sie sich durch die Haare fuhr, fiel ihr auf, dass ihre Hand zitterte, und sie strich über die Stelle, an der Liams

Lippen ihre Haut berührt hatten. Immer noch spürte sie seinen Kuss, so sanft wie der Flügelschlag eines Schmetterlings.

Schnell schüttelte Hope diese Gedanken aus dem Kopf. Jetzt fing sie schon an, die Berührungen eines Geistes zu genießen, und auch noch von so einem eingebildeten Kerl. Ihre Großmutter hatte womöglich recht. Sie sollte sich mehr unter die Lebenden begeben.

Kopfschüttelnd schnappte sie sich ihren Rucksack und verließ das Hinterzimmer. Nachdem sie sich von ihren Großeltern verabschiedet hatte, trat sie nach draußen an die frische Luft.

Die tief stehende Sonne leuchtete orange am Himmel und Hope blinzelte. Tausende Gedanken rasten ihr durch den Kopf und sie beschloss, den Umweg durch den Park zu nehmen. Sie wollte den Tag Revue passieren lassen, bevor sie nach Hause ging. Als sie über die grüne Wiese schlenderte, tauchten immer wieder die gleichen Bilder vor ihrem inneren Auge auf.

Die anstrengende Wanderung. Ihr Sprung an den Baum. Der Sturz in die Tiefe und Liams fester Griff, der ihr das Leben gerettet hatte. Zum Glück hatte er es geschafft, seine Kraft zu fokussieren, um sie festzuhalten.

Hope nahm einen tiefen Atemzug. Trotz der ganzen Aufregung fühlte sie sich gut, fast schon glücklich, und das Abenteuer hatte ihr auf die ein oder andere Weise Spaß gemacht. Sie erinnerte sich nicht, wann sie in den letzten Jahren so viel erlebt hatte. Das waren eben die Nebenwirkungen ihres Rückzugs aus dem sozialen Leben.

Gedankenverloren strich sie erneut mit dem Daumen über ihren Handrücken. Mit seinem Kuss hatte Liam sie völlig überrumpelt. Dieser egozentrische Angeber. Er hatte es gar nicht verdient, dass sie an ihn dachte. Trotzdem huschten ihre Gedanken immer wieder zu diesem Augenblick. Seine, für einen Geist ungewöhnlich warmen, braunen Augen hatten etwas in ihr berührt, was sie schon lange verloren geglaubt hatte.

»Erde an Hope! Erde an Hope!«, riss eine dunkle Stimme sie zurück in die Realität und sie zuckte zusammen.

Jim fuchtelte mit den Händen wild vor ihrem Gesicht herum. »Wo warst du denn gerade? Siehst aus, als hättest du einen Geist gesehen.« Bei seinen Worten prustete er los und hielt sich vor Lachen den Bauch.

»Witzig«, murmelte Hope und sah sich um. »Wo ist Trudy?« Seit dem Besuch ihrer Freundin im Bestattungsinstitut, hatte diese sich nicht mehr blicken lassen.

Jim wischte sich die Tränen von den Wangen und schwebte neben sie. »Die ist noch unterwegs.

Ich hab aber den wichtigen Auftrag von ihr, dir etwas auszurichten«, antwortete er mit gespielt geschwollener Brust.

Hope runzelte die Stirn. »Aha, und was?«

»Im Namen deiner Freundin Trudy soll ich dir mitteilen, dass dieser Kerl, Liam, den ich versehentlich zu dir geschickt habe, ein Schwein ist.«

»Was?«

Jim ließ die Schultern hängen und sah sie genervt an. »Ich soll dir sagen, dass der Typ ein Spanner ist. Zumindest erzählt man sich das auf der Straße.« Mit einem frechen Grinsen auf den Lippen setzte er hinzu. »Aber mal unter uns ... Welcher Kerl würde seine Unsichtbarkeit nicht ausnutzen?«

»Deine Warnung kommt ein bisschen zu spät, aber vielen Dank«, entgegnete Hope und lachte.

Überrascht hob ihr Freund die Augenbrauen. »Er war schon hier?«

Sie nickte.

»Trudy wird ausrasten!«, rief Jim und schlug die Hände über dem Kopf zusammen. »Sie wollte unbedingt bei dir sein, wenn er auftaucht. Du weißt doch, wie gerne sie auf Männer losgeht.«

Hope grinste. »Ich dachte, dafür hätte sie dich?« Empört runzelte der Geist die Stirn, woraufhin ihr Grinsen noch breiter wurde. »Schon gut«, besänftigte sie ihn. »Ich weiß, was du meinst. Aber du kannst Trudy ausrichten, dass es mir gut geht und Liam gar nicht so schlimm ist.«

»Ach so?« Jim warf ihr einen skeptischen Blick zu und Hope fuhr sich verlegen durch die Haare. Ein wissendes Lächeln erschien auf seinem Gesicht. »Ah, schon klar. Du stehst auf ihn.«

Bevor sie protestieren konnte, huschte Jim an ihr vorbei und deutete eine Verbeugung an. »Ich werde es ausrichten, Mylady.« Dann sauste er davon und ließ seine verdutzte Freundin zurück.

Seufzend legte Hope den Kopf in den Nacken. Dieser Geist hatte doch nicht alle Tassen im Schrank, aber seiner Reaktion bezüglich Trudy zu urteilen, hoffte sie insgeheim, dass ihre Geisterfreundin niemals mit Liam zusammentreffen würde. In diesem Fall würde sie ihm das Leben retten müssen.

Kapitel 8

Scheppernd landete die Bierdose, die Liam mit voller Wucht aus dem Weg gekickt hatte, auf der anderen Straßenseite und blieb im goldenen Schein der Laterne liegen.

Triumphierend lächelte er. Jedes Mal platzte er vor Stolz, wenn er es schaffte, einen Gegenstand zu bewegen. Stundenlang hatte er letzte Woche geübt und war inzwischen ein richtiger Profi geworden. Das beste an seiner neuen Fähigkeit waren für Liam die erschrockenen und verdutzten Gesichter der Menschen, wenn er mal wieder ein Buch oder eine Tasse durch den Raum schweben ließ. Doch wie sehr er sich auch darüber freute, alles, woran er denken konnte, war Hopes Rettung.

Er hatte nach ihrem Arm gegriffen und sie mit aller Kraft festgehalten. Doch als seine Finger ihre Haut berührt hatten, hatte er so gut wie nichts gespürt, als ob jemand weiche, dicke Watte zwischen seine Hände und Hopes Arme geschoben hätte. Ein seltsames Gefühl und irgendwie enttäuschend.

Die Kirchenglocken läuteten zur zehnten Stunde und rissen Liam aus seinen Gedanken. Eilig steuerte er Jennys Wohnung an, flog in den kleinen Hinterhof und von dort hinauf in den vierten Stock. Es war Freitagabend und die Freundinnen saßen bereits zusammen um den runden Glastisch herum, tranken Sekt und unterhielten sich lachend.

Heute waren die Mädels früher dran als sonst, denn Jenny war gerade dabei das Wohnzimmer zu verlassen, um sich umzuziehen. Gut für Liam. So musste er nicht lange warten, bis die Show begann.

Langsam flog er hinüber zum Schlafzimmerfenster und spähte erwartungsvoll hindurch. Aus ihrem Schrank kramte die junge Frau ein rotes Minikleid hervor, legte es aufs Bett und zog ihr T-Shirt aus.

Plötzlich blitzten Bilder von Hope vor Liams innerem Auge auf und er blinzelte irritiert. Schnell schüttelte er den Kopf und konzentrierte sich wieder auf die schwarzhaarige Schönheit. Doch als sein Blick über ihren schlanken Körper glitt, hatte sie auf einmal rotblonde Haare, die ihr in weichen Wellen auf die Schultern fielen, und zarte, braune Sommersprossen bedeckten ihr Gesicht.

Erschrocken fuhr er zurück und rieb sich die Augen. Irgendetwas stimmte heute nicht mit ihm. Ja, er hatte in den vergangenen Tagen öfter an die kleine Geisterflüsterin gedacht, aber dass sie ihm seine Lieblingsbeschäftigung versaute, fand er gar nicht witzig.

Verärgert schnaubte Liam und näherte sich erneut der Fensterscheibe. Jenny stand vor ihrem Spiegelschrank und prüfte ein letztes Mal den Sitz ihres Kleides. Dann schnappte sie sich ihre Handtasche vom Bett, knipste das Licht aus und verließ den Raum. Enttäuscht ließ Liam die Schultern hängen und starrte in das dunkle Zimmer. Jetzt hatte er alles verpasst. Nur wegen dieser ...

Das Zuschlagen der Wohnungstür riss ihn aus seiner Starre und er schnaubte entschlossen. Sollten seine Gedanken doch machen, was sie wollten, er würde sich seinen Abend nicht verderben lassen. Daraufhin stürzte er sich rückwärts in die Tiefe und wartete am Hauseingang auf die jungen Frauen.

***

Das *Piña Colada* platzte heute aus allen Nähten. Überall drängelten sich liebeshungrige Kerle und aufgebrezelte Ladys aneinander vorbei und Liam zog es wie immer vor, auf der Palme über der Bar Platz zu nehmen. Jenny und ihre Freundinnen hatten Glück und die letzten Barhocker, direkt neben einer laut johlenden Männerrunde, ergattert. Das Auftauchen der hübschen Frauen blieb nicht unbemerkt und es dauerte keine Minute, da stand schon der erste Typ bei ihnen. Wenn das so weiterging, würde das ein kurzer Aufenthalt hier werden. Zumindest käme Liam wenigstens diesmal auf seine Kosten.

Am heutigen Abend schien Tina ihr Glück mit den Männern zu haben. Zwei Cocktails und ein paar Shots später hing der feurige Kerl im wahrsten Sinne des Wortes an ihren Lippen. Zufrieden ließ Liam seinen Blick über die Menge schweifen. Überall wurde gelacht und geflirtet was das Zeug hielt. Die beiden Barkeeper kamen bei den unzähligen Bestellungen ziemlich ins Schwitzen.

Als er zu einer schwach beleuchteten Ecke auf der anderen Seite des Raumes blickte, wäre er beinahe von der Palme gefallen. Mit offenem Mund starrte er hinüber.

Dort drüben, auf einem Stehhocker saß Hope. Sie trug ein schwarzes Minikleid und hatte die langen, schlanken Beine übereinandergeschlagen. Rote High-Heels kleideten ihre Füße. Für einen Moment setzte Liams Herz aus, und er beobachtete, wie sich ein blonder, aufgepumpter Mann zu ihr beugte und ihr seine Zunge in den Hals schob.

Instinktiv ballte Liam die Hände zu Fäusten. Aus irgendeinem Grund machte ihn die Tatsache, dass Hope einen anderen küsste, furchtbar wütend. Ohne darüber nachzudenken jagte er quer durch den Raum auf die beiden zu. Kurz vor seinem Ziel zog sich der schmierige Typ zurück und Liam riss erschrocken die Augen auf. Zu spät erkannte er den Irrtum. Es war gar nicht die Geisterflüsterin, die dort auf dem Hocker saß. Sein verdammter

Kopf hatte ihm erneut einen Streich gespielt. Er strauchelte und flog ungebremst an ihnen vorbei durch die Wand.

Nachdem er draußen endlich zum Stehen gekommen war, fuhr er sich verdattert durch die Haare. Er musste sich dringend zusammenreißen. Nach einem tiefen Atemzug schwebte er zornig zurück zu der Palme über der Bar. Für heute hatte er definitiv genug. Den restlichen Abend würde er Tina und ihrem Lover nicht mehr von der Seite weichen, aber weder sie noch ihre Freundinnen waren in der Menge zu sehen. Shit! Mit der Faust schlug Liam so heftig gegen die Wand, dass die Palme gefährlich hin und her schaukelte. Ein lautes Knacken ertönte und gerade noch rechtzeitig hob er ab, bevor die Plastikdekoration mit einem dumpfen Krachen, begleitet von dem Aufschrei einiger Gäste, auf der Theke aufschlug.

Das brachte das Fass zum Überlaufen. Dieser Abend war ein absoluter Reinfall. Erst konnte er Jenny nicht beim Umziehen beobachten, dann verlor er Tina in der Bar und jetzt war auch noch seine geliebte Palme zu Bruch gegangen. Frustriert biss er die Zähne aufeinander.

An allem war nur diese Geisterflüsterin schuld. Seit dem Tag in den Bergen spukte sie ihm ständig im Kopf herum, als wäre sie ein Poltergeist. Doch jetzt hatte er genug. Er würde Hope einen Besuch abstatten und damit seine Gedanken endlich zum Schweigen bringen. Entschlossen sauste er über die feiernde Menge hinweg nach draußen und verschwand in der Dunkelheit.

Kapitel 9

Müde schloss Hope am Samstagmorgen die Eingangstür des *Crossroads* auf und gähnte herzhaft, als sie die schweren Vorhänge hinter der Glasfront aufzog. Zurzeit bekam sie eindeutig zu wenig Schlaf. Die letzten Tage waren der reinste Horror gewesen. Stundenlang hatte sie wach in Bett gelegen und immer, wenn sie die Augen geschlossen hatte, tauchte Liam vor ihr auf. Das Ganze war so absurd. Am liebsten hätte sie diesen Kerl aus ihrem Gedächtnis verbannt, doch alle Versuche waren zwecklos. Er hatte sich in ihrem Kopf festgespukt. Die Tatsache, dass sie seit einer Woche nichts von ihm gehört oder gesehen hatte, machte es nicht besser. Im Gegenteil. Hope fing sogar schon damit an, sich Sorgen zu machen. Was Trudy absolut nicht verstand.

»Bist du etwa bei deinem Sturz auf den Kopf gefallen?«, hatte ihre Freundin bei ihrem letzten Treffen getobt. »Nett ist sicher nicht das richtige Wort für einen Spanner wie Liam.«

Jim war da anderer Meinung. »Jetzt schalt mal einen Gang zurück, Trudy. Ich finde Liam total okay. Nur weil er hübschen Mädels hinterherschaut, ist er nicht gleich ein Straftäter. Außerdem hat er Hope das Leben gerettet, du männermordendes Gespenst.«

Beleidigt hatte sich Trudy eine Haarsträhne aus dem Gesicht gepustet. Sie wusste genau, dass Jim recht hatte. Das Bild von Liam als Lebensretter passte aber so gar nicht zu ihrer festgefahrenen Meinung von ihm.

Zum Glück kannte Hope ihre Geisterfreundin nur zu gut, weshalb sie hastig das Thema gewechselt hatte, um von John und Kellys herzergreifendem Wiedersehen zu berichten. Die Geschichte ihrer Liebe, die bis über den Tod hinausging, war so romantisch, dass selbst Trudy nicht anders konnte, als verträumt zu seufzen. Somit war das Thema Liam schnell wieder vorbei gewesen.

Hope lächelte und öffnete die Fenster im hinteren Arbeitszimmer, um frische Luft hereinzulassen. Trudy war zwar ein äußerst misstrauischer Geist und manchmal etwas impulsiv, aber im Grunde meinte sie es nur gut. Sie sorgte sich um ihre Freundin und das war für Hope ein schönes Gefühl, auch wenn sie nicht immer einer Meinung waren.

In diesem Augenblick sauste eine Gestalt zum Fenster herein und wirbelte quer durch den Raum.

Vor Schreck sprang Hope zur Seite, dann atmete sie tief durch. Diese geisterhaften Überraschungen würden sie irgendwann ins Grab bringen.

»Hallo?«, versuchte sie mit der Seele, die ohne Unterbrechung wild umher flitzte, Kontakt aufzunehmen. »Beruhigen Sie sich doch. Ich kann Ihnen bestimmt helfen.«

Abrupt blieb der Geist in der Luft stehen und Hopes Herz setzte für einen Moment aus. Prompt verschluckte sie sich an ihrer eigenen Spucke und stützte sich hustend am Arbeitstisch ab.

»Glaubst du das echt?«, fragte Liam vorwurfsvoll.

»Liam? Spinnst du, mich so zu erschrecken? Was machst du hier?«, krächzte sie, während er langsam herabsank und auf der anderen Seite des Tisches stehen blieb.

»Was ich hier mache?« Wütend verschränkte er die Arme vor der Brust. »Das werde ich dir sagen ... Wegen dir funktioniert gar nichts mehr!«

Erst jetzt fiel Hope auf, wie verärgert er aussah. Seine gesamte Erscheinung flackerte heftig und der Ausdruck in seinem Gesicht war alles andere als freundlich. Irritiert wich sie einen Schritt zurück. Mit wütenden Geistern war nicht zu spaßen. Nicht umsonst gab es unzählige Horrorfilme über Poltergeister.

Liam schwebte durch den Tisch auf sie zu, doch mittendrin blieb er plötzlich stecken. Mit aller Kraft versuchte er, voranzukommen, aber mit jeder Bewegung zog er den Metalltisch quietschend mit sich über den Boden. Anstelle von Wut und Ärger nahm sein Gesicht jetzt einen verdutzten Ausdruck an.

Bei dem Anblick des gefangenen Liam schmunzelte Hope. »Deine Situation ist gerade ziemlich festgefahren, würde ich sagen.«

»Sehr witzig ...« Grimmig sah er sie an und biss die Zähne zusammen.

»Sorry«, prustete sie los. »So was sieht man nicht alle Tage.«

Liam schnaubte und wandte den Blick von ihr ab, doch seine Mundwinkel zuckten verdächtig. Nach einer Weile hatte Hope sich beruhigt und der Ärger war fast gänzlich aus seinem Gesicht verschwunden.

»Falls du helfen möchtest ... Jetzt wäre der richtige Zeitpunkt«, forderte er sie auf und fuchtelte dabei mit den Armen.

»Das kann ich nicht. Dieses Problem musst du allein lösen«, erwiderte sie und hob entschuldigend die Hände.

»Und wie, bitte schön, soll ich das machen?«

»Zuerst mal solltest du dich beruhigen. Vielleicht atmest du ein paar Mal tief durch?« Grinsend verschränkte sie die Arme vor der Brust.

Beleidigt sah er sie an und für den Bruchteil einer Sekunde blitzte etwas in Liams Augen auf, was sie nicht erwartet hatte. Unsicherheit. Der Moment verging so schnell, wie er gekommen war, und Liam senkte verlegen den Kopf. Überrascht von seiner Reaktion hob Hope eine Augenbraue.

»Mach ich dich etwa nervös?«, fragte sie geradeheraus.

»Du? Soll das ein Witz sein?« Empört drückte Liam den Rücken durch. »Und jetzt sei still. Du störst meine Konzentration.«

Damit schloss er die Augen und nahm ein paar tiefe Atemzüge. Natürlich konnte er nicht wirklich atmen, aber die Macht der Gewohnheit war unglaublich stark. Schritt für Schritt zog er sich zurück und entkam mit dieser Methode seinem Tischgefängnis. Erleichtert fuhr er sich durch die Haare.

Hope grinste amüsiert. »Na, geht doch. Das passiert eben manchmal. Mach dir keine Gedanken. Anfängerfehler.«

»Pf ... als wäre ich ein Anfänger«, winkte Liam lässig ab.

»Natürlich nicht«, entgegnete sie gespielt ernst. Dann sah sie ihn fragend an. »Was wolltest du mir denn jetzt sagen?«

Verlegen vergrub Liam die Hände in den Hosentaschen und schwebte einmal durch den Raum. Dabei runzelte er die Stirn, als würde er angestrengt über seine nächsten Worte nachdenken. Doch der Ernst wich so schnell aus seinem Gesicht, wie er gekommen war. Schließlich huschte er zurück zum Metalltisch und machte es sich darauf bequem.

»Ach, war nicht so wichtig«, erwiderte er. »Eigentlich wollte ich nur mal sehen, wie du ohne mich klarkommst.« Jetzt breitete sich wieder das gewohnte Grinsen auf seinem Gesicht aus und Hope lächelte unwillkürlich.

»Ich komme ausgezeichnet allein klar«, antwortete sie überzeugt. »Was man von dir anscheinend nicht behaupten kann.«

Liam lachte auf und in diesem Moment kribbelte es in Hopes Bauch. Sie hatte ganz vergessen, wie warm und ansteckend sein Lachen war und wie sehr seine Augen dabei funkelten. Hitze stieg in ihre Wangen und sie eilte hastig davon, um die Fenster zu schließen.

Das Klingeln der Türglocke im Empfangsbereich ließ Hope zusammenfahren.

»Ich bin's, Liebes! Bist du hinten?«, ertönte die Stimme ihrer Großmutter.

»Ja, Grandma! Ich komme gleich«, antwortete sie und wandte sich an Liam. »Du musst gehen. Wenn ich arbeite, kann ich hier keinen herumspukenden Geist gebrauchen, der mich ablenkt.«

»Versteh schon.« Er nickte und flog hinüber zum Fenster. Dann drehte er sich ein letztes Mal zu ihr um. »Wann hast du Feierabend?«

Verdutzt sah sie ihn an. »Äh ... So um 18 Uhr ... denke ich«, stotterte sie. »Warum?«

Er zuckte die Schultern. »Nur so.« Mit einem Zwinkern verschwand er durch die Wand.

Hope verdrehte die Augen. Er würde bestimmt auf sie warten. Sie musste ihn irgendwie loswerden, auch wenn das Kribbeln in ihrem Bauch etwas anderes sagte. Diese Geschichte war absoluter Irrsinn. Sie sollte das Ganze im Keim ersticken, bevor es zu spät war.

***

»Geht es dir gut, Hope?«, fragte ihr Großvater und sah sie besorgt an.

Es war schon das zweite Mal, dass ihr heute eine Vase für die Blumengestecke aus der Hand glitt. Ihre Gedanken, wie sie Liam am besten loswerden könnte, ließen sie keine Sekunde in Ruhe, da war es schwer, sich auf die Arbeit zu konzentrieren.

»Ja, alles in Ordnung. Ist wohl einfach nicht mein Tag«, antwortete Hope entschuldigend, während sie die restlichen Scherben auf eine kleine Metallschaufel kehrte.

»Ja, solche Tage gibt es manchmal.« Liebevoll legte ihr Großvater ihr seine große Hand auf die Schulter. »Vielleicht solltest du mit deiner Grandma darüber reden, was dich bedrückt.«

»Aber ...« Hope atmete tief ein, doch er unterbrach sie.

»Glaubst du, wir bemerken nicht, wenn unsere Enkeltochter etwas auf dem Herzen hat?«, fragte er lächelnd.

Seufzend ließ sie die Schultern hängen. Grandpa hatte recht. Es war sinnlos, ihren Großeltern etwas vorzuspielen.

»Mach doch kurz Pause«, schlug er ihr vor. »Deine Grandma ist vorn. Sie wollte sich gerade einen Tee machen. Vielleicht leistest du ihr Gesellschaft?«

Hope nickte und leerte die Schaufel mit den Scherben über dem Mülleimer aus.

Als sie die Verbindungstür zum Empfangsbereich öffnete, schlug ihr sofort der würzige Geruch von Ingwertee entgegen. Genau wie sie, waren ihre Großeltern eingefleischte Teetrinker.

Es gibt für jede Situation den passenden Tee, sagte ihre Grandma immer.

»Möchtest du auch eine Tasse, Liebes?«, fragte ihre Großmutter, die gerade aus der schmalen Küchennische im hinteren Teil des Raumes kam.

Eine Antwort hatte sie wohl nicht erwartet, denn sie trug bereits ein Tablett mit einer kleinen Kanne und zwei Tassen in den Händen. Vorsichtig stellte sie es auf dem ovalen Glastisch vor der Couch ab und ließ sich mit einem Seufzen darauf nieder.

»Setz dich«, forderte sie Hope auf und klopfte neben sich auf das dunkle Leder. Dann nahm sie die Kanne, schenkte Tee in die beiden Tassen und reichte eine davon ihrer Enkelin.

Eine Weile saßen sie schweigend nebeneinander und nippten an dem duftenden Getränk. Mit jedem Schluck entspannte sich Hope ein wenig mehr.

»Was ist los mit dir?«, durchbrach ihre Grandma die Stille und bedachte sie mit einem besorgten Blick.

Hope kaute auf ihrer Unterlippe. Die Situation mit Liam war nicht so einfach zu erklären.

»Es ist kompliziert«, fing sie an und verstummte.

»Es geht um einen Mann«, schlussfolgerte ihre Großmutter und lächelte.

»Ja und nein.« Im Grunde war Liam kein richtiger Mann, sondern ein Geist. »Es gibt da einen Kerl ... Er ist ein ziemlicher Spinner ... aber er ... bringt mich zum Lachen.« Hope stockte.

»Und weiter?«, fragte ihre Grandma und sah sie mitfühlend an.

»Nichts. Es ist sowieso sinnlos.«

»Woher willst du das jetzt schon wissen?«

»Weil er ein Geist ist, deshalb.« Hope schnaubte. »Außerdem ist er so was von eingebildet und egozentrisch. Ich überlege nur, wie ich ihm beibringe, dass er mich in Ruhe lassen soll.«

Überrascht hob ihre Großmutter die Augenbrauen. »Bist du dir sicher, dass du das willst?«

»Klar, was denn sonst? Alles andere wäre wirklich verrückt.«

Bei dem durchdringenden Blick ihrer Grandma fühlte Hope sich ertappt und starrte verlegen in ihren Tee.

»Na gut, ich kann dir nur den Rat geben, ehrlich zu ihm zu sein. Ausreden und Lügen hat niemand verdient. Auch kein Geist.«

Nachdenklich fuhr Hope mit dem Finger am Henkel der Tasse entlang. Ihre Großmutter hatte recht. Sie sollte Liam heute Abend die Wahrheit sagen. Direkt und ohne drumherum zu reden. So würde sie Missverständnissen vorbeugen und die Sache wäre schnell geklärt.

»Danke, Grandma. Ich weiß jetzt, was ich tun werde.« Hope trank ihren Tee aus und machte sich wieder an die Arbeit. Das ungute Gefühl tief in ihrem Herzen beachtete sie dabei gar nicht.

Kapitel 10

Die Tür des Bestattungsinstituts schwang auf und die freudige Erwartung breitete sich wie eine sanfte Welle in ihm aus. Vor Aufregung flackerte seine Gestalt so heftig wie eine kaputte Glühbirne. Die vergangenen Stunden hatten sich hingezogen wie alter, zäher Kaugummi. Doch als er die hübsche Geisterflüsterin jetzt aus dem Gebäude kommen sah, überkam ihn ein Gefühl, an das er sich kaum mehr erinnerte – Glück.

Den ganzen Tag hatte er darüber nachgedacht, warum sie ihm ständig im Kopf herumspukte und ihm war klar geworden, dass er sich heftig von ihr angezogen fühlte. Liam wollte mehr von ihr wissen, wollte die Frau, die es schaffte, ihm seine Hobbys zu vermiesen, näher kennenlernen. Dass sie extrem heiß war, spielte für ihn in diesem Fall nur eine Neben-rolle, wenn auch eine große. Was ihn faszinierte, waren Hopes Humor, ihre Schlagfertigkeit und die Art, wie sie ihn ansah. So ernst und doch so warm und voller Zuneigung. Ihr Lächeln schickte kleine

Blitze durch seinen Körper und das gefiel ihm. Seit seinem Tod hatte er nicht mehr so intensiv auf eine Frau reagiert. Die Tatsache, dass er ein Geist war und sie nicht, beachtete Liam gar nicht. Er war sich sicher, dass ihn die Geisterflüsterin mochte. Die Funken zwischen ihnen hatte er deutlich gespürt. Jetzt musste er nur noch herausfinden, wie weit sie sich auf ihn einlassen würde. Was ihm ein wenig Sorgen bereitete, waren Hopes Geisterfreunde. Vor allem Trudy war ihm gegenüber extrem misstrauisch. Dieser Wachhund könnte zum Problem werden, aber davon würde er sich nicht abhalten lassen.

Entschlossen schwebte er auf Hope zu, die bei seinem Anblick abrupt stehenblieb.

»Na? Wie war die Arbeit heute? Todlangweilig?«, witzelte er.

Ihre Mundwinkel zuckten, doch sie bekam sie schnell wieder unter Kontrolle und sah ihn ernst an. »Liam, ich muss mit dir reden.«

Er hatte es gewusst. Liam streckte den Rücken durch und bedachte sie mit einem intensiven Blick. »Ich weiß, was du sagen willst, Hope. Mir geht es genauso.«

Irritiert runzelte sie die Stirn. »Echt? Du bist auch der Meinung, dass sich unsere Wege trennen sollten?«

»Klar, ich ... Moment mal ... Was?«

Hope presste die Lippen aufeinander und atmete tief durch, bevor sie antwortete. »Liam, es ist nett von dir, dass du mich magst ... aber das ist doch sinnlos. Ich meine, du bist ein Geist und ich am Leben ... Schon vergessen?«

Verdutzt starrte Liam sie an, brachte jedoch kein Wort heraus.

»Ich will, dass du gehst«, sprach die Geisterflüsterin mit zitternder Stimme weiter. Dann lächelte sie gequält. »Mach's gut, Liam.« Damit ging sie an ihm vorbei und ließ ihn stehen.

Die Gedanken in seinem Kopf fuhren Achterbahn. Er hatte gerade eine Abfuhr kassiert. Das würde er auf keinen Fall auf sich sitzen lassen. Blitzschnell wirbelte er herum, sauste hinter ihr her und packte sie am Arm. »Warte mal. Willst du mir ernsthaft erzählen, du hättest es nicht gespürt?«

»Keine Ahnung wovon du redest«, entgegnete sie, sah ihm dabei aber nicht in die Augen.

Diese kleine Geste reichte Liam. »Aha. Du weißt genau, wovon ich rede. Warum gibst du's nicht einfach zu?«

Hope befreite sich aus seinem Griff und sah ihn verärgert an. »Nein, weiß ich nicht ... und jetzt lass mich bitte in Ruhe.«

Warum tat sie das? Er sah es deutlich in ihren Augen, deren gequälter Ausdruck überhaupt nicht zu den Worten passte, die aus ihrem Mund kamen.

»Hast du Tomaten auf den Ohren?«, zeterte auf einmal eine helle Stimme hinter ihm.

Erschrocken wirbelte er herum und stöhnte auf, als er Trudy und Jim erkannte, die jetzt an ihm vorbeischwebten und sich links und rechts neben Hope postierten. Die Geisterblondine verschränkte die Arme vor der Brust und starrte Liam wütend an, während Jim ihm zur Begrüßung freundschaftlich zunickte.

»Hör auf, ihm zuzunicken, du Hornochse«, fuhr sie ihren Freund an. »Du hast gehört, was Hope gesagt hat. Er soll verschwinden. Also hilf gefälligst unserer Freundin.«

Jim hob abwehrend die Hände. »Ist ja gut. Ich bin eben höflich. Männer können auch in solchen Situationen freundlich sein.«

»Ha!« Trudy lachte auf. »Das glaubst du doch selbst nicht. Ihr müsst euch doch immer nur prügeln.«

»Wenn du meinst«, erwiderte Jim mit einem Schulterzucken.

Die Geisterfrau schnaubte zufrieden und wandte sich an Liam. »Wie kannst du es wagen, hier überhaupt aufzutauchen?«, fauchte sie ihn an, »Erst belügst du uns mit deinem ach so hilfebedürftigen Freund und dann erfahren wir auch noch, was für ein ekelhaftes Spannerschwein du bist!« Trudys Gestalt flackerte heftig und ihre Wangen leuchteten trotz der geisterhaften Blässe rötlich. »Wehe, du kommst auch nur in Hopes Nähe! Dann kriegst du's mit mir zu tun! Und jetzt hau ab, du ...«

»Trudy, jetzt reicht's!«, unterbrach Jim seine Freundin scharf. »Das Ganze kann sicher auch ruhig geklärt werden, oder, Liam?«

»Äh ... sicher«, stotterte dieser. Er war mit der Situation völlig überfordert.

»Siehst du, Trudy. Kein Grund die Furie raushängen zu lassen.« Schützend schwebte Jim vor Liam und sah zu Hope. »Wir klären das jetzt ganz ruhig. Hope, willst du wirklich, dass Liam verschwindet?«, fragte er sachlich.

Irritiert nickte sie. Bisher hatte sie das Geschehen nur stumm verfolgt.

»In Ordnung«, bemerkte Jim und wandte sich um. »Sorry, Kumpel. Du hast es gesehen. Ich denke, du solltest jetzt gehen.«

Liam blickte in die Gesichter der drei Freunde. Mit zusammengebissenen Zähnen funkelte Trudy ihn wütend an und erinnerte dabei an einen Kampfhund, der nur auf ein Kommando wartete, um anzugreifen. Jim schenkte ihm einen entschuldigenden Blick und Hope starrte mit gesenktem Kopf fest auf den Boden.

»Hope?«, fragte er ein letztes Mal zaghaft und sah, wie sie schwer schluckte. Als Liam versuchte, zu ihr zu gelangen, versperrte Trudy ihm schlagartig den Weg. Er hätte schwören können, ein Knurren von ihr zu hören.

Seufzend ließ er die Schultern hängen. Im Moment blieb ihm keine andere Wahl. Mit erhobenen Händen zog er sich zurück, die Geisterblondine dabei immer im Augenwinkel, nickte Jim zum Abschied noch mal zu und flog davon.

Kapitel 11

»Den sind wir los«, triumphierte Trudy und stemmte die Hände in die Hüfte.

Hope hob den Kopf und sah Liam nach. Mit jedem Meter, den er sich weiter entfernte, zog sich ihr Magen fester zusammen. Leise Zweifel keimten in ihr auf und sie fragte sich, ob sie die richtige Entscheidung getroffen hatte.

»Mir tut er schon ein bisschen leid«, sagte Jim und flog hinter ihr herum zu Trudy. »Dein Gekeife ist echt nicht zu ertragen.«

Die Geisterblondine riss die Augen auf und schnaubte. »Mein Gekeife? Ich habe Hope gerade vor einem schrecklichen Perversling gerettet.«

»Er ist eben ein Genießer.« Jim grinste und fing sich einen Schlag auf den Oberarm ein, den er lachend in Kauf nahm.

Trudy pustete sich eine Haarsträhne aus dem Gesicht. »Auf jeden Fall lässt er Hope jetzt in Ruhe.«

Jim legte den Kopf schief und hob fragend eine Augenbraue. »Bist du dir sicher, dass sie das wirklich will?«

Sie runzelte die Stirn. »Wieso sollte sie das nicht wollen?«

»Na, schau sie dir doch an. Sie sieht aus wie ein Kind, dem man gerade gesagt hat, dass Weihnachten ausfällt.«

»Hallo? Ich bin noch anwesend«, schaltete sich Hope jetzt ein. »Und bevor ihr weiter meine Psyche analysiert ... Mir geht es gut, danke.« Sie beschleunigte ihre Schritte. Dieser Tag sollte endlich vorbeigehen.

Trudy runzelte die Stirn, dann schlich sich ein besorgter Ausdruck auf ihr Gesicht. »Jim, du hast recht. Sie wirkt tatsächlich unglücklich.«

»Hab ich doch gesagt«, antwortete er mit einem Schulterzucken.

»Könntet ihr jetzt endlich aufhören?«, fuhr Hope ihre Freunde an. Sie fühlte sich wie ein Patient bei der Visite im Krankenhaus. »Mir geht es gut und Ende.«

Verdutzt starrten die beiden sie an und Trudy presste beleidigt die Lippen aufeinander.

»Sorry«, entschuldigte Hope sich augenblicklich. »Mir ist gerade alles zu viel. Ich will einfach nur noch nach Hause.«

Den Rest des Weges verbrachten die drei Freunde schweigend. Vor der Wohnungstür blieben sie stehen. Hope steckte den Schlüssel ins Schloss, seufzte und drehte sich noch einmal um. »Tut mir leid, ihr zwei. Keine Ahnung, was mit mir los ist. Ich verkriech mich jetzt auf meine Couch. Morgen geht's mir bestimmt besser.«

»Ist okay«, antwortete Jim und grinste schief. »Frauen lassen sich von uns Männern ja schnell mal aus der Ruhe bringen.«

Trudy verdrehte die Augen und schlug ihn ein weiteres Mal auf den Oberarm. »Du bist so ein Blödmann, Jim.« Dann wandte sie sich an ihre Freundin. »Schon gut, Süße. Wenn du willst, reden wir ein anderes Mal darüber.«

Damit verabschiedeten sich die beiden Geister und ließen Hope allein zurück.

Nachdem sie die gewohnte Salzkontrolle an allen Fenstern und Türen vorgenommen hatte, sprang sie unter die Dusche. In einem bequemen Outfit, das aus einer schwarzen Short und einem passenden grauen T-Shirt bestand, machte sie es sich auf dem Sofa bequem. Auf dem Rücken liegend starrte sie an die Decke.

Hope fühlte sich mies. Nicht nur wegen des kleinen Streits mit ihren besten Freunden, sondern vor allem wegen Liam. Er hatte sie zurückgehalten und sie hatte ihm trotzdem eine Abfuhr erteilt. In diesem Moment hatte in seinen Augen ehrliche Enttäuschung gelegen, die sich für sie wie ein Schlag in die Magengrube angefühlt hatte. Noch immer spürte sie die zarte Berührung seiner Hand auf ihrem Arm. Kühl, aber angenehm zugleich, als ob man sich nach einem intensiven Sonnenbad wieder in den ersehnten Schatten begibt.

Stöhnend drehte sich Hope zur Seite und vergrub ihr Gesicht in den Kissen. Warum war immer alles so kompliziert mit der Liebe? Genau deshalb wollte sie keinen Mann. Das bedeutete nur Stress. Und so sehr ihr Liam auch im Kopf herumspukte, er war eben ein Geist. Daran konnte niemand etwas ändern. Eine Beziehung mit ihm würde Hope zur Königin der Freaks befördern und das brauchte sie nicht. Sie hatte so schon genug Probleme mit ihrem Sozialleben.

Seufzend kämpfte sie sich auf die Beine und schlurfte lustlos in die Küche. Nachdem sie Wasser aufgesetzt hatte, holte sie eine Tasse aus dem Schrank und kramte in ihrer Teeschublade nach einem Beutel Ingwer-Schoko-Tee. Beim Aufgießen stieg ihr der süßlich-würzige Geruch in die Nase und sie schloss für einen Moment die Augen.

Ein leises Klopfen ließ Hope erschrocken herumfahren. Was sie dort sah, brachte ihr Herz für einen Augenblick zum Stillstand. Überrascht blinzelte sie zur geschlossenen Balkontür, hinter der Liam ihr lächelnd zuwinkte. Was zur Hölle ...

Sie hatte ihm eine klare Abfuhr erteilt und Trudys Schimpftirade war ebenfalls deutlich gewesen. Kein normaler Mensch, oder besser Geist, käme auf die

Idee, die Drohungen der Geisterblondine nicht ernst zu nehmen. Ein Funken Freude blitzte in ihrem Inneren auf. Liam war eben nicht normal.

»Hi. Was machst du gerade?«, fragte er, als ob nichts passiert wäre. Durch die Fensterscheibe klang seine Stimme gedämpft.

Hope hob die Augenbrauen. »Ist das dein Ernst?«

Unbeeindruckt zuckte er die Schultern. »Dachtest du, ich lasse mich von deiner Pitbull-Freundin abhalten?« Seine Augen funkelten schelmisch.

Hope war sprachlos. Unfähig, die unzähligen Gedanken, die in ihrem Kopf umherwirbelten, zu fassen, starrte sie ihn an. Einerseits schmeichelte es ihr, dass er sich nicht so schnell abwimmeln ließ. Außerdem musste sie zugeben, dass er verdammt gut aussah, wie er die Hände lässig in den hinteren Hosentaschen vergraben hatte. Andererseits hatte sie ihre Entscheidung getroffen. Es war das Beste so.

»Von Trudy lässt du dich vielleicht nicht aufhalten, aber du hast vergessen, dass ich auch noch da bin.« Sie nahm einen tiefen Atemzug, bevor sie weitersprach. »Und ich habe dir gesagt, dass du gehen sollst.«

»Ja, aber das hast du doch gar nicht so gemeint«, konterte Liam mit einem selbstbewussten Lächeln.

Dieser arrogante Arsch.

Einen Moment überlegte Hope, wie sie ihm verklickern konnte, dass sie es ernst meinte, dann kam ihr eine Idee. Mit einem überlegenen Grinsen stellte sie sich direkt vor die Balkontür, griff nach links und rechts und zog ihm mit einem Schwung die blickdichten Vorhänge vor der Nase zu.

»Soll mich das etwa aufhalten?«, fragte Liam mit einem amüsierten Unterton in der Stimme.

Hope schmunzelte. Sie wusste, was jetzt kam.

Keine Sekunde später hörte sie ein dumpfes Geräusch und ihr hartnäckiger Verehrer schimpfte. »Shit! Was ist das? Warum komme ich nicht durch die Scheibe? Hope?«

Sie presste die Lippen aufeinander, um nicht laut loszulachen. Es benötigte all ihre Konzentration einen ernsten Gesichtsausdruck zu machen, bevor sie den Kopf zwischen den weinroten Vorhängen hindurchsteckte.

»Tja«, antwortete sie und sah Liam dabei triumphierend an. »Das ist mein persönliches Sicherheitssystem. Es wehrt lästige Geister ab.«

Verärgert runzelte er die Stirn, nahm Anlauf und raste erneut auf die Scheibe zu. Kaum hatte er sie berührt, wurde er heftig zurückgeschleudert und wirbelte durch die Luft. Als er sein Gleichgewicht wiedergefunden hatte, schwebte er vorsichtig an die Balkontür heran und sah Hope direkt in die Augen. Die ehrliche Enttäuschung in seinem Blick ging ihr durch und durch.

»Komm schon, Geisterflüsterin. Lass mich rein. Ich will doch nur mit dir reden.«

Hastig zog Hope den Kopf zurück und versteckte sich wieder hinter den Vorhängen. Seinem Blick würde sie nicht länger standhalten können. In ihrem Hals bildete sich ein dicker Kloß, der sich auch mit kräftigem Räuspern nicht auflösen ließ. Sie kniff die Augen zu und schüttelte den Kopf. Nein. Das war nicht richtig.

»Na gut«, erklang Liams Stimme erneut, diesmal jedoch ernst, »dann bleibe ich eben hier stehen, bis du mit mir redest. Und wenn es ewig dauert … Ich habe Zeit.«

Stöhnend ließ sich Hope auf den Boden sinken. Das würde ein toller Abend werden. Warum machte er es ihr so schwer?

Eine Weile war alles still auf dem Balkon und sie fragte sich, ob Liam vielleicht doch verschwunden war. Leise stand sie auf und lugte hinter dem Vorhang hervor. Nur um festzustellen, dass der Geist keinen Millimeter von der Fensterscheibe weggerückt war. Die Arme vor der Brust verschränkt, sah er sich interessiert um.

»Ist ein schönes Haus«, fing er auf einmal an. »Sieht ziemlich neu aus. Gefällt mir. Hier könnte ich auch wohnen, aber als Geist ist das ja so eine Sache mit materiellen Dingen …«

Hope verdrehte die Augen. Wollte er sie jetzt mit Smalltalk in den Wahnsinn treiben? Fassungslos schüttelte sie den Kopf und ihr Blick fiel in die Küche. Den Tee hatte sie völlig vergessen. Hastig eilte sie zu ihrer Tasse und holte den Beutel, aus dem dampfenden Wasser. Nachdem sie zwei Löffel Zucker hineingegeben hatte, schnappte sie sich das heiße Getränk und machte es sich damit auf der Couch bequem. Den quatschenden Geist auf dem Balkon, blendete sie dabei aus. Sollte er sich doch mit sich selbst unterhalten.

Hope wollte gerade den ersten Schluck nehmen, da wurde Liams Stimme auf einmal lauter. »Langsam wird mir vom Reden langweilig. Ich denke ich werde auf Singen umsteigen.«

Mitten in der Bewegung erstarrte sie. Nein. Bitte nicht.

Doch schon ertönte seine raue Stimme. »JINGLE BELLS, JINGLE BELLS ...«

Gesang war eindeutig nicht seine Stärke. Schnell stellte sie ihren Tee ab und hielt sich gequält die Ohren zu. Wenn dieser Geist nicht bald aufhörte zu nerven, dann ...

Von einem Moment auf den anderen war es wieder still und sie ließ vorsichtig die Arme sinken.

»Hope? Bist du noch da? Ich habe auch ein paar andere Songs auf Lager!«, rief er in diesem Augenblick und trällerte fröhlich weiter. »ALLE MEINE ENTCHEN ...«

Das brachte das Fass zum Überlaufen. Hope sprang auf, riss die Vorhänge zur Seite und öffnete zornig die Balkontür. »Wenn du nicht sofort mit diesem schrecklichen Gejaule aufhörst, trete ich dir persönlich in deinen Geisterarsch!«

Von ihrem Wutausbruch völlig unbeeindruckt, grinste Liam bis über beide Ohren. »Darf ich dich daran erinnern, dass du das gar nicht kannst?«

»Mpf ...«, war alles, was Hope dazu einfiel. Erschöpft ließ sie die Schultern hängen. »Okay, du hast gewonnen. Lass uns reden ... aber nur hier draußen.«

Freudestrahlend lächelte Liam. Bei seinem Anblick lief ihr ein warmer Schauer über den Rücken und ohne es zu wollen, löste sich ihre Wut in Luft auf.

Kapitel 12

Es dämmerte bereits, als Hope mit dem Tee in der Hand auf den Balkon trat. Der Himmel leuchtete in den unterschiedlichsten Orangetönen und tauchte die Welt in ein warmes Licht.

Sie zog einen der hölzernen Klappstühle heran und wischte mit dem Unterarm darüber, um Schmutz und Blütenpollen zu entfernen. Hope war nicht oft hier draußen. Im Grunde nur, um zu sehen, wie das Wetter war. Zum Einzug hatte sie die Sitzgarnitur von ihren Großeltern geschenkt bekommen.

Auf einen Balkon gehört eine Sitzmöglichkeit. Darauf hatte Grandma bestanden.

Nachdem der Stuhl sauber war, setzte sie sich und legte die Beine bequem auf dem Balkongeländer ab. Eigentlich war es ganz gemütlich hier draußen.

»Bist du jetzt zufrieden?«, fragte sie an Liam gerichtet.

Der Geist hatte sich auf dem winzigen, halbrunden Holztisch, der zur Garnitur gehörte, niedergelassen und ließ seine Beine baumeln.

Er wackelte mit dem Kopf. »Ist zumindest schon mal nicht schlecht.« Bei seinen Worten umspielte ein Lächeln seine Lippen und Hope wandte schnell den Blick ab. Eine Weile saßen sie schweigend beisammen und betrachteten den orange leuchtenden Himmel.

Dann durchbrach sie die Stille. »Warum bist du hier?«

»Um dich kennenzulernen, das müsste dir doch mittlerweile klar sein«, antwortete Liam und grinste.

Sie verdrehte lächelnd die Augen. »Nein, ich meine, warum bist du noch immer hier bei den Lebenden? Warum bist du nicht ins Licht gegangen?«

Bedeutungslos zuckte Liam die Schultern. »Mir gefällt's hier eben.«

Hope betrachtete ihn, wie er mit einem zufriedenen Gesichtsausdruck auf dem Tisch saß. Es gab Seelen, die nicht sofort ins Licht verschwanden, aber nach einiger Zeit wollten sie alle gehen. Bei manchen dauerte es nur länger. Meist erkannten sie erst später, dass das irdische Leben auch ohne sie weiterging. Liam war jung, daher verwunderte sie seine Antwort nicht.

Trotzdem brannte ihr eine Frage auf der Zunge. »Gibt's niemanden, den du wiedersehen willst? Verstorbene Großeltern oder Haustiere oder so?«

Ihre Worte überraschten ihn, denn mit einem Mal veränderte sich sein Gesichtsausdruck. Traurigkeit huschte wie ein Schatten darüber und er ließ die Schultern hängen. »Nein. Es gibt niemanden ... wird es auch nicht.«

Betroffen biss sich Hope auf die Unterlippe. »Tut mir leid, ich dachte nur, ... weil die meisten Seelen ...«

»Ich bin aber nicht die meisten«, unterbrach er sie. »Und jetzt bin ich mal dran mit Fragen stellen. Warum kannst du mit Geistern sprechen?«

Seufzend akzeptierte sie den plötzlichen Themenwechsel. »Keine Ahnung. Ich kann es einfach.« Sie strich sich eine Haarsträhne aus dem Gesicht. »Das Ganze ging los, als ich sechs Jahre alt war. Zumindest wurde mir in dem Alter bewusst, was ich konnte.«

»Ist doch eine ziemlich coole Gabe.«

Hope nahm einen Schluck Tee und lächelte schwach. »Ja, schon, aber nicht immer. Manchmal fühlt es sich an wie die schlimmste Strafe der Welt.«

Amüsiert hob Liam eine Augenbraue. »Wegen Typen wie mir?«

Sie schluckte schwer und kämpfte den aufkeimenden Kloß in ihrem Hals nieder. »Nein. Weil es nicht so einfach ist, seine eigenen Eltern ins Licht zu schicken.« Ihre Stimme zitterte, doch sie hatte über die Jahre gelernt, ihre Gefühle schnell wieder unter Kontrolle zu bringen.

Schockiert starrte er sie an. »Sorry ... das wusste ich nicht ... Was ...«

»Ein Autounfall«, erwiderte sie knapp. Das Mitleid in seinen Augen schnürte ihr die Kehle zu. »Schon gut«, beruhigte sie ihn hastig. »Ist schon lange her.« Erneut nippte sie an ihrem Tee und wechselte das Thema. »Ich bin wieder dran. Wie bist du gestorben?«

»Selbstmord«, antwortete er trocken.

Jetzt war es Hope, die ihn schockiert anstarrte. »Du hast dich selbst umgebracht?«

»War Zeit für eine Veränderung«, erklärte er, als ob das alles keine Bedeutung für ihn hätte.

»Wie ...« Sie stockte, wusste nicht, welche Worte jetzt die richtigen waren.

Doch Liam winkte locker ab. »Zu viel Alkohol, ein schnelles Auto und ein riesiger Baum sind keine gute Kombi. Kann mich aber kaum noch dran erinnern.«

Hope fragte sich, wieso er das alles so gelassen nahm. Verständnislos schüttelte sie den Kopf. »Warum hast du das getan?«

Er seufzte. »Das Leben wollte mich eben nicht. Das hat es mir deutlich gezeigt. Und eines Tages wollte ich auch nicht mehr. Ganz einfach.«

»Und deine Familie?« Hope konnte sich gar nicht vorstellen, wie schrecklich sein Tod für seine Eltern gewesen sein musste.

Bei ihren Worten erstarrten Liams Gesichtszüge. »Meine Familie? Die haben mich weggeworfen wie Müll«, antwortete er scharf. »Selbst das Waisenhaus wollte mich loswerden.« Er lachte verächtlich. »Doch ich kam immer wieder. Jedes Mal, wenn sie mich an eine Pflegefamilie vermittelt hatten, wurde ich nach einer Testphase wieder zurückgegeben, wie ein Hund aus dem Tierheim. Das war mein großartiges Leben.«

Seine Worte trafen Hope direkt ins Herz. Es war schrecklich, was er alles durchgemacht hatte.

»Es tut mir leid, Liam«, sagte sie mitfühlend.

Für einen Moment schloss er die Augen, senkte den Kopf und atmete tief durch. »Schon gut. Das Leben kann eben nicht für jeden ein Glücksgriff sein.«

Hope schluckte schwer. Am liebsten hätte sie ihn jetzt in den Arm genommen, doch das war leider unmöglich. Sie sah hinauf zum Abendhimmel, an dem die ersten Sterne erschienen, und ließ Liam Zeit für seine Gedanken.

Nach einer Weile, in der nur das nächtliche Zirpen der Grillen in den umliegenden Gärten zu hören war, durchbrach sie erneut die Stille. »Dieses Gespräch hast du dir sicher anders vorgestellt.«

»Vielleicht ein bisschen weniger dramatisch«, erwiderte Liam und seine Mundwinkel zuckten leicht.

Ein Lächeln huschte über Hopes Gesicht. »Dann lass uns doch ein Thema mit weniger Drama wählen.«

»Einverstanden, Geisterflüsterin.« Er stand auf und lehnte sich ihr gegenüber an das Metallgeländer. »Reden wir über dich. Du bist also die Mutter Teresa der Seelen und dein Hobby ist Teetrinken.«

Sie lachte auf. »Und deins ist heimlich hübsche Frauen beobachten, richtig?«

Empört verschränkte er die Arme vor der Brust. »Ich genieße eben gern.«

»Natürlich«, antwortete Hope amüsiert.

»Nur weil ich ein Geist bin, heißt das nicht, dass ich keine Bedürfnisse mehr habe«, verteidigte sich Liam.

Beschwichtigend hob Hope die Hände. »Schon gut. Auch wenn das nicht die feine Art ist, kann ich dich in gewisser Weise verstehen.«

»Echt?« Misstrauisch runzelte er die Stirn, womit er sie erneut zum Lachen brachte.

»Na ja, viele Möglichkeiten hast du ja nicht als Geist«, erklärte sie ihm.

»Endlich mal jemand, der meine missliche Lage versteht«, freute er sich. Im nächsten Moment grinste er frech. »Vielleicht würdest du dich ja mal zur Verfügung stellen, um einem armen Geist wie mir zu helfen?«

»So hilfsbereit bin ich auch wieder nicht«, erwiderte Hope und lachte.

»Ach ...« Liam sah ihr tief in die Augen. »Sag niemals nie.«

Sein Blick schickte einen warmen Schauer durch ihren Körper und ihr Herzschlag beschleunigte sich.

Hastig räusperte sie sich. »Mach dir lieber keine falschen Hoffnungen.«

Er vergrub die Hände in den Taschen seiner Jeans und zuckte die Schultern. »Dann beobachte ich dich eben solange bei der Arbeit.«

»Das würde ich dir nicht raten. Wie ich Trudy kenne, wird sie mich in nächster Zeit nicht aus den Augen lassen.«

»Ach ja, dein Wachhündchen hatte ich schon fast vergessen.« Er sah sich um. »Ich kann sie hier aber nirgends sehen.«

»Tja, das liegt daran, dass sie von meinem Sicherheitssystem weiß und dass ich abends nie das Haus verlasse. Auch nicht, um auf den Balkon zu gehen.«

Fragend hob Liam die Augenbrauen. »Du gehst nie aus?«

»Nein«, erwiderte Hope. Sein skeptischer Gesichtsausdruck verunsicherte sie. Diese Blicke kannte sie nur zu gut. Sie waren daran schuld, dass sie sich wie ein Freak fühlte.

Verärgert stellte sie ihre Tasse auf dem Balkontisch ab. »Ich gehe nicht gern aus«, verteidigte sie sich und verschränkte schützend die Arme vor der Brust. »Ist das etwa ein Verbrechen?«

Sofort wurden Liams Gesichtszüge weicher. »Nein.« Er schüttelte den Kopf. »Ich frage mich nur, warum? Du bist megaheiß und die Typen würden sicher Schlange stehen.«

Röte schoss in ihre Wangen. Megaheiß? So hatte sie noch nie jemand bezeichnet.

Liam bemerkte ihre Verlegenheit und lächelte zufrieden. »Eigentlich finde ich es gut, dass du nicht ausgehst.« Er trat einen Schritt näher an sie heran und beugte sich zu ihr hinunter. »So habe ich weniger Konkurrenz.«

Hopes Herz setzte für einen Moment aus und tausend Gedanken rasten durch ihren Kopf.

Er ist ein Geist. Lass dich nicht von ihm einlullen. Das alles hat doch keine Zukunft. Was zur Hölle tue ich hier?

Jetzt befand sich Liams Gesicht direkt vor ihrem. Hope presste die Lippen aufeinander und senkte den Blick. Konzentriert starrte sie durch seine Gestalt hindurch auf den Balkonboden. Seine Anwesenheit fühlte sich wie ein angenehm kühler Windhauch auf ihrer Haut an. Ein wohliger Schauer lief ihr über den Rücken und breitete sich bis in ihre Fingerspitzen aus. Behutsam legte ihr Liam eine Hand ans Kinn und hob ihren Kopf leicht an. Unweigerlich folgte sie seiner Aufforderung und sah ihn an. Als sich ihre Blicke trafen, schluckte Hope. Ihre Knie waren mittlerweile so weich, dass sie Angst hatte, nie mehr aufstehen zu können, aber Liam schien genau zu wissen, was er wollte. Langsam beugte er sich vor und ...

Nein! Wie von der Tarantel gestochen sprang Hope auf und wich zurück. »Was sollte das denn werden? Ich habe dir gesagt, dass zwischen uns nichts läuft.«

Für einen winzigen Augenblick riss Liam überrascht die Augen auf, doch schon im nächsten Moment hatte er sich wieder unter Kontrolle und setzte sein typisches selbstbewusstes Lächeln auf. »Tut mir leid. War wohl noch etwas zu früh.«

»Was?«

»Vergiss es. Ich hol dich morgen Abend ab. Dann zeig ich dir, was du alles verpasst als Stubenhocker.«

»Aber ... ich will nicht ausgehen ... Ich hasse Menschenmassen«, stotterte sie völlig überrumpelt.

»Da, wo wir hingehen, sind keine Menschen«, versicherte er ihr und grinste. Dann flog er blitzschnell auf sie zu, küsste sie auf die Wange und verschwand mit lautem Geheul in der Nacht.

Verdutzt blieb Hope auf dem Balkon zurück. Das hatte ja super geklappt mit der Abfuhr.

Kapitel 13

»Finger weg, der ist für später«, schimpfte ihre Großmutter.

Lachend sah Hope sie an, zog die Hand vom Kuchen weg und schleckte die restliche Sahne von den Fingerspitzen. Mit einem letzten schaumigen Kringel verzierte ihre Grandma den Erdbeerkuchen und stellte ihn in den Kühlschrank.

»Erst machen wir das Foto«, wandte sie sich an ihre Enkelin. Dabei lächelte sie bis über beide Ohren. Bei ihrem Anblick seufzte Hope und verdrehte die Augen.

»Wehr dich nicht. Du weißt, dass du gegen sie keine Chance hast.« Ihr Großvater lachte, als er die Küche betrat.

Da hatte er recht. Seit ihre Eltern gestorben waren, wollte Hope ihre Geburtstage nicht mehr feiern. Doch diese Rechnung hatte sie ohne ihre Großmutter gemacht. Jedes Jahr zauberte sie einen Erdbeerkuchen mit extra Sahne und bestand darauf, ein Geburtstagsfoto von ihr zu machen. Gegen den

Kuchen hatte Hope nichts einzuwenden, aber alles andere erinnerte sie schmerzlich an ihre Eltern, die sie an diesem Tag stets mit neuen Verrücktheiten überrascht hatten. Besonders das mit Luftballons gefüllte Wohnzimmer war ihr noch gut im Gedächtnis geblieben. Hope zwang sich zu einem Lächeln. Ihre Großeltern meinten es im Grunde nur gut, also ergab sie sich wie jedes Jahr ihrem Schicksal und folgte ihnen nach draußen in den Garten.

Es war ein Sonntagnachmittag wie aus dem Bilderbuch. Die Sonne strahlte vom wolkenlosen Himmel und im Schatten der Bäume stand auf dem runden Tisch der romantisch geschwungenen Möbelgarnitur eine Vase mit gelben Lilien.

»Setz dich hier hin, direkt neben die Blumen. Wir stellen uns dann hinter dich.« Ihre Großmutter deutete auf einen der Stühle.

Mit einem tiefen Atemzug versuchte Hope, die bedrückende Enge in ihrer Brust zu lindern, und begab sich in Position, während ihr Großvater in einigem Abstand die Kamera auf dem Stativ befestigte und einstellte.

»Achtung«, lenkte er ihre Aufmerksamkeit auf sich, betätigte den Auslöser und humpelte eilig auf sie zu. Kaum hatte er sich neben seine Frau gestellt, ertönte das vertraute Klicken des Fotoapparates.

»Sehr schön«, sagte er und lächelte zufrieden. »Dann können wir jetzt endlich den Kuchen essen.«

Sie setzten sich um den runden Tisch und das Geburtstagskind schnitt den Erdbeerkuchen an. Er schmeckte himmlisch nach Vanille und Erdbeeren, und Hope musste zugeben, dass sie sich insgeheim doch jedes Jahr darauf freute.

Der Nachmittag verging wie im Flug. Ihre Großeltern gaben sich sichtlich Mühe, das Wort Geburtstag nicht weiter zu erwähnen und so plauderten sie einfach über Gott und die Welt. Trotzdem schweiften Hopes Gedanken immer wieder ab. Sie dachte an den heutigen Abend mit Liam und fragte sich, welchen Ort er ihr zeigen würde.

»Und? Machst du heute noch etwas Besonderes?«, erkundigte sich ihr Großvater und ließ sich sein drittes Stück Kuchen schmecken.

»Was?« Als wäre sie bei anzüglichen Gedanken ertappt worden, lief Hope rot an.

Ihre Großmutter lächelte wissend. »Wo bist du gerade, Liebes?«, fragte sie sanft.

»Äh ... keine Ahnung, was du meinst, Grandma«, antwortete ihre Enkelin so beiläufig wie möglich und nahm hastig einen Schluck Kräutertee.

Im Augenwinkel bemerkte sie, wie sich ihre Großeltern für einen Moment ansahen. Auf einmal nickte ihr Grandpa und erhob sich schmunzelnd.

»Ich werde mal den Zucker auffüllen. Bin gleich wieder da.« Damit verschwand er im Haus.

Hope wich dem Blick ihrer Großmutter aus, indem sie auf die gelben Lilien in der Vase starrte.

»Liebes, jetzt sag schon. Über was machst du dir Gedanken? Ich weiß, dass du Geburtstage nicht magst, aber da ist doch noch etwas anderes. Das kann ich sehen.«

Seufzend blickte sie ihre Großmutter an und gab schließlich nach. »Du hast recht. Gestern Abend hatte ich Besuch.«

Bei ihren Worten schossen die Augenbrauen ihrer Grandma freudig überrascht in die Höhe.

»Was aber nicht geplant war«, fügte Hope hastig hinzu. »Es war dieser Geistertyp. Er wollte sich unterhalten, also haben wir auf dem Balkon gesessen und geredet.«

»Ist er nett?«

»Ja, schon ... aber ...«, stotterte Hope. »Grandma, dir ist doch klar, dass das niemals was werden kann, oder?«

Ihre Großmutter lächelte wortlos.

»Egal ... also er will mich heute Abend abholen und mit mir ausgehen«, sprach Hope verunsichert weiter.

»Und du hast Angst, dass es dir gefallen könnte?« Liebevoll beugte sich die alte Dame vor und strich Hope eine Haarsträhne aus dem Gesicht. »Hör auf, darüber nachzudenken, Liebes. Genieße die Augenblicke, wie sie sind. Es ist nicht wichtig, mit wem du sie verbringst, solange du glücklich bist.«

Verwirrt starrte Hope ihre Großmutter an, doch bevor sie etwas erwidern konnte, erschien ihr Großvater an der Terrassentür, in der Hand die volle Zuckerdose.

»So, jetzt haben wir wieder Zucker für den Tee.«

***

Am frühen Abend verließ Hope das Haus ihrer Großeltern und machte sich auf den Heimweg. Es dämmerte bereits, aber sie ließ sich Zeit und spazierte in aller Ruhe die Straße entlang. Liam hatte keine Uhrzeit genannt und sie wollte sich nicht beeilen. Er konnte ja auf sie warten. Vielleicht verschwand er von selbst wieder, wenn es ihm zu lange dauerte.

»Hey, Geburtstagskind! Dachtest du, wir haben's vergessen?«

Hope erstarrte. Sie hatte gehofft, wenigstens dieses Jahr zu entkommen. Doch Trudy und Jim beachteten ihre Reaktion gar nicht. Heulend umkreisten sie ihre Freundin und begannen zu singen. »Happy Birthday to you. Happy Birthday to you. Happy Birthday, liebe Hooope. Happy Birthday to you!«

Hope ließ die Schultern hängen und schnaubte. »Danke«, murmelte sie widerwillig.

»Sorry, Süße, aber da musst du leider durch«, sagte Trudy schulterzuckend.

»Da gebe ich dir ausnahmsweise mal recht«, pflichtete Jim ihr bei, was seiner Freundin ein breites Grinsen ins Gesicht zauberte.

»Warst du wieder bei deinen Großeltern?«, erkundigte sich Trudy.

Hope nickte. »Ja, sie haben sich wie immer Mühe gegeben, es wie einen normalen Besuch zu gestalten. Außer dem alljährlichen Foto fürs Album natürlich.«

»Und dem Kuchen«, unterbrach ihre Freundin sie und machte dabei einen sehnsuchtsvollen Gesichtsausdruck. »Also das vermisse ich wirklich. Den Geschmack eines leckeren Erdbeerkuchens mit Sahne.«

»Genau.« Jim lachte auf. »Die Speckröllchen am Bauch vermisst du bestimmt auch.«

»Jim!«, fuhr Trudy ihren Freund an.

Bei dem Gezanke der beiden stahl sich ein Lächeln auf Hopes Lippen.

Mit flehendem Blick wandte Jim sich an sie. »Willst du nicht noch ein bisschen mit uns rumhängen? Dann bin ich wenigstens nicht allein mit dieser keifenden Schreckschraube.« Dabei deutete er auf Trudy, die wütend die Hände in die Hüfte stemmte.

»Du bist auch keine bessere Gesellschaft, du eingebildeter Möchtegernheld!«, schimpfte sie zurück.

»Sorry, Leute«, unterbrach Hope die zwei Streithähne. »Aber mir reicht es für heute. Ich werde jetzt
nach Hause gehen. Tut euch selbst einen Gefallen
und vertragt euch wieder.«

Beleidigt sah Trudy zu Jim hinüber, der ihr
einen Hundeblick zuwarf. »Na gut«, brummte die
Geisterblondine und sah zu ihrer Freundin. »Aber
nur, weil du heute Geburtstag hast.«

Lachend setzten sie ihren Weg fort und mit jedem
Schritt, den sie ihrer Wohnung näher kamen, klopfte
Hopes Herz lauter. Sie fragte sich, ob Liam bereits
auf sie wartete.

An der Haustür war ihre Neugier so groß, dass
sie am liebsten sofort die Tür aufgerissen hätte, um
zum Balkon zu hetzen. Hastig verabschiedete sie
sich von ihren Freunden. »Macht's gut. Wir sehen
uns dann.«

»Warte mal.« Trudy hielt sie auf und beäugte sie
misstrauisch. »Warum hast du es heute so eilig?«

»Äh ... Ich will nur nach Hause«, erwiderte Hope
zögernd und prompt jagte Hitze in ihre Wangen.

»Aha!«, rief ihre Freundin. »Du verheimlichst
uns was. Was denkst du, Jim?«

»Bin ganz deiner Meinung, Trudy, aber ist das so
wichtig?«

»Na, und ob. Wir sind schließlich beste Freunde«,
empörte sie sich.

Hope ließ die Schultern hängen und seufzte.
Mist. Sie wusste, dass sie jetzt mit der Wahrheit

rausrücken musste. Trudy konnte extrem hart-
näckig sein.

Bevor sie anfing zu erzählen holte sie noch einmal tief Luft. »Ist ja gut ... Ihr habt recht ... Ich bin
noch verabredet.«

Erstaunt riss die Geisterblondine die Augen auf
und klatschte begeistert in die Hände. »Oh, wie
schön! Du hast ein Date. Wer ist er? Wo habt ihr
euch kennengelernt? Habe ich ihn schon mal gesehen?«

»Stopp«, unterbrach Hope ihren Wortschwall.
»Es ist Liam. Und es ist kein Date.« Bei ihren
Worten klappten den beiden Geistern die Kinn-
laden herunter. »Ja, ich weiß, was ihr denkt. Aber
ich kann auf mich selbst aufpassen. Wenn ihr also
wirklich meine Freunde seid, tut mir bitte den Gefallen und lasst es gut sein.«

Mit aufgerissenen Augen starrte Trudy ihre
Freundin an. Es fiel ihr sichtlich schwer, alle weiteren
Kommentare hinunterzuschlucken, doch sie schwieg.

»Ich wünsch dir viel Spaß«, sagte Jim und grinste.
»Habe ich auch noch nicht gehört. Ein Geist und
eine Lebende. Bin gespannt, wie ihr das mit dem
Sex anstellen wollt.«

»Jim!«, riefen Hope und Trudy gleichzeitig und
er hob abwehrend die Hände.

»Schon gut. War nur eine Überlegung.«

»Hör nicht auf ihn, Hope. Ich bin zwar nicht
begeistert und kann dich in diesem Fall nicht ver-

stehen, aber ich bin für dich da, wenn du mich brauchst. Und sollte dir dieser Perversling etwas antun, kann er was erleben«, sagte Trudy mit fester Stimme. Dann stahl sich ein Lächeln auf ihr Gesicht. »Außerdem will ich natürlich auch alle Details erfahren«, flüsterte sie ihr zwinkernd zu.

Endlich verabschiedeten sich die beiden und Hope schloss erleichtert die Wohnungstür auf. Dieses Gespräch war besser gelaufen als gedacht und die zwei Geister hatten mal wieder bewiesen, dass sie eben doch ihre besten Freunde waren.

Als sie die Tür hinter sich zuwarf und die Boots von den Füßen kickte, schoss ihr auf einmal eine Frage durch den Kopf, die ihr Herz erneut zum Rasen brachte.

Wenn eine Freundschaft zwischen Leben und Tod möglich war, warum nicht auch mehr?

Kapitel 14

Der Nachthimmel war mit Sternen übersät, als sich Liam auf den Balkon sinken ließ und durch die Fensterscheibe spähte. Ihm war ein wenig mulmig zumute, weil er erst so spät auftauchte, doch für seinen Plan musste es draußen dunkel sein.

Auf den ersten Blick war Hope nirgends zu sehen. Weder im Wohnzimmer noch in der Küche. Vorsichtig klopfte er an die Scheibe und wartete.

Nichts.

Er schnaubte. Das Licht im Wohnzimmer brannte doch. Liam klopfte erneut, diesmal lauter, aber alles blieb still.

Stirnrunzelnd sauste er um die Hausecke und lugte durch eines der beiden Schlafzimmerfenster, doch auch dort war von Hope keine Spur. Auf dem Weg zurück zum Balkon zog sich sein Magen unangenehm zusammen und er fragte sich, ob sie ihre Verabredung vergessen hatte. Genau in diesem Moment trat Hope mit verschränkten Armen hinter dem Vorhang hervor.

Vor Schreck schoss Liam in die Höhe, über das Hausdach hinaus. Sein Atem ging so schnell, dass er froh war, ein Geist zu sein. Das hätte er sonst garantiert nicht überlebt.

Weit unter ihm öffnete Hope unterdessen die Tür und betrat den Balkon. Sie sah umwerfend aus in ihrer kurzen grauen Jeans und dem schulterfreien schwarzen Top. Wortlos legte sie den Kopf in den Nacken und sah mit ernstem Gesichtsausdruck zu ihm nach oben. Er atmete tief durch, bevor er langsam zurück auf den Balkon schwebte.

»Wäre ich nicht schon tot, hättest du mich jetzt sicher auf dem Gewissen«, fing er locker an und grinste. »Ich kenne niemanden, der es schafft, einen Geist zu erschrecken.«

Hope reagierte nicht auf seine Worte und starrte ihn weiter ausdruckslos an.

»Ist ja gut.« Entschuldigend hob Liam die Hände. »Ich weiß, ich bin spät dran, aber zu meiner Verteidigung ... es muss dunkel sein für das, was ich mit dir vorhabe.«

»Was du mit mir vorhast?«, wiederholte sie skeptisch und zarte Röte zog sich über ihre Wangen.

Amüsiert lächelte er und kam näher. »Ich wusste gar nicht, dass du so schmutzige Gedanken hast.« Irritiert blinzelte sie, doch er ließ sie nicht zu Wort kommen. »Hey, keine Panik. Das habe ich damit nicht gemeint, obwohl das auch nicht schlecht wäre.«

Bei seinen letzten Worten wurden Hopes Augen groß, aber schon im nächsten Moment hatte sie sich wieder unter Kontrolle. »Spar dir deine Sprüche. Egal ob es dunkel sein muss oder nicht ... eine Frau warten zu lassen ist scheiße.«

Liam vergrub die Hände in den Hosentaschen und senkte den Blick. »Es tut mir leid«, erwiderte er aufrichtig. Dann stahl sich wieder ein Lächeln auf seine Lippen. »Nächstes Mal beehre ich dich schon früher mit meiner Anwesenheit, einverstanden?«

Sie schmunzelte. »Du musst mir heute schon viel bieten, damit es überhaupt ein nächstes Mal gibt.«

Siegessicher drückte Liam den Rücken durch. »Herausforderung angenommen.«

Hope lachte bei seinen Worten und ein angenehmes Kribbeln breitete sich in seinem Körper aus. Ihr ausgelassenes Lachen war atemberaubend.

»Sollen wir dann?«, forderte sie Liam auf und riss ihn damit aus seinen schwärmerischen Gedanken.

»Äh ... Klar, los geht's. Wer zuerst unten ist, bekommt einen Kuss.«

»Das träumst du vielleicht«, entgegnete Hope, doch Liam war bereits vom Balkon gesprungen und davongesaust.

Er wusste, dass sie sich weigern würde ihn zu küssen, dennoch hoffte er, dass dieses Date sie vielleicht noch umstimmte.

Eine Weile spazierten sie schweigend im goldenen Schein der Laternen die Straße entlang, doch die Stille zwischen ihnen störte Liam nicht. Er genoss es, in Hopes Nähe zu sein. Es fühlte sich vertraut an, als würde er sie schon ewig kennen und das erste Mal seit Jahren keimte ein Gefühl von Ruhe in ihm auf.

»Sind wir bald da? Du hättest mich vorwarnen können, dass es eine stundenlange Wanderung wird«, beschwerte sich Hope, als sie an einer der vielen Kreuzungen nach rechts abbogen.

»Das sollte eine Überraschung sein. Ich weiß doch, wie sehr du das Wandern magst«, erwiderte er und grinste frech. Stöhnend verdrehte sie die Augen. »Ist nicht mehr weit«, beruhigte er sie schnell. »Du bist ja ungeduldiger als ein Hund vor dem Gassi-gehen.«

Sie schmunzelte. »Dann beeil dich lieber. Zu-fällig kann ich ziemlich unangenehm werden, wenn ich zu lange warten muss.«

Liam lachte. »Warum hast du es denn so eilig? Ist doch schön hier draußen.«

Vorwurfsvoll zog Hope die Augenbrauen hoch. »Hast du eine Ahnung, wie das aussieht? Für alle Menschen läuft hier eine junge Frau allein durch die dunklen Straßen. Ich bin also genau genommen ein gefundenes Fressen für jeden Verbrecher.«

»Die rechnen aber nicht mit mir«, entgegnete Liam und boxte dabei mit ernstem Gesichtsausdruck ein paar Mal in die Luft.

»Genau.« Lachend schüttelte Hope den Kopf. »Was willst du dann tun? Einen auf Hui Buh machen?«

»Denkst du, ich könnte dich nicht beschützen?« Gekränkt runzelte Liam die Stirn.

»Doch, doch, bestimmt«, erwiderte sie und wandte amüsiert den Blick ab.

Es ärgerte ihn, dass sie ihm nicht zutraute, sie zu verteidigen. Nach tagelangem Üben war er sich sicher, dass er jeden Angreifer fertigmachen könnte. Niemals würde er zulassen, dass Hope etwas geschah.

»Jetzt sei nicht eingeschnappt«, forderte sie ihn auf und lächelte aufmunternd. »Sag mir lieber, wie weit es noch ist.«

»Ich und eingeschnappt? Bitte ...«, empörte er sich und deutete lässig nach vorn. »Nur noch um die nächste Ecke und du hast es geschafft.«

Ein letztes Mal bogen sie ab und blieben vor einem hohen Metallzaun stehen, hinter dem eine dichte Hecke gepflanzt war.

Verwirrt sah Hope sich um. »Und was wollen wir hier?«

Liam grinste und deutete nach oben. »Du musst nur noch da drüber klettern. Das Ziel liegt dahinter.«

»Was?«

»Ach, das schaffst du schon. Erinnere dich an unseren Ausflug zum *Mount Keya*. Ich hab gesehen, wie du klettern kannst.«

Fassungslos starrte Hope ihn an. »Du spinnst doch«, sagte sie und schüttelte den Kopf. »Niemals werde ich da drüber klettern. Außerdem ist es illegal, in fremde Gärten einzubrechen.«

Liam zuckte lässig die Schultern. »Na und?« Er beugte sich nah an ihr Ohr. »Hast du etwa noch nie was Verbotenes gemacht, Prinzessin?«, flüsterte er.

»Nein!«, empörte sich Hope, dann sah sie schuldbewusst zu Boden. »Na ja ... einmal ... hab einen Schokoriegel geklaut.«

»Du bist ja eine richtige Draufgängerin.« Er lachte und ein Schmunzeln stahl sich auf ihre Lippen.

»Jetzt aber mal im Ernst«, beruhigte er sie. »Hier ist wirklich niemand ... und glaub mir, es lohnt sich.« Er schob die Unterlippe vor. »Bitte, Geisterflüsterin. Gib dir einen Ruck.«

In ihrem Gesicht sah er, wie sie innerlich mit sich kämpfte. Nach einer Weile seufzte sie augenrollend. »Okay, okay. Ich mach's.«

Vor Freude schlug Liam einen Salto in der Luft.

»Aber ...«, setzte sie eindringlich hinzu. »Wenn irgendetwas passiert, hetze ich Trudy auf dich.«

Kapitel 15

»Und? Hab ich zu viel versprochen?«, fragte Liam und reckte stolz das Kinn.

Hope sprang das letzte Stück vom Zaun auf die Wiese und staunte. Das war also der Überraschungsort – das örtliche Freibad.

Am Ende der weitläufigen Liegewiese lag das riesige Schwimmbecken. Die Nacht war sternenklar und der leuchtende Vollmond spiegelte sich auf der glatten Wasseroberfläche.

Dieser Ort strahlte eine solche Ruhe aus, dass Hope sich unwillkürlich entspannte. Sie lächelte und wandte sich an Liam. »Ich hätte dir gar nicht zugetraut, einen so schönen Platz für unsere Verabredung zu finden.«

Ein breites Grinsen erschien auf seinem Gesicht und er zwinkerte frech. »Ich hab's eben drauf.« Dann deutete er zum Schwimmbecken. »Wollen wir rübergehen?«

»Klar«, antwortete Hope und folgte ihm über die Wiese.

Am Beckenrand blieb sie stehen und genoss für einen Moment das beruhigende Glitzern des Wassers, das von dem Sommernachtskonzert der Grillen begleitet wurde.

»Willst du nicht reinspringen?«, fragte Liam beiläufig.

Einen Augenblick war sie versucht, seiner Idee zu folgen, dann stockte sie und hob misstrauisch eine Augenbraue. »Ach, daher weht der Wind. Du willst nur, dass ich mich ausziehe.«

Unschuldig hob er die Hände. »Wie du nur immer auf so was kommst? Aber wenn du das unbedingt willst, tu dir keinen Zwang an. Ich meine, ich würde ja auch gern, aber ...«

»Schon klar, Geister können nicht schwimmen«, unterbrach sie ihn schmunzelnd. »Ich denke mir reicht es, die Füße ins Wasser zu hängen.«

Bei dem kurzen Aufblitzen der Enttäuschung in seinen Augen lachte Hope auf, zog ihre Schuhe aus und setzte sich an den Beckenrand.

Das Wasser war herrlich warm. Eigentlich hatte sie große Lust, eine Runde zu schwimmen, aber sie wollte Liams Plan nicht aufgehen lassen. Außerdem hatte sie nicht einmal einen Bikini dabei. Also wackelte sie mit den Beinen und genoss das Gefühl des Wassers zwischen ihren Zehen.

Mit einem Seufzen ließ sich Liam neben ihr nieder. Eine Weile sagte keiner der beiden ein Wort, bis Hope den Kopf hob und ihn ansah. Das Glitzern der Wasseroberfläche spiegelte sich in seiner Gestalt wider, wodurch es aussah, als würde er selbst daraus bestehen. Bei seinem Anblick zog sich das vertraute Kribbeln über ihren Körper. Dieser Kerl war etwas Besonderes, das war ihr schon nach ihrem gemeinsamen Ausflug zum *Mount Keya* klar geworden. Sie seufzte innerlich. Wäre Liam nicht tot ...

»War dein Leben wirklich so schlecht?«, fragte sie leise.

Seit er ihr auf dem Balkon von seinem Selbstmord erzählt hatte, ging ihr die Sache nicht mehr aus dem Kopf. Ja, es gab schreckliche Umstände, die jemanden dazu bringen konnten, mit dem Leben abschließen zu wollen. Selbst Hope hatte nach dem Unfall ihrer Eltern kurz vor diesem Punkt gestanden, wären da nicht ihre Großeltern gewesen, die sie aufgefangen und sich um sie gekümmert hatten. Doch Liam war allein gewesen.

»Ja ... war es«, antwortete er, ohne sie anzusehen. »Wenn du dich dein Leben lang so fühlst, als wärst du allen nur lästig, ziehst du dich irgendwann komplett zurück ... aber so findet man eben keine Freunde ... und eine Familie schon gar nicht.« Er schnipste mit dem Finger an die Wasseroberfläche und ein paar Tropfen spritzten nach oben. »Mit vierzehn habe ich angefangen, auf andere Art Aufmerksamkeit und Anerkennung zu finden.«

»Wie meinst du das?«, erkundigte sich Hope mitfühlend.

Liam verschränkte die Arme vor der Brust. »Kleine Autodiebstähle hier und da. Ein paar Auftragsschlägereien ... Die restliche Zeit bestand mein Leben nur aus Alkohol und Partys, aber ...« Er stockte und atmete tief aus.

Hope rutschte etwas näher an ihn heran. Ihre Hände lagen dicht nebeneinander. »Aber was?«

»Es war eben nicht genug. Ich habe mich nie irgendwo zu Hause gefühlt, hatte nie das Glück, eine Familie oder echte Freunde zu haben. Also habe ich es einfach beendet und die Welt von mir befreit. Sind sowieso alle besser dran ohne mich.«

»Wie kommst du auf so einen Mist?«, entgegnete Hope mit fester Stimme. »Du hattest eben Pech und bist an die falschen Leute geraten, aber das alles hättest du hinter dir lassen können. Wir können immer neu anfangen, wenn wir wollen. Jeden Tag. Du hättest es auch geschafft, da bin ich sicher. In dir steckt mehr, als du denkst. Und wenn die Menschen dich nicht zu schätzen wussten, waren sie eben alle unterbelichtet.«

Aufgebracht starrte sie ins Wasser. Liam hatte eine schreckliche Meinung von sich selbst. Dabei war er doch so humorvoll und liebenswert. In ihm steckte Gutes, das hatte Hope am eigenen Leib erfahren. Ohne zu zögern, hatte er ihr das Leben gerettet.

Eine zarte Berührung am Arm holte sie aus ihren Gedanken und sie wandte Liam den Kopf zu. Ihre Blicke trafen sich und Traurigkeit schimmerte in seinen Augen. Das versetzte ihrem Herzen einen heftigen Stich und sie schluckte die aufsteigenden Tränen hinunter. Bevor das Mitgefühl sie vollkommen mit sich riss, erschien ein zaghaftes Lächeln auf Liams Lippen.

»Danke«, flüsterte er.

»Wofür?« Ihre Stimme war ein leises Krächzen und sie räusperte sich verlegen.

Sanft strich er mit dem Daumen über ihren Handrücken wie eine kühle Feder. »Noch nie hat jemand so etwas Nettes zu mir gesagt.«

Ein warmer Schauer jagte durch ihren Körper und Hope presste die Lippen aufeinander. »Die sind ja auch alle doof«, murmelte sie und sein zaghaftes Lächeln verwandelte sich in ein liebevolles Schmunzeln.

In seinem Blick lag so viel Wärme, dass ihr Herz wie eine Blume im Frühling aufblühte und tausende Schmetterlinge in ihrem Bauch tanzten. Als Liam sich zu ihr neigte, hielt sie den Atem an und schloss erwartungsvoll die Augen.

Doch es folgte kein Kuss, stattdessen flüsterte er ihr zärtlich ins Ohr. »Könntest du vielleicht jetzt schwimmen gehen? Um mich wieder aufzuheitern?«

Verdutzt öffnete Hope die Augen, blinzelte kurz und prustete los. Ihr Lachen hallte durch die Stille der Nacht und auch Liam fiel mit ein.

Erst als ihr der Bauch schmerzte, hielt sie inne und wischte sich die Tränen ab. »Also gut, du Spinner. Du hast gewonnen.«

Mit einem schnellen Griff streifte sie sich das T-Shirt über den Kopf, stand auf und schlüpfte aus der kurzen Jeans. Liams Kinnlade klappte herunter und seine Augen wurden so groß, dass Hope Angst hatte, sie könnten ihm jeden Moment herausfallen.

»Wow.«

Sie grinste frech. »Was? Keinen blöden Spruch auf Lager? Ich bin schwer enttäuscht.«

»Ich ... äh ...«

Ohne ihn aussprechen zu lassen, nahm Hope Anlauf und sprang in Unterwäsche mit dem Kopf voraus ins Schwimmbecken. Beim Eintauchen glitt das kühle Wasser an ihrer Haut entlang und sie genoss das Gefühl der Leichtigkeit in diesem Element. Nach ein paar Schwimmzügen tauchte sie wieder an die Oberfläche und wischte sich mit der Hand über das Gesicht. Hope schwamm bis zur Mitte des Beckens, dort wandte sie sich um und stockte. Außer ihrer Kleidung, die sie am Beckenrand zurückgelassen hatte, war nichts zu sehen.

Ein lautes Platschen hinter ihr, ließ sie erschrocken herumwirbeln. Prompt bekam sie eine

Ladung Wasser ins Gesicht. Prustend strich sie sich die Haare aus den Augen und blinzelte verdutzt.

Knapp über der Wasseroberfläche schwebte Liam und grinste bis über beide Ohren. »Denkst du, ich lass dich allein den ganzen Spaß haben?«

»Na warte.« Hope lachte und spritzte mit den Händen einen Schwall Wasser in seine Richtung, doch der erwartete Erfolg blieb aus. Jeder Tropfen glitt einfach durch ihn hindurch.

»Das ist unfair!«, rief sie empört.

Lachend sah er sie an. »Tja, jetzt kann ich mich wenigstens für den Schreck auf deinem Balkon revanchieren.« Bei diesen Worten patschte er kräftig mit der Handfläche auf das Wasser.

Hope quietschte, holte tief Luft und tauchte schnell ab. Am Beckenrand angekommen wollte sie sich gerade hochziehen, da fiel sie vor Schreck mit einem lauten Platschen zurück ins Becken.

»Liam!«, schimpfte sie hustend. »Erschreck mich nicht immer so.«

Lachend saß er am Beckenrand und beobachtete sie amüsiert. »Fliegen ist eben schneller als schwimmen.«

Hope verdrehte die Augen und schmunzelte. Mit den Armen stützte sie sich am Rand ab und zog sich aus dem Wasser. Erschöpft wrang sie ihre Haare aus. Für einen Moment sahen sie einander schweigend an. Der Mond, der hoch am Himmel stand, erhellte Liams Gesicht und verlieh seinen

Augen einen besonderen Glanz. Erneut meldeten sich die Schmetterlinge in ihrem Bauch und Hope sehnte sich nach etwas, dass sie schon lange verloren geglaubt hatte. Zärtlichkeit, Berührung, die Geborgenheit einer Umarmung.

Liam schien ähnliche Gedanken zu haben. Er schluckte schwer und sein Blick traf sie tief in ihrer Seele. Ohne darüber nachzudenken, verringerte Hope den Abstand zwischen ihnen und schloss die Augen. Im nächsten Moment spürte sie eine sanfte Kühle an ihren Lippen. So zart wie ein Wimpernschlag und doch so intensiv, dass ihr gesamter Körper erzitterte, und als er seine Küsse zärtlich über ihre Wange hinab zu ihrem Hals wandern ließ, vergaß sie alles um sich herum.

»Gefällt dir unser erstes Date?«, hauchte er und sah ihr tief in die Augen.

»Für einen Spinner gar nicht so schlecht«, flüsterte Hope und lächelte.

Kapitel 16

»Oh, wie romantisch«, schwärmte Trudy und drehte sich dabei im Kreis.

Die beiden Geister hatten heute Morgen vor dem Haus auf Hope gewartet, sich sofort auf sie gestürzt und sie mit Fragen zum gestrigen Abend bombardiert. So blieb ihr keine Chance, die Rose mit der beiliegenden Karte, die sie auf dem Boden vor ihrer Wohnungstür gefunden hatte, vor ihnen zu verstecken.

Nachträglich für deinen Nicht-Geburtstag, xxx Liam, stand in krakeliger Handschrift darauf.

»Woher wusste Liam eigentlich, dass ich Geburtstag hatte?«, fragte Hope und sah ihre Freunde misstrauisch an. »Und vor allem, dass ich diesen Tag nicht mag?«

»Von mir nicht«, empörte sich Trudy und schüttelte vehement den Kopf. »Ich erzähle niemandem von deinen Privatangelegenheiten, aber ...« Ihr Blick richtete sich auf Jim, der sofort ein breites Lächeln aufsetzte. »Dachte ich's mir doch, dass du es warst«, schimpfte Trudy ihren Freund. »Du bist eine größere Tratschtante als alle Friseure der Stadt zusammen.«

Hope lachte und beruhigte ihre Geisterfreundin. »Ist schon gut, Trudy. War sicher nur nett gemeint.«

»Genau«, stimmte Jim erleichtert zu. »Außerdem hättest du sonst nie diese Blume bekommen.«

Bei seinen Worten wurden Trudys Gesichtszüge schlagartig weicher und sie seufzte verträumt. »Das stimmt.« Dann wandte sie sich wieder an Hope. »Aber, jetzt erzähl endlich weiter von eurem Date. Was habt ihr im Freibad gemacht?«

»Tja, was könnte man in einem Schwimmbad wohl tun?« Theatralisch runzelte Jim die Stirn und legte grüblerisch eine Hand ans Kinn.

»Ach, halt doch die Klappe«, meinte die Geister-blondine nur, ihre Aufmerksamkeit weiter auf Hope gerichtet.

»Na ja, wir haben geredet«, kam zögernd ihre Antwort.

»Nur geredet?«, erkundigte sich Jim und hob eine Augenbraue.

Hitze stieg in Hopes Gesicht. Die beiden sollten bei der Polizei arbeiten mit ihren Verhörkünsten.

»Also ... Äh ...«, stotterte sie verunsichert.

»Wusste ich's doch.« Triumphierend wackelte Jim mit dem Kopf. »Hatte ich von Liam auch nicht erwartet.«

Trudys Augen wurden groß. Eilig huschte sie an ihrer Freundin vorbei und stellte sich ihr in den Weg. »Warte mal. Habt ihr euch etwa geküsst?«

Verlegen fuhr sich Hope durch die Haare. »Na ja, genaugenommen, hat er mich geküsst. Anders geht es ja gar nicht.«

Aufgeregt klatschte Trudy in die Hände. »Wahnsinn! Erzähl mir alles!«

»Für Einzelheiten bin ich auch zu haben«, fügte Jim zwinkernd hinzu.

Hope zögerte und biss sich auf die Unterlippe. Sie wusste, dass ihre Freunde sie nicht ohne eine Antwort davonkommen ließen.

Seufzend ergab sie sich ihrem Schicksal. »Wir saßen am Beckenrand, haben geredet und da hat es sich einfach so ergeben.«

»Wie romantisch«, entfuhr es der Geisterblondine erneut. »Im Mondschein, vor dem glitzernden Wasser.«

»Bei dir ist wirklich jeder Schwachsinn romantisch«, unterbrach Jim sie mit einer wegwerfenden Handbewegung. »Die beiden hätten auch auf einem Misthaufen sitzen können und du hättest genauso übertrieben reagiert.«

Wütend fuhr sie zu ihm herum. »Erstens, wer hat dich denn gefragt? Und zweitens kannst du das Wort romantisch nicht mal buchstabieren.«

Unbeeindruckt zuckte der Geist die Schultern, flog ein Stück voraus und ließ die beiden Frauen zurück.

Sichtlich zufrieden atmete Trudy durch und wandte sich wieder ihrer Freundin zu. »War es ein schöner Kuss?«

Sofort schossen die Erinnerungen an Liams sanfte Berührungen durch Hopes Gedanken und sie errötete erneut. »Ja, schon. Irgendwie … anders.«

»Oh, ich beneide dich. Es ist so schön, wenn sich zwei Menschen finden, äh … Geister … oder … na ja, du weißt, was ich meine.«

Seufzend ließ Hope die Schultern hängen. Mit ihren Worten hatte Trudy genau ins Schwarze getroffen und sie daran erinnert, wie irrsinnig die Beziehung zwischen ihr und Liam war.

»Entschuldige«, murmelte Trudy und biss sich auf die Unterlippe. »Das ist mir so rausgerutscht.«

Wortlos winkte Hope ab. Sie wollte jetzt nicht weiter darüber reden und sich damit das leichte Gefühl vermiesen lassen, das sie so viele Jahre vermisst hatte. Zum Glück erreichten sie gerade das Bestattungsinstitut, wo Jim bereits vor dem Eingang auf sie wartete.

»Wann seht ihr euch wieder?«, fragte die Geisterblondine weiter und beachtete ihn überhaupt nicht.

»Keine Ahnung. Jetzt muss ich auf jeden Fall erstmal arbeiten«, erwiderte Hope und lächelte ihren Freunden zu. »Macht's gut ihr zwei und vertragt euch.«

Die beiden Geister verdrehten die Augen, winkten ihr zum Abschied zu und schwebten die Straße entlang davon.

***

Gegen Mittag kam ihre Großmutter mit einigen Unterlagen in der Hand ins Hinterzimmer, in dem Hope gerade dabei war, den Arbeitstisch zu desinfizieren.

»Wir müssen gleich los, Liebes. Danke noch mal für deine Hilfe. Ich hoffe, es dauert nicht allzu lange.«

Hope hob den Kopf und sah ihre Großmutter an. Nervös nestelte sie an den Unterlagen herum. Ihr Gesicht war blass und die tiefen Augenringe verrieten, dass sie eine schlechte Nacht gehabt hatte.

Beruhigend legte Hope ihr eine Hand auf den Arm. »Kein Problem, Grandma. Es ist wichtig, dass du zum Arzt gehst, wenn es dir nicht gut geht.«

Die alte Frau seufzte und lächelte dankbar. »Ja, das sagt dein Grandpa auch immer.« Sie reichte ihrer Enkelin die Unterlagen. »Hier. Das sind die Daten von Mr. Bates. Bitte sortiere sie später ein, wenn du fertig bist.«

»Mach ich, Grandma«, erwiderte Hope und legte die Formulare auf einen Stuhl neben sich. »Dann helfe ich Grandpa noch beim Ausladen.«

»In Ordnung. Wir sperren die Eingangstür ab, damit du in Ruhe arbeiten kannst. Bis später, Liebes«, verabschiedete sie sich, drückte ihr einen flüchtigen Kuss auf die Stirn und marschierte zügig nach vorne zum Eingangsbereich.

Lächelnd sah Hope ihr hinterher. Ihre Großmutter war eine taffe Frau, die nichts so schnell aus der Ruhe brachte, außer Ärzte. Laut ihrem Großvater hatte sie in letzter Zeit häufiger eine Art Schwindelanfall gehabt und nach Tagen des Gut-Zuredens hatte er es endlich geschafft, sie zu einem Arzttermin zu überreden.

Das Zuschlagen einer Autotür holte Hope aus ihren Gedanken und sie lief eilig in die Garage. »Warte, Grandpa, ich helfe dir.«

Gemeinsam hoben sie einen schwarzen Kunststoffsarg aus dem Kofferraum des alten Leichenwagens und platzierten ihn auf dem nebenstehenden Metallgestell.

»Vielleicht sollten wir doch mal in ein neues Auto investieren.« Ihr Großvater schnaufte und tupfte sich mit einem Stofftaschentuch den Schweiß von der Stirn. »Die haben wenigstens so ein Schiebedings eingebaut. Dann müssten wir nicht immer halb ins Auto klettern.«

Zustimmend nickte Hope. »Das sag ich schon seit Jahren, aber keiner hört auf mich.«

»Jaja.« Er lachte und warf einen kurzen Blick auf seine Armbanduhr. »Jetzt sollten wir aber wirklich los. Brauchst du noch irgendetwas?«

»Nein, ich komm klar«, beruhigte sie ihn. »Pass gut auf Grandma auf. Nicht dass sie aus dem Wartezimmer flüchtet.«

Bei ihren Worten seufzte er laut. »Lass uns nicht den Teufel an die Wand malen.«

Lachend winkte Hope ihm zum Abschied und schob den Sarg durch die breite Tür ins Nebenzimmer. Dort positionierte sie das Gestell direkt neben dem Arbeitstisch und betätigte mit dem Fuß einen Hebel. Augenblicklich wurde der Kunststoffsarg abgesenkt, bis er mit der Öffnung auf Höhe des Tisches stehen blieb.

Behutsam öffnete Hope den Deckel und hievte den Leichnam mit gekonnten Griffen auf den Metalltisch. Bei dem Toten handelte es sich um einen Mann mittleren Alters mit leichtem Übergewicht, was ihre Arbeit ein wenig erschwerte, doch sie hatte gelernt, ihre Kraft beim Heben gezielt einzusetzen.

»Puh, das wäre geschafft«, sagte sie und griff nach den Unterlagen auf dem Drehstuhl.

Der Name des Toten war Elias Bates, zum Todeszeitpunkt 43 Jahre alt und die Todesursache war ...

Hope starrte auf das Formular. Suizid. Dieser Mann hatte Selbstmord begangen.

Ein kalter Schauer jagte über ihren Rücken und schlagartig dachte sie an Liam. An seine Worte, die schrecklichen Erinnerungen an sein Leben.

Sie schluckte und überflog das Schreiben erneut. Hier stand nirgends, wie sich der Tote umgebracht hatte. Nur, dass es Selbstmord war.

Hope fragte sich, was er wohl erlebt hatte, dass der Tod sein letzter Ausweg gewesen war. Vorsichtig beugte sie sich über den Leichnam und betrachtete ihn genauer.

Auch wenn sein Gesicht entspannt wirkte, vermutete sie bei seinem Anblick, dass er einiges durchgemacht haben musste. Der wenig gepflegte Bart war ungleichmäßig rasiert und tiefe Falten zogen sich über das Gesicht. Für sein Alter waren es eindeutig zu viele.

Plötzlich schoss eine Gestalt aus Mr. Bates' leblosem Körper und Hope zuckte heftig zusammen. Die Unterlagen glitten ihr aus der Hand und die einzelnen Blätter segelten durch die Luft. Verdutzt betrachtete sie den umherwirbelnden Geist. Bei einem Selbstmord war es ungewöhnlich, dass die Seelen nicht gleich ins Licht weiterzogen. Das war auch der Grund, warum sie Liam danach gefragt hatte.

»Wo zum Teufel bin ich?«, dröhnte seine tiefe Stimme durch den Raum.

»Beruhigen Sie sich, Mr. Bates. Sie sind im Bestattungsinstitut und ...«

Bei ihren Worten stoppte die Gestalt abrupt in der Luft und ihr entsetzter Blick traf Hope. »Verdammte Scheiße, wer bist du?«

»Mein Name ist Hope. Ich arbeite hier und ... Sie, Mr. Bates ... sind leider von uns gegangen. Ihre Angehörigen haben uns beauftragt, Sie für die Beerdigung vorzubereiten.« Zum Beweis deutete sie auf den Leichnam, der vor ihr auf dem Metalltisch lag.

Mit dem Blick folgte der Geist ihrer Hand und erstarrte. Hope wusste, dass der Anblick des eigenen toten Körpers nicht so leicht zu verkraften war. Sie wollte ihm diesen Moment der Ruhe gönnen und ging leise in die Hocke, um die verstreuten Formularseiten einzusammeln.

Kaum hatte sie sich wieder aufgerichtet, polterte Mr. Bates los. »Diese verdammte Schlampe! Sie hat es tatsächlich getan! Dafür wird sie büßen!«

Erschrocken fuhr Hope herum. Die Gestalt hatte das Gesicht zu einer wütenden Fratze verzogen. Prompt jagte ein eisiger Schauer ihren Rücken hinunter. Bei diesem Geist musste sie aufpassen.

Zwar hatte sie bisher selbst keine Begegnung dieser Art gehabt, doch schon oft hatte sie von zornigen Seelen gehört, die zum Poltergeist wurden und wenn das geschah ...

Hope schluckte schwer und wich vorsichtig einen Schritt zurück, ließ Mr. Bates jedoch nicht aus den Augen. Ihre zaghafte Bewegung blieb nicht unbemerkt. Zornig riss der Geist den Kopf herum und fixierte sie. Seine gesamte Gestalt flackerte so heftig, dass Hope bei seinem Anblick schwindlig wurde.

»Was glotzt du denn so?«, blaffte er.

»Mr. Bates«, erwiderte sie mit zitternder Stimme. »Ich weiß, es ist nicht leicht für Sie, aber ...«

»Schwachsinn!«, unterbrach er sie barsch. »Ich sollte überhaupt nicht hier sein!«

»Aber ... Ihr Selbstmord ...« Die Worte rutschten Hope einfach so raus.

»Selbstmord?« Das Flackern der Gestalt wurde stärker. »Damit kommt sie durch?« Er ballte die Hände zu Fäusten und schnaubte abfällig. »Dieses Miststück ist so was von tot!«

Hope biss sich auf die Unterlippe. Der Kerl war doch verrückt. Unauffällig schielte sie zur Tür. Wenn sie schnell genug wäre, könnte sie es in die Küche schaffen. Salz hielt Geister davon ab, in ihre Wohnung zu gelangen. Vielleicht konnte sie es als Waffe gegen ihn einsetzen.

Aus dem Augenwinkel beobachtete sie die wütende Erscheinung, die vor ihr hin und her schwebte. Ihr Herz pochte so laut, dass sie Angst hatte, er würde es ebenfalls hören. Da wandte Bates ihr für einen Moment den Rücken zu. Jetzt oder nie.

Panisch rannte sie los, ihr Ziel direkt vor Augen. Auf halber Strecke blieb sie mit der Hüfte an einer Tischecke hängen und sog scharf die Luft ein. Doch der dumpfe Schmerz hielt sie nicht davon ab, weiterzulaufen. Fast hatte sie den Türgriff erreicht, da hörte sie ein zorniges Grollen hinter sich. Blitzschnell schoss ein Schatten an ihr vorbei und Mr. Bates versperrte ihr den Weg. »Wo willst du denn hin, Süße?«

Hope biss die Zähne zusammen. Sie musste weiter, bevor er herausfand, dass er mit diesen starken Emotionen Dinge berühren und bewegen konnte.

Innerlich machte sie sich auf das unangenehm kalte Gefühl der Geistermaterie auf ihrer Haut gefasst, holte tief Luft und marschierte entschlossen weiter. Doch kaum hatte sie Mr. Bates berührt, wurde sie heftig davongeschleudert, als wäre vor ihr eine unsichtbare Bombe explodiert. Hart landete sie auf dem grauen Fliesenboden. Das war also die Macht eines Poltergeistes. Pochender Schmerz durchzuckte ihre Schulter und sie starrte entsetzt zu der Gestalt, die triumphierend lächelte.

»Ist wohl doch nicht so einfach, was? Ich schlage vor, du leistest mir noch ein wenig Gesellschaft.«

Verzweifelt schloss Hope die Augen und presste die Lippen zusammen. In diesem Augenblick verfluchte sie ihre Gabe.

»Moment mal.« Mr. Bates' tiefe Stimme durchschnitt die Stille im Raum und sie sah zu ihm auf. Nachdenklich fuhr er sich mit der Hand durch den ungepflegten Vollbart. »Ich bin tot, aber du ...«

Direkt vor ihr blieb er stehen und betrachtete sie interessiert. »Du lebst und kannst mich trotzdem sehen. Wie geht das?«

Sein durchdringender Blick lag schwer auf ihrer Brust, die mit jedem Atemzug enger zu werden schien. Bei seinem scharfen Tonfall dachte Hope für einen Moment, ihr Herz würde stehenbleiben. »Ich hab dich was gefragt, Rotschopf!«

»Ich weiß nicht ...«, stotterte sie. »Ich ...«

Mr. Bates machte eine wegwerfende Handbewegung. »Ach, scheiß drauf. Auf jeden Fall wirst du etwas für mich tun.«

»Was meinen Sie?«, fragte sie leise, obwohl sie Angst vor der Antwort hatte

Er verzog den Mund zu einem bösen Grinsen. »Du wirst meine Frau für mich töten.«

Kapitel 17

Liam war stolz auf sich. Er hatte es geschafft, mit Hilfe seiner entdeckten Geisterfähigkeit, eine Karte zu schreiben. Die Schrift war zwar etwas krakelig geworden, aber entzifferbar.

Bei einem Blumenladen hatte er früh morgens im Vorbeischweben eine Rose mitgehen lassen. Dabei hatte er sorgfältig darauf geachtet, dass niemand hinsah. So war die fliegende Blume mit der Karte nicht bemerkt worden.

Zufrieden seufzend verschränkte er die Hände hinter dem Kopf und betrachtete die vorbeiziehenden Wolken.

Das Date mit der Geisterflüsterin war ein voller Erfolg gewesen. Bei ihrer Verabschiedung an der Haustür hatte ein Funkeln in Hopes Augen gelegen, das ihn nicht mehr losließ. Allein die Erinnerung daran jagte einen wohligen Schauer durch seinen Körper.

In puncto Frauen war Liam nicht unerfahren. Im Grunde waren sie jedoch nur ein Zeitvertreib für ihn gewesen. Nette Ablenkungen von seinem deprimierenden Dasein. Bei Hope war alles anders. Sie hatte etwas an sich, das ihn faszinierte und seine Neugier weckte. Er wollte sie beeindrucken, sie zum Lachen bringen, hatte das dringende Bedürfnis, jemand Besonderes für sie zu sein.

Am liebsten wäre er gestern bei ihr geblieben, doch er hatte sich wie ein Gentleman verabschiedet und ihr Zeit gegeben, den Abend in Ruhe auf sich wirken zu lassen. Nur die Karte mit der Rose hatte er heute Morgen vor die Wohnungstür gelegt.

Liam blinzelte ins Sonnenlicht. In seinem Leben wäre er niemals auf die Idee gekommen, sich auf eine Wiese in den Stadtpark zu legen und den Tag zu genießen. Doch in diesem Moment wünschte er, er könnte die warmen Sonnenstrahlen auf der Haut spüren, und für einen winzigen Augenblick schoss ihm ein Bild durch den Kopf, wie er zusammen mit Hope hier lag und die weißen Wolken betrachtete.

Das Gefühl innerer Ruhe breitete sich wie ein sanfter Schleier aus und er schloss lächelnd die Augen. Die süße Geisterflüsterin hatte etwas geschafft, was er nicht für möglich gehalten hatte. Sie hatte sein Herz berührt und er war drauf und dran, es ihr zu schenken.

Diese Erkenntnis traf Liam so plötzlich, dass er sich überrascht aufsetzte.

Sein ganzes Leben hatte er nach Jemandem gesucht, der ihn nicht als lästiges Übel empfand, der
sein wahres Gesicht sah. Nach einem Menschen,
der ihm das Gefühl gab, endlich zu Hause zu sein.

Hopes Worte hallten durch seinen Kopf.

In dir steckt mehr, als du denkst.

Was, wenn sie dieser besondere Mensch war? Er
musste es wissen, sofort.

Entschlossen stand er auf und sah hinüber zur
Kirchturmuhr. Um diese Zeit war Hope sicher noch
im Bestattungsinstitut. Für einen Moment zögerte
er und fuhr sich nachdenklich durch die Haare. Sie
hatte ihm gesagt, dass sie bei der Arbeit ihre Ruhe
haben wollte, doch seine Gefühle konnten nicht
länger warten. Mit einem kräftigen Stoß hob er ab
und sauste über die Stadt Richtung *Crossroads*.

Der Wind rauschte in seinen Ohren, rote Dächer
und grüne Bäume flogen unter ihm vorbei und vermischten sich zu einem bunten Farbstreifen. Erst
als die bebaute Fläche weniger und die Wiesen
größer wurden, bremste er ab und sah sich um.

Unweit entfernt ragte das Zwiebeldach eines Kirch-
turms über die Häuser heraus und Liam schnaubte
zufrieden. Von hier aus war es nicht mehr weit. An
der nächsten Kreuzung bog er links ab und schon sah
er das alte Gebäude des Bestattungsinstituts.

Vor Aufregung zog sich Liams Magen zusammen,
als er über die Garage in den hinteren Garten flog.

Er entschloss sich, zuerst nachzusehen, ob Hope im Moment allein war.

Sanft ließ er sich auf den Rasen sinken, da nahm er zwei Stimmen aus dem Inneren des Hauses wahr. Der Tiefe nach zu urteilen ordnete er eine davon einem Mann zu, die andere gehörte der Geisterflüsterin.

Der Kerl schien aufgebracht zu sein, denn er fauchte zornig. »Nein? Willst du mich verarschen?«

»Mr. Bates, bitte ...« Bei dem flehenden Klang von Hopes Stimme schrillten bei Liam sofort alle Alarmglocken. Da stimmte etwas nicht.

Eilig schwebte er zum hinteren Fenster und spähte durch die Scheibe ins Arbeitszimmer. Was er dort sah, schnürte ihm die Kehle zu.

Hope kniete auf dem Fliesenboden, die Hände beschwichtigend vor sich gehoben. Knapp über ihr ragte die Gestalt eines kräftig gebauten Mannes auf, der wutverzerrt auf sie hinab starrte.

Auf einmal holte der Geist aus und schlug Hope mit voller Wucht ins Gesicht. Schreiend fiel sie zur Seite.

Wie gelähmt stand Liam da und beobachtete entsetzt die Szene.

Mit den Händen stützte sich Hope auf den Fliesen ab und drückte sich mühsam zurück auf die Knie. Ihre Unterlippe war geschwollen und Blut tropfte aus ihrem Mund.

»Gehen wir!« Grob packte der Geist sie am Arm und zerrte sie über den Boden.

»Nein!«, schrie sie verzweifelt und versuchte mit aller Kraft, seinem Griff zu entkommen. Immer wieder schlug sie auf ihren Peiniger ein, doch jeder ihrer Schläge glitt einfach durch ihn hindurch.

»Du bist genauso ein Miststück wie meine Frau!«, brüllte er. »Aber dir werde ich's zeigen!« Wütend hob er erneut die Hand und in diesem Moment erwachte Liam aus seiner Starre.

Voller Zorn schoss er durch die Fensterscheibe auf die beiden zu und prallte heftig gegen den Angreifer. Überrascht riss Mr. Bates die Augen auf, als er mit ihm auf die Fliesen krachte. Alles um Liam herum verschwamm zu einem Strudel aus flackernden Farben und Formen, aber das Einzige, was ihm durch den Kopf ging, war Hope.

Dieser Kerl hatte sie verletzt und dafür würde er büßen.

Ohne zu zögern kniete sich Liam auf ihn und schlug mit den Fäusten auf sein Opfer ein, dessen Kopf dabei hin- und hergeschleudert wurde. Doch das Überraschungsmoment hielt nicht lange an.

Im nächsten Augenblick ergriff Bates seine Arme, stemmte sich gegen ihn und schleuderte ihn mit einer Körperdrehung mühelos von sich. Liam rutschte über den Fliesenboden und versuchte mit den Händen Halt zu finden, doch bevor er sich wieder fangen konnte, stürmte sein Gegner wutentbrannt auf ihn zu. Mit einem gekonnten Griff packte er Liam an der Kehle und hob ihn vom Boden hoch.

»Glaub mir, du willst dich nicht einmischen, Kleiner«, zischte Mr. Bates und warf ihn mit Schwung quer durch den Raum, wo er krachend gegen die Wand prallte.

Hustend rappelte sich Liam wieder auf und sah hinüber zu Hope. Ängstlich wich sie vor Bates zurück, der drohend auf sie zu schwebte. Nein!

»Hey, Arschloch! Mehr hast du nicht drauf?«, rief Liam instinktiv und zog damit die Aufmerksamkeit wieder auf sich.

Erneut fuhr der wütende Geist zu ihm herum. »Du hast es so gewollt!«, brüllte er und raste auf ihn zu, doch er hatte nicht mit Liams Schnelligkeit gerechnet. Bevor Mr. Bates' Faust einen Treffer landete, duckte er sich unter ihm weg und schlug ihn mit aller Kraft in die Nieren.

Stöhnend krümmte sich sein Angreifer zusammen. Diesen Moment nutzte Liam und rammte ihm das Knie ins Gesicht. Bates verlor das Gleichgewicht und blieb hustend auf dem Rücken liegen.

»Mach, dass du wegkommst, du Stück Scheiße!«, rief Liam und spuckte abfällig neben sich auf den Boden.

Hastig wandte er sich um und schwebte zu Hope, die das Ganze entsetzt beobachtet hatte.

»Alles okay bei dir?«, fragte er besorgt.

Ihre Antwort war ein lauter Schrei. »Vorsicht!«

Es war zu spät. Bevor Liam sich umdrehen konnte, legte Bates einen dicken Arm von hinten um seinen Hals und drückte erbarmungslos zu. Mit den Händen versuchte er, den Griff seines Gegners zu lockern, doch ohne Erfolg. Wie ein Schraubstock lag er um ihm und quetschte seine Kehle immer fester zusammen.

Auf einmal tanzten tiefschwarze Punkte in Liams Augenwinkeln und vernebelten ihm die Sicht.

Die Schwärze breitete sich explosionsartig aus und tauchte sein Umfeld in dunkle Schatten. Seine Gedanken überschlugen sich. Konnte ein Geist getötet werden? War das etwa das Ende allen Daseins?

»Liam!« Hopes Schrei riss ihn wieder zurück ins Hier und Jetzt. Nein! Er musste sie beschützen.

Mit allerletzter Kraft lehnte er sich nach vorn gegen Mr. Bates' Arm, um gleich darauf den Kopf mit voller Wucht zurückzureißen. Er spürte einen dumpfen Schlag am Hinterkopf, dann ließ der Druck um seinen Hals augenblicklich nach. Der Poltergeist taumelte rückwärts, verlor das Gleichgewicht und landete auf dem Boden. Liam holte tief Luft und fuhr herum, um ihm den Rest zu geben, doch irgendetwas stimmte nicht.

Augen und Mund weit aufgerissen, begann Mr. Bates' Körper unkontrolliert zu zucken. Wie von einer unsichtbaren Kraft wurde der Geist vom Boden gehoben und unaufhörlich hin- und hergeschleudert. Aus dem Nichts zog von allen Seiten schwarzer Rauch auf, kroch seinen Gliedmaßen entlang, bis er die Gestalt vollständig umhüllte.

Schützend stellte sich Liam vor Hope, die vor Schreck die Hände vor den Mund hielt.

Begleitet von einem markerschütternden Schrei verpuffte der bedrohliche Rauch so schnell, wie er gekommen war. Von Mr. Bates war nichts mehr zu sehen.

Entsetzt starrte Liam auf die Stelle, an der der Poltergeist verschwunden war. »Verdammt, was war das?«

»Ich weiß es nicht«, flüsterte Hope.

Liam wandte sich zu ihr und bei dem Anblick ihres geschundenen Gesichts durchfuhr ein schmerzhafter Stich sein Herz. Behutsam legte er eine Hand an ihre Wange und sie schloss die Augen.

»Es tut mir so leid.« Seine Stimme war kaum mehr als ein Flüstern.

Fragend sah sie zu ihm auf. »Was meinst du?«

»Ich hätte hier sein müssen. Dann wäre das alles nicht passiert.«

»Aber du bist doch hier.«

Ein dicker Kloß bildete sich in seinem Hals und er küsste sie sanft auf die Stirn.

Hope hatte recht. Er war hier und er würde nie wieder gehen.

Kapitel 18

»Sie hat ihn vergiftet«, erzählte Hope und beobachtete die Schnürsenkel ihrer Schuhe, die mit
jedem Schritt auf- und abhüpften. In all den Jahren,
die sie mit Seelen zu tun gehabt hatte, war ihr nie
ein Poltergeist begegnet. Sie war froh, auf dem
Heimweg nicht allein zu sein.

»Deshalb wollte er seine Frau umbringen ... aus
Rache«, stellte Jim fest und verzog dabei das Gesicht, als wäre er Sherlock Holmes persönlich.

»Eigentlich wollte er, dass Hope das für ihn über-
nimmt«, erklärte Liam und warf ihr einen besorgten
Blick zu.

Seit dem Vorfall mit dem schwarzen Rauch war
Mr. Bates' Seele nicht mehr aufgetaucht. Trotzdem ließ Liam Hope keine Minute aus den Augen.
Insgeheim war sie froh über seine Hartnäckigkeit.
Der Schreck saß tief und sie hatte Mühe, sich von
ihren Großeltern nichts anmerken zu lassen. Sie
hatten auch so schon einen gehörigen Schreck be-

kommen, als sie Hopes Verletzungen gesehen hatten. Da brauchten sie die beiden nicht auch noch mit den Details ängstigen.

»Das ist alles so furchtbar«, meinte Trudy und schüttelte fassungslos den Kopf. »Gut, dass Liam zufällig in der Nähe war. Mit Poltergeistern ist echt nicht zu spaßen.«

»Als ob du einen persönlich kennen würdest«, schnaubte Jim.

Vorwurfsvoll hob sie die Augenbrauen. »Nein, nicht persönlich, aber kannst du dich nicht mehr an diesen Typen in Norwood erinnern?«

»War das der Geist, der eine ganze Familie ermordet hat?«, erkundigte sich Liam. »Von dem hab ich auch gehört. Ziemlich heftige Geschichte.«

»Ja, stimmt«, erwiderte Jim und runzelte die Stirn. »Den hatte ich ganz vergessen. War fast der zweite Jack the Ripper.«

»Leute, vielleicht sollten wir mal das Thema wechseln?« Trudy deutete auf Hope, die bei jedem ihrer Worte blasser geworden war.

»Keine Angst. Wir beschützen dich«, beruhigte Liam sie und strich ihr sanft über den Arm.

»Wenigstens hat dieser Mistkerl bekommen, was er verdient hat«, schloss Trudy zufrieden.

Bilder von Mr. Bates, der mit weit aufgerissenen Augen durch die Luft geschleudert wurde, tauchten in Hopes Kopf auf und sie bekam augenblicklich eine Gänsehaut. So etwas hatte sie nie zuvor gesehen.

»Was war das eigentlich? Dieser schwarze Rauch«, fragte sie in die Runde.

Jim und Trudy sahen sich kurz an, dann flog die Geisterblondine näher an Hope heran.

»Also genau wissen wir es nicht, ... aber ...« Wieder warf sie einen Blick zu Jim. »Es gibt Gerüchte.«

Skeptisch hob Liam eine Augenbraue. »Gerüchte? Welche?«

Jim gesellte sich neben ihn. »Es heißt, dass manche Seelen nicht ins Licht, sondern in die Dunkelheit gehen.«

»Wie Himmel und Hölle?«, erkundigte sich Hope. Ihr Gesicht gewann langsam wieder an Farbe.

»Schon möglich«, antwortete Trudy und zuckte dabei die Schultern. »Keine Ahnung, wir sind ja auch noch hier.«

Bei ihren Worten wich Liam auf einmal all die wenige Farbe, die ein Geist von Natur aus hatte, aus dem Gesicht.

Besorgt sah Hope ihn an. »Alles in Ordnung? Du bist so weiß.«

»Äh, ja ... ja«, stammelte er, räusperte sich kurz und wechselte eilig das Thema. »Warum seid ihr zwei eigentlich noch auf der Erde?« Erwartungsvoll sah er die beiden Geister an.

Jim grinste verlegen. »Ach, weißt du, das ist eine längere Geschichte. Sagen wir einfach, wir haben noch was zu erledigen hier.«

Hope zog die Augenbrauen hoch und betrachtete ihre Freunde ungläubig. »Leute, sagt doch einfach, dass ihr das Licht vor lauter Streiten verpasst habt.«

»Wie jetzt?« Liam blinzelte irritiert. »Aber ihr könnt doch immer noch hier weg. Ihr müsst nur zu dem Ort, an dem ihr gestorben seid, richtig?«

Trudy seufzte. »Tja, das ist leider nicht so einfach, weil dieser Vollpfosten ...« Sie deutete vorwurfsvoll auf Jim. »... dafür gesorgt hat, dass wir abstürzen und in einem reißenden Fluss ertrinken. Da findet man die genaue Todesstelle leider nicht so leicht.«

Jim hob abwehrend die Hände. »Mich trifft keine Schuld. Du hast uns mit deinem blöden Rumgefuchtel auf dem Gewissen.«

»Da war eine riesige Wespe!«, fauchte Trudy.

»Das ist nun mal so, wenn man in der Natur unterwegs ist.«

»Ich wollte ja gar nicht mitkommen, aber dein bescheuerter Kumpel musste ja unbedingt was mit meiner besten Freundin anfangen.« Wütend pustete sich die Geisterblondine die Haare aus dem Gesicht.

Jim schnaubte abfällig. »Ist nicht mein Problem, dass so eine Großstadtzicke wie du nicht mal einen einfachen Wanderausflug überlebt!«

Liam beobachtete die beiden streitenden Geister. »Wie hältst du das nur aus?«, flüsterte er Hope ins Ohr.

Sie zuckte die Schultern und grinste.

Den restlichen Weg bis zu ihrer Wohnung stritten die beiden weiter und Liam und Hope tauschten nur hin und wieder belustigte Blicke.

Am Haus verabschiedeten sich Trudy und Jim von ihnen.

»Wir lassen euch dann mal allein«, sagte die Geisterblondine. Ihr Freund zwinkerte Liam bedeutungsvoll zu, was ihr natürlich nicht entging, und sie quittierte Jims Geste mit einem Augenrollen.

»Beachte diesen Perversling gar nicht. Wir sehen uns dann morgen.«

»Die beiden sind echt verrückt«, wandte sich Liam lachend an Hope, als die zwei Geister verschwunden waren.

»Ja, so waren sie schon immer. Ich mag sie trotzdem«, erwiderte sie seufzend.

Liams Gesichtszüge wurden ernst. »Ich habe kein gutes Gefühl dabei, dich heute allein zu lassen.«

Sein besorgter Blick ließ ihr Herz schneller schlagen und sie schluckte. Es war süß, wie er sich um sie sorgte, und am liebsten hätte sie ihn reingebeten, doch stattdessen kamen andere Worte über ihre Lippen. »In meiner Wohnung bin ich sicher.«

Er seufzte. »Dein Salzabwehrsystem, ich weiß.« Verlegen steckte er die Hände in die Hosentaschen. »Wenn es dir nichts ausmacht, würde ich trotzdem gern bleiben.«

Ein warmer Schauer jagte über ihren Körper. Er wollte bei ihr sein. Die ganze Nacht?

»Auf dem Balkon«, fügte er schmunzelnd hinzu. Schlagartig schoss Hitze in ihre Wangen und sie senkte verlegen den Blick.

Mit einem breiten Grinsen fuhr er sich durch die Haare. »Ich kann auch gern reinkommen, wenn du das willst.«

»Nein, nein«, antwortete Hope hastig. »Alles gut. Dann bis morgen.«

Eilig kramte sie in der Tasche nach dem Schlüssel. Es kostete sie enorme Konzentration, ihre zitternden Hände unter Kontrolle zu bringen, um das Türschloss zu öffnen.

Drinnen zog sie schnell die Vorhänge vor dem Balkon zu, ließ sich stöhnend auf die Couch fallen und vergrub das Gesicht in den Kissen. Oh Mann, wie peinlich! Liam brachte sie dazu, Dinge zu denken, die sie gar nicht denken sollte. Er war schließlich ein Geist und sie konnte ihn nicht einmal berühren.

Seufzend drehte sie sich auf den Rücken und starrte an die Zimmerdecke. Dieser Kerl brachte sie um den Verstand und schlich sich dabei Stück für Stück in ihr Herz. Heute hatte er ihr zum zweiten Mal das Leben gerettet und damit eindeutig bewiesen, dass sie ihm etwas bedeutete. Doch wohin würde diese Beziehung führen? Wie weit konnte es zwischen ihnen gehen?

Es ist nicht wichtig, mit wem du zusammen bist. Wichtig ist, dass du glücklich bist.

Sie fragte sich, ob ihre Großmutter recht hatte. Das erste Mal seit Jahren fühlte sich Hope wieder unbeschwert und leicht, als ob Liam all die Dunkelheit und Schwere aus ihrem Leben verschwinden ließ. Allein deshalb sollte sie ihm eine Chance geben. Egal, was oder wer er war.

Sie erinnerte sich an ihr Gespräch über sein früheres Leben.

Sind sowieso alle besser dran ohne mich.

Doch er hatte es genauso verdient, glücklich zu sein. Ein neuer Gedanke schoss ihr durch den Kopf und sie biss sich auf die Unterlippe.

Was, wenn Hope diejenige war, die Liam glücklich machen konnte?

Kapitel 19

In den kommenden Wochen wich Liam nicht von Hopes Seite. Er wartete morgens vor der Tür, um sie zur Arbeit zu begleiten, und brachte sie abends zusammen mit Trudy und Jim nach Hause. Durch die vielen Gespräche und Albereien wurde er von den Geistern schnell akzeptiert und selbst die Geisterblondine legte ihren Wachhund-Titel bald ab.

Am dritten Tag hatte Liam Hope doch ein wenig leidgetan, wie er Nacht für Nacht so allein auf dem Balkon verbrachte. Seitdem trank sie jeden Abend eine Tasse Tee an der frischen Luft und leistete ihm Gesellschaft. Sie genoss ihre langen Gespräche.

Er erzählte ihr von seinen Erfahrungen als Geist und sie ihm von den Begegnungen mit den verschiedensten Seelen. Über sein Leben verlor er nicht viele Worte, aber das war in Ordnung für Hope. Er hatte damit abgeschlossen und das akzeptierte sie.

Tagsüber hielt sich Liam still im Hintergrund, um Hope in Ruhe arbeiten zu lassen. Jedoch war er nie weit von ihr entfernt, für den Fall, dass sie ihn brauchte. Einmal hatte er ihr sogar geholfen die verwirrte Seele eines alten Mannes zu beruhigen und ihn gemeinsam mit ihr ins Licht geführt. Dabei war Liam so feinfühlig und verständnisvoll mit dem Geist umgegangen, dass Hopes Herz vor Zuneigung fast geplatzt wäre.

Seit sie so viel Zeit miteinander verbrachten, hatte sich etwas in ihr verändert. Noch vor ein paar Wochen war sie morgens kaum aus dem Bett gekommen, jetzt konnte sie es nicht erwarten, in einen neuen Tag zu starten. Das war natürlich auch ihrer Großmutter nicht entgangen, die die Geschichten über Liam stets mit einem wohlwollenden Schmunzeln aufnahm.

Hope war glücklich. Das erste Mal, seit sie ihre Fähigkeiten entdeckt hatte, fühlte sie sich nicht wie ein seltsamer Außenseiter. Er gab ihr das Gefühl, etwas Besonderes zu sein.

»Hope?« Die Stimme ihres Großvaters riss sie aus ihren Gedanken und sie zuckte zusammen.

»Sorry, Grandpa. Was hast du gesagt?«

Er lächelte sanft. »Ich wollte dir sagen, dass ich Grandma jetzt nach Hause bringe. Sie fühlt sich nicht so gut.«

»Schon wieder?« Hope runzelte die Stirn. »Da muss man doch was machen können.«

Seufzend zuckte ihr Großvater die Schultern. »Würden wir ja gern, aber die Ärzte meinen alle nur, dass es eben das Alter ist.«

Seine Augen wirkten müde und die Falten in seinem Gesicht schienen in letzter Zeit tiefer geworden zu sein. Hope wusste, dass die Situation ihn belastete.

Mitfühlend legte sie ihm eine Hand auf den Arm. »Das wird schon. Nächste Woche habt ihr doch den Termin bei diesem Spezialisten. Der kann Grandma sicher helfen.«

Dankbar lächelte er. »Ja, bestimmt. Wir sehen uns dann morgen.«

Langsam humpelte er aus dem Raum und schloss die Tür hinter sich. Hope seufzte. Sie verstand seine Sorge, doch sie kannte ihre Großmutter und wusste, wie stark sie war.

»Brauchst du noch Hilfe oder darf ich dich einfach anhimmeln?« Liams warme Stimme vertrieb alle Gedanken aus ihrem Kopf und sie lächelte, als er grinsend durchs Fenster herein schwebte und ihr einen Kuss auf die Wange hauchte.

Schmunzelnd deutete Hope auf einen großen leeren Plastikeimer auf dem Boden. »Du darfst gern deine Putzkünste beweisen.«

Er hob die Arme und spannte demonstrativ seinen Bizeps an. »Kein Problem.«

Mit einem schnellen Griff schnappte sich Liam den Eimer und sauste damit quer durch den Raum. Am Waschbecken betätigte er den Wasserhahn und sah dabei zu, wie sich das Gefäß langsam füllte.

In der Zwischenzeit holte Hope das Putzmittel und den Schwamm aus dem Schrank.

Triumphierend stellte Liam den gefüllten Eimer neben dem Arbeitstisch ab. »Und? Wie war ich?«

»Mh ... ein bisschen langsam, aber sonst ganz ok.«

Sie konnte sich das Lachen nicht verkneifen, als sie Liams gespielte Empörung sah.

»Na warte ...« Mit einer Hand wischte er über die Wasseroberfläche. Quietschend sprang Hope zurück.

»Liam!«, schimpfte sie und schüttelte lachend den Kopf. »Das ist unfair. Du weißt genau, dass ich mich nicht revanchieren kann.«

»Darum macht es ja so viel Spaß«, erwiderte er, setzte ein freches Grinsen auf und bespritzte sie erneut.

Schnell brachte sich Hope mit einem weiteren Rückwärtssprung Richtung Schreibtisch außer Reichweite. Nachdem sie kurz ihre Möglichkeiten durchdacht hatte, zog sie den Drehstuhl zu sich, verschränkte die Arme vor der Brust und machte es sich darauf bequem.

»In Ordnung, dann bleibe ich hier sitzen und du machst sauber«, sagte sie und grinste.

Liam zog eine Schnute, ließ den Wassereimer in Ruhe und flog zu ihr hinüber. Dicht vor ihr blieb er stehen und beugte sich zu ihr hinunter. Seine Nähe jagte ein Kribbeln über ihre Haut und sie biss sich auf die Unterlippe.

»Du willst mich doch nur in Ruhe beobachten«, raunte er und sie schluckte.

Wie gern hätte sie ihn jetzt einfach an sich gezogen und geküsst. Wäre ihm mit den Fingern durch die dunklen Haare gefahren und hätte ihre Hände an seinem Bauch hinabgleiten lassen.

Doch das blieb ihr verwehrt. Sie würde ihn niemals berühren können. Das war der Preis, den sie zahlen musste, um mit ihm zusammen zu sein, und in diesem Moment quälte sie diese Tatsache mehr als alles andere.

Seufzend stand sie auf und Liam wich überrascht zurück. »Lass uns einfach den Tisch sauber machen. Dann können wir früher nach Hause.«

Ohne ein weiteres Wort folgte er ihr zum Arbeitstisch und half beim Putzen, so gut es ging.

»Was ist los? Habe ich was Falsches gesagt?« Liams Verunsicherung war deutlich zu hören und ihr Magen zog sich schmerzhaft zusammen.

»Nein«, sagte sie sanft und zwang sich zu einem Lächeln. »Es ist nur ...« Seufzend ließ sie die Schultern hängen.

»Was denn? Sag schon.« Zärtlich strich er mit den Fingern ihre Wange hinab und sie fühlte den kühlen Hauch auf der Haut.

»Ich will dich berühren«, flüsterte Hope.

Sie versuchte, ihre Verzweiflung vor ihm zu verbergen, doch bei ihren Worten legten sich Trauer und Enttäuschung über Liams Gesicht. Für einen Moment schloss er gequält die Augen.

»Tut mir leid«, sagte sie schuldbewusst. »Ich wollte dich nicht verletzen.« Ihn so zu sehen, zerriss ihr beinahe das Herz.

»Denkst du denn, ich würde das nicht wollen?«, flüsterte er traurig. »Jedes Mal, wenn ich dich sehe, will ich dich berühren, dich anfassen, ohne das Gefühl ständig etwas zwischen uns zu haben. Genauso will ich von dir berührt werden. Will deine Haut auf meiner spüren.« Er sah ihr tief in die Augen. »Trotzdem genieße ich jeden Moment mit dir und möchte keine Sekunde mehr ohne dich sein. Allein durch deine Anwesenheit berührst du mehr in mir, als es jemals ein anderer getan hat.«

Tränen stiegen ihr in die Augen, aber nicht aus Verzweiflung. Es waren Tränen der Rührung und des Glücks. Seine Worte hatten ihr Herz endgültig von allen Schatten befreit, hatten es geöffnet, um seins hereinzulassen.

»Mir geht es genauso«, wisperte sie und er seufzte erleichtert.

»Dann lass uns die Möglichkeiten, die wir haben genießen«, flüsterte Liam und senkte seine Lippen auf ihre.

Kapitel 20

An diesem Abend wollte Liam sich am liebsten gar nicht von Hope verabschieden. Es war das erste Mal, dass sie so über ihre Gefühle gesprochen hatten und seitdem hatte das Knistern zwischen ihnen ein Level erreicht, das für Liam kaum mehr auszuhalten war.

»Ist irgendetwas mit euch? Ihr seid so still heute«, erkundigte sich Trudy auf dem Heimweg.

»Alles gut«, erwiderte Hope.

Misstrauisch beäugte die Geisterblondine ihre Freundin. »Du lügst, das sehe ich dir an der Nasenspitze an.«

Sofort errötete Hope und auf Liams Gesicht erschien ein verschmitztes Lächeln. Er war froh darüber, dass es ihr genauso ging.

Jim traf den Nagel schließlich auf den Kopf. »Trudy, bist du blind? Schau dir die beiden doch an.« Frech grinsend flog er um sie herum. »Die sexuelle Spannung ist ja kaum noch auszuhalten.«

Jetzt war es Trudy, deren Wangen sich tiefrot färbten. »Also ... das ...«

»Themawechsel«, unterbrach Liam sie lachend und auch Hope konnte sich ein Schmunzeln nicht verkneifen.

Vor ihrer Wohnungstür, als sie endlich allein waren, wurde die Situation schließlich richtig unangenehm. Keiner wusste, was er sagen oder tun sollte, und so standen sie da und sahen sich in die Augen.

Liam wollte sich nicht aufdrängen, dafür war ihm Hope zu wichtig. Deshalb verabschiedete er sich wie jeden Abend mit einem Kuss, bevor er sich auf den Balkon zurückzog. Er sah hinauf zu den Sternen und dachte an die Geisterflüsterin.

Wenn er sie doch nur kennengelernt hätte, als er noch lebte. Dann wäre er jetzt zu ihr gegangen und hätte sie bis zur Besinnungslosigkeit geküsst. Seufzend schloss er die Augen und stellte sich vor, wie er sie berührte, wie sie Dinge miteinander anstellten, bei denen schon allein der Gedanke daran dafür sorgte, dass ihm das Gehirn in die Hose rutschte.

Stöhnend fuhr er sich mit den Händen über das Gesicht. Die Realität sah leider anders aus. Sein Magen zog sich zu einem festen Klumpen zusammen und in diesem Augenblick bereute er seinen Selbstmord. Das erste Mal in seinem Geisterdasein hätte er alles gegeben, um die Zeit zurückzudrehen.

Niemals hätte er sein Leben so leichtfertig beendet, wenn er gewusst hätte, dass er Hope treffen würde.

Shit!

Wütend auf sich selbst ballte er die Hände zu Fäusten und schlug auf den Holzboden des Balkons. Wahrscheinlich hatte er das alles verdient. Er war nicht stolz auf seine Taten im Leben, doch damals hatte er gedacht, ihm bliebe keine Wahl.

Heute war es anders. Durch Hope waren ihm seine Fehler so klar wie noch nie, aber es war zu spät. Wenn das mal kein Scheißkarma war.

Eine Bewegung am Fenster ließ ihn aufschauen. Der blickdichte Vorhang schaukelte leicht hin und her. Im nächsten Moment wurde der Stoff zur Seite geschoben und Hope erschien hinter der Balkontür.

Ihr Anblick jagte einen wohligen Schauer durch seinen Körper. Sie lächelte, doch irgendetwas daran verwirrte Liam. Mit gerunzelter Stirn beobachtete er, wie Hope die Tür öffnete und zum Couchtisch hinüberging, um auf ihr Handy zu tippen. Keine Sekunde später ertönte Musik aus dem Lautsprecher daneben.

»Feiern wir eine Party?«, fragte er irritiert.

Hope lachte, schlenderte zur offenen Balkontür und deutete ihm mit dem Zeigefinger, näher heranzukommen.

Jetzt machte sie ihm Angst. Solche Gesten waren für sie eher untypisch. Trotzdem folgte er ihrer Aufforderung und beugte sich so nah wie möglich zu ihr. Dabei achtete er darauf, dass er nicht über die Salzlinie geriet. Er hatte keine Lust, schon wieder durch die Luft katapultiert zu werden.

»Ich habe nachgedacht«, fing Hope an. In ihrer Stimme schwang ein neckender Unterton mit. »Du hast recht, mit dem, was du vorhin gesagt hast.«

»Das freut mich ... äh ... Was habe ich denn genau gesagt?«

Ihre Augen funkelten verspielt. »Wir sollten die Möglichkeiten, die wir haben, genießen. Und das kannst du jetzt tun.«

»Wie meinst du das?«

»Setz dich und genieß die Show.« Sie trat ein paar Schritte zurück und begann im Takt der Musik sanft ihre Hüften zu schwingen.

Überrascht hob Liam die Augenbrauen.

Langsam fuhr Hope mit den Fingern erst einen, dann den anderen Arm hinauf. Die ganze Zeit über richtete sie den Blick auf ihn. In ihren Augen lag so viel Leidenschaft, dass ihm schwindelig wurde. Hitze jagte durch seinen Schritt, als sie einen Träger ihres schwarzen Tanktops in Zeitlupe die Schulter hinabschob. Sehnsüchtig betrachtete er ihre nackte Haut, dann ihren Mund. Genau in diesem Moment benetzte Hope die Lippen mit der Zunge und Liam stöhnte auf.

»Hope«, raunte er »ich sterbe, wenn du das tust.«

»Das kannst du gar nicht«, erwiderte sie frech, ließ den zweiten Träger von ihrer Schulter gleiten und schob das Top Zentimeter für Zentimeter über ihre Hüfte, die langen schlanken Beine, bis hinunter zu ihren nackten Füßen.

Nur noch am Rande bekam Liam mit, wie sie aus dem Oberteil stieg und es mit einem Fuß auf die Couch kickte. Sein Blick galt einzig dem schwarzen Spitzen-BH, der ihre kleinen, wohlgeformten Brüste bei jeder Bewegung zart umspielte.

Wellen jagten durch seine Erscheinung und er musste sich an dem Balkontisch abstützen, um nicht das Gleichgewicht zu verlieren.

Hope ließ sich davon nicht beirren und glitt mit den Händen zum Rhythmus der Musik über ihre Haut.

Noch nie hatte Liam etwas Heißeres gesehen und niemals ein so heftiges Verlangen gespürt wie in diesem Augenblick. Er ballte die Hände zu Fäusten und jeder kleinste Bestandteil seiner Seele spannte sich an, als Hope mit den Fingerspitzen den Saum ihrer kurzen dunkelgrauen Jeans umspielte.

Jetzt hatte sie es gleich geschafft. Er würde hier auf ihrem Balkon ein zweites Mal sterben. Tod vor Verlangen.

Mit weichen, laszivien Bewegungen wiegte sich Hope im Takt der Musik und drehte sich dabei langsam im Kreis. Als sie mit dem Rücken zu ihm stand, griff sie an ihre Jeans und zog sie Stück für Stück hinab. Darunter kam ein schwarzes enganliegendes Höschen zum Vorschein, das rundum aus Spitze war. Liam klappte die Kinnlade herunter.

Ein heftiger Stromschlag durchzuckte seinen Körper. Hope wandte sich wieder um und er war sicher, dass er jeden Moment wie eine Feuerwerksrakete explodieren würde, wenn er sie nicht bald anfassen durfte. Egal, wie gedämpft die Berührungen auch waren, er wollte wenigstens das.

»Das ist reinste Folter«, stöhnte er gequält.

Auch Hope ließ die Situation nicht kalt. Ihre Atmung ging schnell und sie biss sich sehnsuchtsvoll auf die Unterlippe. Mit langsamen Schritten kam sie näher.

»Dann sollte ich dich erlösen«, flüsterte sie, setzte den Fuß auf die Salzlinie vor der Balkontür und unterbrach mit einer Bewegung das Schutzsystem.

Kapitel 21

Die ersten Sonnenstrahlen fielen durch die Jalousie am Fenster und Hope blinzelte verschlafen. Genüsslich streckte sie sich und gähnte laut, dann lächelte sie.

Neben ihr saß Liam, mit dem Rücken ans Kopfende gelehnt, die Beine ausgestreckt und lässig übereinandergeschlagen. Er sah kein bisschen müde aus, was sie nicht überraschte, schließlich war er ein Geist und brauchte keinen Schlaf.

»Guten Morgen, Geisterverführerin«, begrüßte er sie liebevoll.

»Ganz unschuldig warst du auch nicht«, erwiderte Hope und vergrub ihr Gesicht eilig im Kissen, als sie die aufsteigende Hitze in ihren Wangen spürte.

Allein der Gedanke an letzte Nacht schickte ein warmes, erwartungsvolles Kribbeln über ihre Haut. Na ja, vielleicht eher ein kühles Kribbeln.

Den schwierigen Umständen zum Trotz, hatten sie das Beste aus ihrer Situation gemacht und Hope konnte nicht behaupten, dass sie es nicht genossen hatte. Anfangs waren Liams Berührungen behutsam und zärtlich gewesen, wie eine dünne Bettdecke im Sommer, die aufgeschüttelt wird und dann sanft auf den Körper sinkt.

Nach und nach hatten sie das Zögern abgelegt und als er mit seinen Lippen ihren Bauch hinabwanderte und sein Verlangen nicht mehr länger zurückhalten konnte, hatte Hope alles um sich herum vergessen und sich völlig fallen lassen. Auch wenn es nicht so war, wie sie es gerne erlebt hätten, hatte sie dennoch die vielen Zärtlichkeiten von Liam genossen.

Seufzend betrachtete sie ihn. Er sah einfach zum Anbeißen aus, wie er die Arme hinter dem Kopf verschränkt hatte und ihm einzelne Strähnen seiner dunklen Haare in die Stirn fielen. Im Moment hätte sie alles dafür gegeben, ihn einfach an sich zu ziehen und leidenschaftlich küssen zu können.

Kaum hatte Liam ihren Blick bemerkt, spannte er die Oberarmmuskeln an und grinste frech. »Na? Noch nicht genug?«

Gespielt empört hob Hope die Augenbrauen. »Für so eine Frau hältst du mich also?«

»Hatte ich zumindest gehofft.« Lachend beugte er sich zu ihr herunter und legte seine Lippen sanft an ihren Hals.

Kichernd wand sie sich unter ihm und zog die Bettdecke über sich.

Doch vor einem Geist konnte man sich nicht verstecken. Lachend steckte Liam den Kopf durch die Decke und küsste sie auf die Nasenspitze.

»Also gut«, erwiderte sie und er zog sich grinsend zurück. Hope lugte unter der Bettdecke hervor. »Aber erst brauch ich einen Tee.«

»Wenn das so ist ...« Abrupt setzte er sich in den Schneidersitz und verschränkte die Arme vor der Brust. »Dein persönlicher Flaschengeist ist dir zu Diensten.« Mit diesen Worten sauste er zur Schlafzimmertür hinaus.

Kurz darauf hörte Hope den Wasserkocher und lächelte. Von Liam ließ sie sich gerne ein paar Wünsche erfüllen.

***

Eine Stunde später saßen sie gemeinsam auf dem Balkon und genossen die Ruhe des Sonntagmorgens. In der Hand hielt Hope bereits ihre zweite Tasse Tee.

Nachdem Liam das Wasser aufgegossen hatte, um den Tee ziehen zu lassen, war er wieder zu ihr ins Bett gekommen. Doch aus fünf Minuten war eine knappe Stunde geworden. Zur Entschädigung hatte er ihr sofort eine neue Tasse gekocht, diesmal ohne leidenschaftliche Ablenkungen. Obwohl sich Hope an diese Art der Ablenkung durchaus gewöhnen könnte.

»Was wollen wir heute machen?«, fragte sie nach einer Weile und sah Liam erwartungsvoll an.

Überrascht hob er die Augenbrauen. »Du willst etwas unternehmen?«

Sie zuckte die Schultern. »Ja, warum nicht? Ich hatte an einen Spaziergang gedacht. Vielleicht am *Lake Tess*. Da soll es sehr ruhig sein.«

»Wer bist du und was hast du mit Hope gemacht?« Liam lachte, doch als er den vorwurfsvollen Blick sah, mit dem sie ihn bedachte, nahm er schnell ihre Hand und hauchte einen Kuss darauf. »War nur Spaß. Also zum *Lake Tess*? Ich bin dabei.«

Hope setzte zu einer Antwort an, als ihr Handy klingelte. Überrascht sahen sie einander an. »Keine Ahnung, wer das ist.« Sie stand auf und ging hinein zum Couchtisch. Als sie den Namen auf dem Display erkannte, beschlich sie ein ungutes Gefühl.

Zögernd hob sie ab. »Grandpa? Warum rufst du mich vom Handy aus an?«

»Hope, wir sind auf dem Weg zum Krankenhaus ... Deine Grandma hatte einen Schlaganfall.«

Für einen Moment blieb die Zeit stehen. Hopes Kehle wurde trocken und sie schluckte schwer. Ihr Magen zog sich zu einem schmerzhaften Klumpen zusammen und alle Luft wich mit einem Schlag aus ihren Lungen.

»Hope? Bist du noch dran?«

»Äh ... ja, Grandpa«, antwortete sie. Ihre Stimme klang weit entfernt, als würde sie jemand anderem gehören. »Ich mache mich sofort auf den Weg.«

Wie in Zeitlupe legte sie auf, ließ den Arm sinken und starrte auf ihr Handy.

»Hope?« Liams Stimme holte sie endlich aus ihrer Starre. Ohne ihn zu beachten, stürzte sie ins Schlafzimmer. Aus dem Schrank riss sie die erstbesten Klamotten, die ihr unter die Finger kamen, und zog sich eilig an.

»Was ist los?«, fragte Liam besorgt. Er war ihr ins Zimmer gefolgt und lehnte mit verschränkten Armen am Türstock.

»Ich ... Grandma ...Sie ...«, stotterte Hope, rannte an ihm vorbei in den Flur und griff nach ihren Boots. Dann sprang sie auf und sah sich panisch um. »Wo ist der Schlüssel? Ich brauch den verdammten Schlüssel!«

»Hope!«, unterbrach sie Liam mit fester Stimme und hielt sie an den Schultern zurück. »Beruhige dich erstmal.«

Sie schloss die Augen und atmete tief durch. Tausend Gedanken rasten ihr durch den Kopf, aber er hatte recht. So durch den Wind, wie sie war, schaffte sie es nie zu ihrer Großmutter.

»Gut.« Liam seufzte erleichtert. »Und jetzt sag mir noch mal, was los ist.«

Hope presste sie Lippen aufeinander, bevor sie mit zitternder Stimme zu einer Erklärung ansetzte. »Grandma hatte einen Schlaganfall. Sie sind auf dem Weg ins Krankenhaus. Es tut mir leid, Liam, aber ich muss da hin.«

»Natürlich. Ich begleite dich«, erwiderte er sofort. Daraufhin verschwand er im Wohnzimmer und kam mit dem Schlüssel in der Hand zurück.

Kapitel 22

Die Autofahrt zum Krankenhaus bekam Hope gar nicht richtig mit. Geistesabwesend fuhr sie die Straßen entlang, bog ab, hielt an Ampeln und Fußgängerüberwegen. Ihr einziger Gedanke galt ihrer Großmutter. Das letzte Mal, als sie sich gesehen hatten, war sie schrecklich blass gewesen. Hope schluckte die aufsteigenden Tränen hinunter. Alles würde gut werden. Im Krankenhaus konnte man ihrer Grandma sicher helfen.

An einem großen, beleuchteten Wegweiser orientierte sie sich kurz und folgte schließlich dem roten Pfeil Richtung Notaufnahme. Sie stellte den Wagen ab und rannte durch die selbstöffnenden Schiebetüren aus Milchglas direkt auf die Empfangstheke zu.

»Wo ist meine Grandma?«, fragte sie völlig außer Atem.

Die ältere Krankenschwester lächelte sie freundlich an. »Beruhigen Sie sich erst mal und verraten Sie mir den Namen Ihrer Großmutter.«

»Mathilda Adams.« Hope atmete tief durch. »Sie hatte einen Schlaganfall.«

Die Schwester tippte die Information in den Computer ein. Für den Bruchteil einer Sekunde zögerte sie, bevor sie sich erneut an Hope wandte. »Ihre Großmutter wurde verlegt. Zimmer 208.« Sie deutete auf eine breite Flügeltür rechts neben dem Empfang. »Einfach hier durch und geradeaus bis zum Ende des Flures. Ihr Großvater ist bereits dort. Der Stationsarzt war gerade bei ihm.«

Etwas am Klang ihrer Stimme verursachte ein ungutes Gefühl in Hopes Magen und mit einem Mal wurde ihr unangenehm heiß. Sie bedankte sich steif und wandte sich eilig ab.

Kraftvoll stieß sie die Flügeltür zur Station auf. Sofort fiel ihr Blick auf einen alten Mann, der zusammengesunken am Ende des Ganges auf einem der dunkelblauen Stühle im Wartebereich saß. Die Ellenbogen auf die Knie gestützt vergrub er das Gesicht in seinen Händen.

Bei dem Anblick ihres Großvaters gefror Hope das Blut in den Adern und ihr wurde schwindelig. Sie nahm all ihren Mut zusammen und näherte sich zögernd. Als sie ihn erreichte, sank sie vor ihm in die Hocke und legte sanft eine Hand auf seinen Arm.

»Grandpa?«

Langsam hob er den Kopf und Hope zuckte erschrocken zusammen.

Seine Augen waren gerötet und tiefe Ringe lagen darunter. Der Ausdruck in seinem Gesicht versetzte sie sofort in Panik.

»Wo ist Grandma? Wie geht's ihr?«, fragte sie atemlos, fürchtete jedoch seine Antwort.

»Sie ...« Er schloss die Augen und schüttelte verzweifelt den Kopf. »Ein zweiter Schlaganfall. Die Ärzte konnten nichts mehr tun.«

Fassungslos starrte Hope ihren Großvater an.

Alles um sie herum zog sich plötzlich zurück, bis es unendlich weit weg war. Ihre Umgebung verschwamm zu einem einzigen Strudel aus dunklen Schatten und Farben. Das Blut rauschte in ihren Ohren und ihre Stimme war nur noch ein Flüstern, als die nächsten Worte wie automatisiert über ihre Lippen kamen. »Wo ist sie?«

Gequält sah er sie an, hob kraftlos die Hand und deutete auf die Tür vor ihm.

Wie in Trance erhob sich Hope. Mit jedem Schritt wurde der Kloß in ihrem Hals größer und schmerzhafter. Das kalte Metall der Türklinke drang durch ihre Haut und sie fröstelte. Nach einem tiefen Atemzug betrat sie das Zimmer und die Tür fiel hinter ihr ins Schloss. Sofort stieg heftige Übelkeit in ihr auf.

Die schweren grauen Vorhänge vor dem breiten Fenster waren geschlossen. Vereinzelt drangen Sonnenstrahlen von draußen herein und tauchten den Raum in ein gespenstisches Licht. Mitten in dem sterilen Zimmer stand ein weißes Krankenhausbett, bezogen mit weißen Laken.

Der leblose Körper ihrer Großmutter lag mit gefalteten Händen darauf. Ihre Haut war blass und ihr Gesicht wirkte eingefallen.

Tränen sammelten sich in Hopes Augen und tropften auf den lichtgrauen Linoleumboden. Ihre Grandma hätte diesen Raum gehasst. So trist und steril, ohne jegliche Farbe. Niemals wäre sie freiwillig hiergeblieben.

Bei diesem Gedanken bohrte sich ein heftiger Stich in Hopes Herz und sie hatte das Gefühl, er ging bis tief in ihre Seele hinein.

Wie sollte es ohne sie nur weitergehen? Ihr ganzes Leben hatte ihre Großmutter an ihrer Seite gestanden, hatte sie so akzeptiert, wie sie war, sie aufgefangen, als ihre Eltern verunglückt waren. Diese Frau war wie eine Mutter für sie gewesen.

Niedergeschlagen setzte sich Hope an den Bettrand und legte liebevoll ihre Hand auf die ihrer Großmutter. Ihre Haut war kalt, strahlte nicht mehr die Wärme aus, die Hope so oft getröstet hatte.

»Grandma.« Sie schluchzte laut und zitterte dabei am ganzen Körper. »Ich schaff das nicht ohne dich.«

»Ach, Liebes«, ertönte auf einmal eine vertraute, warme Stimme hinter ihr.

Schniefend wandte sich Hope um.

Die Seele ihrer Großmutter lächelte mitfühlend, schwebte auf sie zu und ließ sich neben ihr nieder. »Sei nicht traurig, Liebes. Mir geht es gut.«

»Aber ... ich kann nicht ...« Hopes Stimme brach ab.

»Natürlich kannst du«, entgegnete der Geist sanft. »Das hast du schon immer. Du bist stark, Hope. Stärker, als du denkst. Mach dir um mich keine Sorgen. Meine Zeit hier ist nun zu Ende, aber du hast noch so viel vor dir. Genieße das Leben, es ist so kostbar und wundervoll. Jeder neue Tag ist wie ein leeres Blatt, das du selbst gestalten kannst. Es ist zu kurz, um sich unnötig Sorgen zu machen.«

Hope schüttelte den Kopf und Tränen tropften auf ihre lichtgraue Jeans. Sie war nicht stark, sie brauchte ihre Großmutter. Wenn sie sich nur mehr um sie gekümmert hätte, sie gemeinsam mit ihrem Großvater zum Arzt begleitet hätte.

Obwohl sie täglich mit dem Tod konfrontiert wurde und wusste, dass das Leben schnell vorbei sein konnte, hatte Hope immer die Tatsache verdrängt, dass auch ihre Großeltern eines Tages sterben würden.

Auf einmal erschien ein kleiner greller Punkt auf der anderen Seite des Zimmers. Wie ein goldenes Irrlicht tanzte er durch die Luft auf sie zu. Hope hielt sich die Hand vor das Gesicht. Das Licht leuchtete so hell, dass ihre Augen tränten. Als würde ihr jemand eine Taschenlampe direkt ins Gesicht halten.

Instinktiv wich sie ein Stück zurück und blinzelte heftig. Direkt über ihrer Großmutter blieb der tanzende Punkt stehen.

Nein! Es war zu früh! Sie war noch nicht bereit.

»Es ist so weit«, sagte ihre Grandma liebevoll. »Lass mich gehen, Liebes. So ist eben der Lauf der Dinge, das weißt du.«

Verzweifelt versuchte Hope, den schmerzhaften Kloß in ihrem Hals hinunterzuschlucken. Sie hatte gewusst, dass dieser Moment kommen würde und dass sie nichts dagegen unternehmen konnte. Trotzdem fiel es ihr in diesem Augenblick unendlich schwer, loszulassen.

Ein Gefühl absoluter Hilflosigkeit überkam sie, genau wie damals, als sie sich von ihren Eltern verabschieden musste. Wozu hatte sie diese verdammte Gabe eigentlich, wenn sie überhaupt nichts tun konnte?

Der goldene Punkt wurde größer, plusterte sich zu einer Wolke aus hellem Licht auf, bis er die Seele ihrer Großmutter vollständig umschloss. Noch immer hielt sich Hope schützend eine Hand vor die Augen.

»Ich hab dich lieb. Pass auf dich auf, Liebes. Sag deinem Großvater, dass ich ihn liebe und auf ihn warten werde.«

Ein letztes Mal blinzelte Hope zwischen ihren Fingern hindurch und sah gerade noch, wie sich die Silhouette im hellen Lichtschein auflöste. Dann wurde es wieder dunkel im Raum.

Ihre Großmutter war fort.

»Ich hab dich auch lieb, Grandma«, schluchzte Hope, beugte sich über den leblosen Körper und ließ ihren Tränen freien Lauf.

Kapitel 23

Gleich neben der Zimmertür, mit dem Rücken an die Wand des Krankenhausflurs gelehnt, wartete Liam. Mit gesenktem Kopf stand er da, die Hände tief in den Hosentaschen vergraben.

Dieser eine Anruf von Hopes Großvater hatte alles verändert. Das ganze Glück der letzten Stunden war innerhalb einer Sekunde weggewischt worden.

Es fiel ihm schwer, ruhig zu bleiben, und obwohl er innerlich den Krankenhausgang ohne Unterbrechung auf- und abschwebte, blieb er still an seinem Platz.

Liam machte sich große Sorgen um Hope. Den Schock, unter dem sie stand, wollte er sich gar nicht vorstellen. Er war nie Teil einer richtigen Familie gewesen, trotzdem erinnerte er sich an die seelischen Schmerzen, wenn er wieder gezwungen war, seine Pflegeeltern zu verlassen.

Sein Körper fühlte sich an wie in einem Schraubstock. Hope so zu sehen, so verletzlich und am Boden zerstört, brachte seine Seele zum Zerreißen.

Seit dem Moment, als er das Leid in ihren Augen gesehen hatte, hatte er nur noch einen Wunsch – sie fest in den Arm zu nehmen.

Doch das konnte er nicht. Jedenfalls nicht so, wie er es wollte. Also hatte er sich zurückgezogen und Hope in Ruhe gelassen. Sie hatte ihm ohnehin keine Beachtung mehr geschenkt und war sofort in das Krankenzimmer verschwunden, vor dem er jetzt seit einer halben Stunde auf sie wartete.

Im Augenwinkel nahm er eine Bewegung wahr. Ihr Großvater, der gegenüber auf einem der Metallstühle saß, hob den Kopf. Einen Moment später wurde die Tür des Zimmers geöffnet und Hope trat langsam auf den Flur heraus. Ihre Augen waren geschwollen und rot umrandet. Sie wirkte kraftlos und müde, als sie sich erschöpft neben den alten Mann setzte. Bei ihrem Anblick presste Liam gequält die Lippen zusammen.

Die beiden wechselten ein paar Worte, doch ihre Stimmen waren so leise, dass er kaum etwas von ihrem Gespräch verstand.

Ihr Großvater lächelte schwach und eine Träne lief ihm über die faltige Wange, dann nahm er seine Enkelin liebevoll in die Arme. Liam beobachtete, wie Hope die Umarmung steif erwiderte, ein gezwungenes Lächeln aufsetzte und schließlich aufstand. All die Wärme, die sie sonst im Umgang mit ihren Großeltern hatte, war plötzlich wie ausgelöscht.

Ohne Liam zu beachten, verabschiedete sie sich kurz von ihrem Großvater und ging wie ferngesteuert den Flur entlang Richtung Ausgang.

Eilig schwebte er hinterher und kaum hatten sie das Krankenhaus verlassen, griff er nach ihrem Arm und hielt sie zurück.

»Hope, warte. Was ist da drin passiert?«, fragte er besorgt.

Ihre Blicke trafen sich und Liam spürte einen schmerzhaften Stich in seiner Brust. In ihren Augen lagen so viel Trauer und Schmerz, dass er es kaum ertrug, sie anzusehen, doch da war noch etwas. Etwas, das ihm nur allzu vertraut war und mehr Angst in seinem Innersten verursachte als alles andere.

Leere.

»Hope, bitte sag doch was«, versuchte er es erneut.

Ihre Unterlippe zitterte, als Tränen ihre Wangen hinabliefen und lautlos auf den Asphalt tropften. Doch kein Wort kam über ihre Lippen.

Liam ballte die Hände zu Fäusten und schluckte schwer. In diesem Moment hätte er alles dafür gegeben, sie einmal in den Arm nehmen zu können. Mit all der Geborgenheit, der Liebe und dem Trost, die solch eine echte Berührung ausmachte. Wie ein Parasit, der sich langsam im Körper ausbreitete, fraß sich die Verzweiflung durch seine Seele.

»Hope, sag mir was ich tun kann.« Besorgt griff er nach ihrer Hand.

Sie schüttelte den Kopf. »Nichts.« Ihre Stimme klang so kraftlos, dass er sie kaum verstand. »Ich ... möchte jetzt allein sein. Tut mir leid.«

»Du brauchst dich nicht zu entschuldigen«, erwiderte Liam verständnisvoll, doch in dem Augenblick, in dem sie ihre Hand zurückzog und davonging, hatte er das Gefühl, dass all das Glück mit ihr gegangen war.

Eine Weile sah er ihr nach. Er verstand Hopes Wunsch, allein zu sein, doch ein kleiner Teil in ihm fragte sich, warum sie ihn nicht bei sich haben wollte. Enttäuscht ließ er die Schultern hängen.

Wäre er noch am Leben, hätte sie sicher anders reagiert. Verzweifelt fuhr er sich durch die Haare. Als Geist waren ihm die Hände gebunden, in diesem Zustand war er vollkommen nutzlos. Trotzdem konnte er Hope mit ihrer Situation nicht sich selbst überlassen, zumindest nicht gänzlich.

Langsam flog er los, um ihr zu folgen. Den ganzen Weg über schwebte er in rücksichtsvollem Abstand hinter ihr her, sodass sie ihn nicht bemerkte. Bei ihr zu Hause würde er sich auf den Balkon zurückziehen. So ließ er Hope ihre Ruhe und war trotzdem da, falls sie ihn brauchte, und tief in seiner Seele hoffte er, dass sie das tat. Denn egal, wie lange es dauerte, Liam würde bis in alle Ewigkeit auf sie warten.

Kurz darauf erreichten sie das Mehrfamilienhaus, in dem Hopes Wohnung lag. Seufzend sah er ihr zu, wie sie durch die Eingangstür verschwand. Auf einmal fiel ihm auf, dass er Trudy und Jim seit gestern nicht mehr gesehen hatte, und er fragte sich, wo die beiden Geister steckten.

Normalerweise klebten sie wie Kletten an Hope und sie hatte Schwierigkeiten, die zwei wieder loszuwerden. Doch gerade heute, wenn ihre Freundin sie am dringendsten bräuchte, waren sie wie vom Erdboden verschluckt.

Liam biss sich auf die Unterlippe. Würde er losfliegen, um Trudy und Jim zu holen, müsste er Hope allein lassen. Energisch schüttelte er den Kopf. Das kam für ihn nicht in Frage. Außerdem hatte er nicht die leiseste Ahnung, wo er diese verrückten Gestalten suchen sollte. So entschied er sich zu bleiben, flog um das Gebäude herum und ließ sich auf den Balkon sinken.

Kapitel 24

Seit einer gefühlten Ewigkeit saß Hope nun schon in ihrer Wohnung auf der Couch. Die Arme um ihre Beine geschlungen wippte sie sanft vor und zurück, in der Hoffnung, diese kleine Bewegung würde sie beruhigen. Zuvor hatte sie alle Vorhänge zugezogen und die Salzbahnen an den Fenstern kontrolliert. Sie musste jetzt allein sein. Die letzten 24 Stunden waren für Hope eine einzige Achterbahn der Gefühle gewesen. Ihr Kopf schmerzte von den unzähligen Bildern, die unaufhaltsam kreuz und quer durch ihre Gedanken rauschten.

Da war Liam, der sie liebevoll küsste, ihr Großvater, der kraftlos vor dem Krankenzimmer saß, ihre Grandma, die langsam im Licht verschwand. Alle Eindrücke vermischten sich zu einem schwindelerregenden Strudel aus Farben und Formen.

Hope schluckte die aufsteigende Übelkeit hinunter und schloss für einen Moment die Augen. Ihr Puls raste und sie hatte das Gefühl, dem Druck nicht mehr lange standzuhalten. Jeden Augenblick würde ihr Kopf in tausend Fetzen zerspringen.

Ruckartig sprang sie auf und rannte ins Badezimmer. Gerade noch rechtzeitig klappte sie den Klodeckel hoch, bevor sie sich hustend und würgend übergab. Erschöpft ließ sie sich auf die kalten Fliesen sinken und erneut rannen ihr Tränen die Wangen hinunter.

Das alles war einfach zu viel. Was hatte sie getan, um das zu verdienen?

Erst diese Bürde, die sie tragen musste, seit sie sechs Jahre alt war, dann ihre Eltern, die viel zu früh aus dem Leben gerissen wurden, und jetzt war ihr auch noch ihre Großmutter genommen worden. Die Person, die ihr so lange Zeit eine wundervolle Mutter gewesen war. Ihr Tod hatte alles ins Wanken gebracht, ließ den Boden unter ihren Füßen bröckeln und riss gnadenlos die Geborgenheit und all das Urvertrauen mit sich.

In diesem Moment fühlte sich Hope unendlich einsam. Ihr Leben war nicht mehr als eine leere Hülle. Was hatte sie schon? Ihre besten Freunde waren verstorbene Seelen, die außer ihr niemand sah. Selbst die Liebe hatte sich gegen sie verschworen. Der Mann ihrer Träume war ein Geist, den sie nicht einmal anfassen konnte. Bei dem ihr sogar das Ausweinen an dessen Schulter verwehrt blieb.

Sie fragte sich, ob das alles war, was das Schicksal für sie bereit hielt - Trauer und Entbehrung. Gequält biss sie die Zähne zusammen. Das Herz pochte so heftig in ihrer Brust, dass sie nach Luft rang und dennoch das Gefühl hatte, als würde der gesamte Sauerstoff langsam aus ihren Lungen gesaugt werden. Kleine schwarze Punkte krabbelten aus den Augenwinkeln in ihr Blickfeld. Mehr und mehr verdichteten sie sich zu einem dunklen Schleier.

Hope ließ sich zur Seite sinken, bis sie vollständig auf den Fliesen lag, doch die Punkte tanzten weiter. Für einen Moment schloss sie die Augen und konzentrierte sich auf ihren Atem.

Ein und aus.

Ein und aus.

Nach einer Weile beruhigte sich ihr Puls endlich und Hope sah sich zaghaft um. Der schwarze Schleier war verschwunden.

Erleichtert drückte sie sich mit einem Arm vom Fliesenboden hoch, bis sie wieder aufrecht saß. Ein letztes Mal atmete sie bewusst tief durch, dann schüttelte sie verzweifelt den Kopf.

Nein! So konnte sie nicht weitermachen. Ihr Leben lang hatte sie alles ertragen, was das Schicksal ihr vor die Füße geworfen hatte, aber jetzt war der Punkt erreicht, an dem ihr die Kraft ausging.

Schluchzend zog Hope die Knie an und legte ihre Stirn darauf ab. Die Kälte der Badfliesen kroch langsam durch ihre Kleidung, über ihre Haut und breitete sich bis in die Fingerspitzen aus. Trotzdem rührte sie sich nicht. Still saß sie da und weinte, bis die Tränen irgendwann versiegten. Sie konnte nicht sagen, wie viel Zeit mittlerweile vergangen war. Das Zeitgefühl hatte sie bereits im Krankenhaus verloren.

Ein letztes Mal schniefte sie laut. Ihr war klar, dass sie hier nicht ewig sitzen bleiben konnte. Das würde auch nichts ändern. Mühsam rappelte sie sich auf, stützte die Hände am Waschbecken ab und betrachtete ihr Spiegelbild. Wäre sie nicht so erschöpft, hätte sie der Anblick schockiert. Doch als sie in ihre rot unterlaufenen Augen blickte und die Leere in ihrem Inneren erkannte, bahnte sich eine Frage den Weg in ihren Kopf. Vorbei an dem ganzen Durcheinander kämpfte sie sich unaufhaltsam an die Oberfläche.

Was, wenn ich alles beenden würde?

Hope dachte an ihre Eltern, die sie ins Licht begleitet hatte, an Trudy und Jim, die mit ihrem Geisterdasein glücklich waren, an Liam, der sein Schicksal ebenfalls selbst in die Hand genommen hatte. Anfangs hatte sie nicht verstanden, wie ein Mensch so eine Entscheidung treffen konnte. Doch hier und jetzt machte ihr dieser Gedanke keine Angst mehr. Im Gegenteil. Er war die einzige Möglichkeit, die ihr richtig vorkam.

Das Wichtigste ist, dass du glücklich bist.

Waren das nicht Großmutters Worte? Bei der Erinnerung an sie fühlte Hope erneut den schmerzhaften Stich in der Brust und zuckte zusammen.

Sie wollte ja glücklich sein, mehr als alles andere, aber dieses Leben schien immer wieder aufs Neue gegen sie zu kämpfen. Hier würde sie niemals das Glück finden, das sie sich so sehnlichst wünschte.

Was wäre, wenn ...

Nach und nach übernahmen diese kleinen Worte die Vorherrschaft in ihren Gedanken, wurden zu Bildern, anfangs verschwommen, dann klarer, vertrieben sie schließlich ihre Zweifel.

Hope fragte sich, was geschehen würde, wenn sie ihr Leben hinter sich ließe. All die Schmerzen und Hindernisse, all die Einsamkeit, die belächelnden und abwertenden Blicke der Menschen, die sie für einen Freak hielten. Alles wäre auf einen Schlag fort.

Auf diese Weise könnte Hope mit ihren besten Freunden zusammen sein, sie auf ihren Streifzügen begleiten, gemeinsam mit ihnen Abenteuer erleben. Und Liam? Bei dem Gedanken an ihn seufzte sie. Als Geister wären sie endlich ein richtiges Paar, sie würden sich berühren, küssen, füreinander da sein können, wie es die Liebe vorgesehen hatte.

Immer wieder hatte Hope mit den Schwierig-keiten des Lebens gekämpft, hatte sich unterworfen und eines Tages resigniert. Dabei hatte die Lösung die ganze Zeit direkt vor ihr gelegen.

Entschlossen wischte sie sich die verlaufene Wimperntusche aus dem Gesicht und nahm einen tiefen Atemzug. Endlich hatte sie ein Ziel vor Augen. Das erste Mal seit dem Krankenhaus hatte Hope das Gefühl, wieder Luft zu bekommen, und der heftige Druck im Magen schien auf einmal weniger schlimm zu sein.

Sag deinem Großvater, dass ich ihn liebe.

Die Worte ihrer Grandma schossen ihr wie Blitze durch den Kopf und sie erstarrte. Bei all ihren Überlegungen hatte sie ihn völlig vergessen. Einen Augenblick lang tobten Zweifel in ihr und kämpften sich zurück an die Oberfläche. Tiefes Mit-leid überrollte all ihre Gefühle und erneut bildete sich ein dicker Kloß in ihrem Hals. Was würde aus ihm werden, wenn sie nicht mehr da war?

Hope dachte an seine Worte, bevor sie sich im Krankenhaus so überstürzt von ihm verabschiedet hatte.

Alles wird gut. Ich bin für dich da.

Ihr Großvater hatte genau wie sie mit dem Tod seiner Frau zu kämpfen, doch er war stark. Er würde allein zurechtkommen, da war sie sich sicher. In diesem Zustand wäre ihm Hope sowieso keine große Hilfe. Sie konnte ihm ja nicht einmal in die Augen sehen, ohne sofort in Tränen auszubrechen. Das war auch der Grund, warum sie so schnell aus dem Krankenhaus geflohen war.

Mit den Fingern massierte Hope ihre Schläfen. Zuerst einmal musste sie etwas gegen diese pochenden Kopfschmerzen tun. Aus ihrem kleinen Spiegelschrank kramte sie eine Schmerztablette hervor und verließ damit das Badezimmer, um sich in der Küche ein Glas Wasser zu holen.

An der Balkontür hielt sie für einen Moment inne. Tief in ihrem Bauch hatte sie das Gefühl, stehenbleiben zu müssen. Hope trat einen Schritt näher an den zugezogenen Vorhang heran, schob ihn minimal beiseite und spähte hinaus.

Überrascht stellte sie fest, dass es mittlerweile dämmerte. Im schwachen Licht des Abendhimmels erkannte Hope Liams Gestalt, die auf dem Holzboden des Balkons saß, die Beine angezogen, mit dem Rücken an die Brüstung gelehnt. Besorgt betrachtete er die ersten Sterne.

Bei seinem Anblick wurde ihr ganz warm ums Herz. Natürlich war er hier und hatte nicht auf sie gehört. Niemals würde er sie in so einer Situation allein lassen. Wie gern wäre sie jetzt hinausgegangen, hätte sich zu ihm gesetzt, ihren Kopf an seine Schulter gelehnt und ihre Trauer in seinen Armen ertränkt.

Ein tiefes Gefühl der Sehnsucht ergriff sie, jagte durch ihren Körper bis in die Fingerspitzen. Und in diesem Augenblick traf sie die endgültige Entscheidung.

Kapitel 25

Unzählige Sterne leuchteten am dunkelblauen Nachthimmel. Hier und da tauchten Flugzeuge dazwischen auf. Sogar eine Sternschnuppe hatte Liam gesehen. Über seinen Wunsch hatte er nicht lange nachdenken müssen. In seinen Gedanken drehte sich alles um Hope.

Ein Geräusch hinter der Balkontür ließ Liam aufhorchen und er blinzelte heftig, als der Vorhang zurückgezogen wurde und das helle Wohnzimmerlicht auf den Balkon fiel. Die Geisterflüsterin öffnete die Tür und trat zu ihm heraus.

Ihr Gesicht lag im Schatten, da das Licht von hinten kam, doch Liam erkannte sofort, wie erschöpft und mitgenommen sie aussah. Umgehend sprang er auf und schwebte auf sie zu.

»Wie geht es dir?«, fragte er besorgt.

Anstelle zu antworten, sah ihm Hope tief in die Augen, woraufhin Liam schnell den Blick senkte. Er hatte Angst vor dem, was er sehen würde. Doch er konnte ihr nicht ewig ausweichen. Er schluckte schwer, bevor er langsam den Kopf hob.

Ihre Blicke trafen sich, aber überraschenderweise begegnete er nicht der befürchteten Leere, die er nach dem Krankenhaus in Hopes Augen gesehen hatte. Im Gegenteil, sie strahlten eine Art innere Ruhe aus.

»Ich brauche dich«, wisperte sie und er verstand.

Zärtlich strich er ihr über die Wange und legte seine Lippen auf ihre. Seufzend schloss Hope die Augen. Liam war klar, dass sie mehr von ihm wollte, dass sie sich danach sehnte, in seinen Armen zu liegen und ihn mit allen Sinnen zu spüren. Es tat ihm in seiner Geisterseele weh, ihr das nicht bieten zu können, nicht so für sie da sein zu können, wie sie es verdiente und brauchte. Deshalb legte er all die Emotionen und Liebe in seine Geste, zog Hope an sich und hielt sie fest.

Eine ganze Weile stand sie mit hängenden Armen und geschlossenen Augen da und schwieg. Das Zirpen der Grillen umhüllte sie sanft und der aufgehende Mond tauchte die Welt um sie herum in ein magisches Licht.

Obwohl die Situation für Hope unglaublich schwer war, musste Liam bei ihrem Anblick lächeln. Sie war das Schönste, was er jemals gesehen hatte und wenn er bis in alle Ewigkeit nur noch sie ansehen dürfte, würde ihn das zum glücklichsten Mann auf der Welt machen.

»Ich möchte zum Freibad«, durchbrach Hope auf einmal die Stille. »Begleitest du mich?«

Verdutzt wich Liam einen Schritt zurück.

»Äh ... okay«, stotterte er und kaum hatte er die Worte ausgesprochen, eilte sie auch schon ins Wohnzimmer.

Nachdem sie in ihre Sneakers geschlüpft war, kramte sie einen kleinen Rucksack aus der Schublade des Garderobenschranks und lief damit ins Bad.

»Diesmal sorge ich vor und nehme ein Handtuch mit!«, rief sie Liam zu, der die Szene verwirrt beobachtete.

Hatte er irgendetwas verpasst? Noch vor einer halben Stunde war sie am Boden zerstört, wollte niemanden sehen und von jetzt auf gleich hatte sie das Bedürfnis, schwimmen zu gehen.

»Wir treffen uns unten.« Mit diesen Worten schlug Hope Liam die Balkontür vor der Nase zu und verließ die Wohnung.

Irritiert fuhr er sich durch die Haare und fragte sich, ob das vielleicht ihre Art der Trauerbewältigung war. Seufzend sprang er vom Balkon und flog um das Mehrfamilienhaus herum, wo Hope bereits auf ihn wartete.

Den ganzen Weg über sprachen sie kein Wort, was bei dem Tempo, das die Geisterflüsterin an den Tag legte, sowieso nicht möglich war. Selbst Liam hatte Mühe, mit ihr Schritt zu halten, und das, obwohl er nicht einmal laufen musste.

Je näher sie dem Freibad kamen, desto schneller wurde Hope. Sie wirkte furchtbar aufgeregt.

»Müssen wir zum Zug?«, schnaufte Liam und durchbrach endlich die Stille zwischen ihnen. An der letzten Ecke hatte er es nur knapp geschafft, einer Straßenlaterne auszuweichen.

»Wieso? Kannst du nicht mehr? Ich dachte, Geister kommen nicht so schnell außer Puste.« Lachend drehte Hope sich zu ihm um.

Er runzelte die Stirn über ihren plötzlichen Stimmungswandel.

»Mach dir um mich keine Sorgen. Ich will nur nicht, dass du bei der Geschwindigkeit einen Unfall baust.« Hastig flog Liam weiter und schloss wieder zu Hope auf.

Fragend hob sie die Augenbrauen. »Was denn für einen Unfall?«

»Na ja, dass du zum Beispiel gegen eine Laterne läufst«, antwortete er schulterzuckend. »Die sind gefährlich.«

»So wie du gerade eben?«

»Also bitte!« Er schnaubte. »Die kam aus dem Nichts. Außerdem bin ich gekonnt ausgewichen.«

Hope schmunzelte und blieb abrupt stehen. Entsetzt riss Liam die Augen auf, hob schützend die Arme vor sein Gesicht und schoss im nächsten Moment mit Schwung durch die dichte Thuja-Hecke hindurch. Er hatte gar nicht bemerkt, dass sie am Schwimmbad angekommen waren.

Bevor er zurück zu Hope schweben konnte, landete sie neben ihm auf der Wiese. Unsicher folgte er ihr, als sie zielstrebig auf das große Schwimmbecken zumarschierte. So aufgedreht kannte er sie gar nicht.

Genau wie bei ihrem Date spiegelte sich das Mondlicht auf der ruhigen Wasseroberfläche. Er erinnerte sich gern an diese Nacht. An Hopes Bedenken, in ein Freibad einzubrechen, an die süße Unsicherheit vor ihrem ersten Kuss.

Heute war sie wie ausgewechselt. Selbstbewusst und entschlossen, fast schon besessen. Das war nicht seine Hope, die dort am Beckenrand stand und die Sneakers von den Füßen streifte. Ihr Verhalten machte Liam mittlerweile sogar mehr Angst als zuvor die Leere in ihrem Blick. Die hatte er wenigstens verstanden.

»Was soll das?«, fragte er und griff nach ihrem Arm. »Warum sind wir hier?« Sein ernster Tonfall ließ sie zusammenzucken und sie sah ihn mit großen Augen an. »Sorry, ich wollte dir keine Angst machen«, entschuldigte er sich sofort und ließ sie los. »Ich bin nur ... Du bist auf einmal so anders, seit vorhin. Was ist passiert?«

Hope lächelte und trat einen Schritt näher an ihn heran. Vorsichtig hob sie die Hand und hielt sie an die Stelle, an der Liams Wange war.

»Ich kann das nicht mehr, Liam«, flüsterte sie.

Für einen Wimpernschlag huschte die Trauer wie ein Schatten durch ihren Blick.

Bei ihren Worten bildete sich ein dicker Kloß in seinem Hals, den er nur mit Mühe hinunterschlucken konnte. Das war also der Grund, warum sie ihn hierhergebracht hatte. Wie hatte er nur glauben können, dass diese Beziehung funktionierte? Von Anfang an war klar, dass es keine Zukunft für sie gab. Hope hatte das jetzt akzeptiert.

Enttäuscht ließ Liam die Schultern hängen und seufzte gequält. »Ich weiß ... und ich kann es verstehen. Wir hätten nie wirklich zusammen sein können.«

»Aber ...«, setzte sie an.

»Schon gut, Hope«, unterbrach er sie sanft. »Du musst mir nichts erklären. Im Grunde war es uns von Anfang an klar.«

»Liam!«, rief sie plötzlich energisch. »Darum geht es doch überhaupt nicht.«

»Nicht?« Überrascht hob er eine Augenbraue.

Lächelnd schüttelte sie den Kopf. »Nein, du Trottel. Im Gegenteil. Ich will, dass wir richtig zusammen sind. Uns berühren und festhalten können. Dinge tun, die normale Paare eben tun.« Bei den letzten Worten färbten sich ihre Wangen rot und Liam schmunzelte erleichtert.

Da war sie wieder. Die süße Geisterflüsterin. Seine Hope.

Dann runzelte er die Stirn. »Aber was meinst du damit, dass du das nicht mehr kannst?«

Der Ausdruck in ihrem Gesicht wurde ernst. Bevor sie antwortete, nahm sie einen tiefen Atemzug. »Ich ... habe viel nachgedacht. Seit meiner Kindheit bin ich anders. Ich war bei unzähligen Therapeuten, bis ich gelernt habe, meine sogenannte Fähigkeit für mich zu behalten.« Sie schluckte schwer. »Ich wollte alles verdrängen, hatte die Hoffnung, auf diese Weise ein normales Leben führen zu können. Doch das war nur Wunschdenken. Meine Gabe hat mich gnadenlos zum Außenseiter gemacht ... Und dann kam der Tag des Unfalls.« Hope stockte für einen Moment. Es fiel ihr sichtlich schwer, darüber zu sprechen. »Mit einem Schlag wurde mir meine Familie entrissen, mein Schutzort weggenommen. An diesem Tag brach für mich die Welt zusammen. Und jetzt ist auch noch meine Grandma gegangen, der Mensch, der mir den letzten Halt gegeben hat.« Sie atmete tief ein und sah Liam entschlossen in die Augen. »Mein ganzes Leben ist geprägt von Schwierigkeiten, Trauer und Entbehrung. Ich kann und will das nicht mehr.«

Liams Augen wurden groß und sein Innerstes zog sich so heftig zusammen, dass er das Gefühl hatte, jeden Moment zu implodieren. In Hopes Blick spiegelte sich solch eine Entschlossenheit, dass er erschrocken zurückwich. Er kannte diesen Ausdruck. An dem Tag, an dem er sich entschieden hatte, sein irdisches Dasein hinter sich zu lassen, hatte er denselben gehabt. Bilder von Hopes totem Körper schossen durch seine Gedanken und drohten ihn innerlich zu zerfressen. Sie hatte keine Ahnung, worauf sie sich einlassen würde. Nein, er wollte ihre nächsten Worte nicht hören.

»Ich habe beschlossen, mein Leben zu beenden.«

Schockiert starrte er sie an. Unfähig etwas zu sagen.

Mit einem zaghaften Lächeln sprach Hope weiter. »Dann wären wir endlich richtig zusammen und all unsere Probleme würden sich in Luft auflösen.«

Ein Strudel aus Bildern und Gefühlen schoss durch Liams Kopf. Er stellte sich vor, wie er Hope im Arm hielt, wie er sie küsste und ihre Berührungen fühlte. Gemeinsam könnten sie die ganze Welt erkunden. Der Tod stünde nicht mehr zwischen ihnen. Die Sehnsucht danach war so groß, dass Liam hätte schwören können, er würde sein Herz schlagen hören.

Er ballte die Hände zu Fäusten und schüttelte den Kopf. Erinnerungen an sein Leben, die Wut, die Trauer und Verbitterung, seine Entscheidung zum Selbstmord. Die Einsamkeit, die seitdem sein ständiger Begleiter war, die allumfassende Angst davor, ins Licht zu gehen und nicht zu wissen, was

ihn dahinter erwartete. Er dachte an die immer-
während Leere, die er täglich verdrängte, die ihn
seit seinem Tod auf Schritt und Tritt begleitete.

Bis sie in sein Leben getreten war. Hope hatte
alles verändert. Sie war der erste Mensch, der an
ihn glaubte, der ihn so liebte, wie er war. In keiner
Sekunde hatte sie Angst vor ihm gehabt. Sie war
sein Lichtstrahl in der Dunkelheit, an den er nicht
mehr geglaubt hatte. Und jetzt wollte sie den gleichen Fehler begehen wie er.

Wie ein Schraubstock, der sich erbarmungslos
zuzog und ihn qualvoll zerquetschte, drückten die
Erinnerungen auf ihn ein.

»Nein«, entgegnete er entschieden. »Das wirst
du nicht tun.«

Erschrocken über seinen bestimmten Tonfall wich Hope zurück, fand jedoch schnell ihre
Kontrolle wieder und starrte ihn fassungslos an.
»Aber … Willst du etwa nicht mit mir zusammen
sein?«

Liam seufzte. »Doch, natürlich, aber das ist nicht
der richtige Weg.«

»Und was ist dann bitte der richtige Weg?«, fragte
sie traurig. »Außer diesem gibt es nämlich keinen.«

Sie hatte recht und das wusste er, doch alles in
ihm sträubte sich dagegen.

»Dann gibt es eben keinen«, antwortete er und
presste gequält die Lippen zusammen.

»Was?« Enttäuscht sah sie ihn an und blinzelte die aufsteigenden Tränen weg.

Eine Weile sprachen sie kein Wort und die Stille drohte ihn zu überwältigen.

Auf einmal schnaubte Hope und funkelte Liam wütend an. »Ich fasse es nicht. Ich mache dir freiwillig diesen Vorschlag und du gibst uns einfach auf?« Ihre Stimme überschlug sich fast und Tränen der Enttäuschung glitzerten auf ihren Wangen. »Gut, dass ich endlich weiß, woran ich bin! Trudy hatte völlig Recht. Du bist ein Schwein.«

»Hope ...«, versuchte Liam es vorsichtig, doch sie winkte ab.

»Spar dir deine Erklärungen. Ich will sie nicht hören.« Damit zog sie ihre Schuhe an und schnappte sich ihren Rucksack.

Liam blieb nichts anderes übrig, als ihre Wut über sich ergehen zu lassen. Bevor sie ihn verließ, wandte sie sich ein letztes Mal um. »Wage es ja nicht, mir hinterherzuschweben. Und zu deiner Info: Was ich mit meinem Leben anfange, ist allein meine Sache.«

Mit wütenden Schritten stapfte sie davon und ließ Liam zurück.

Auch wenn er ein Geist war, brach es ihm das Herz, Hope so zu sehen. Doch er hatte keine andere Wahl. Egal, was sie gesagt hatte, er würde niemals zulassen, dass sie ihr Leben wegwarf.

Kapitel 26

Am nächsten Morgen blieb der Wecker stumm. Hope hatte ihn schon lange vor der Zeit ausgeschaltet. Die ganze Nacht hatte sie wach gelegen und über ihre Entscheidung und den Streit mit Liam nachgedacht. Sie war sich so sicher gewesen, dass er hinter ihr stehen würde. Umso mehr hatte sie seine Reaktion gestern im Freibad schockiert. Es war überhaupt nicht seine Art, sie derart anzufahren. Dabei wollte Hope doch nur, dass sie zusammen glücklich sein konnten.

Erschöpft rieb sie sich die müden Augen. Die Enttäuschung über Liams Verhalten lag wie ein riesiger Klumpen in ihrem Magen. Der Streit mit ihm verstärkte das Gefühl der Einsamkeit in ihr. Wie eine schwarze, klebrige Masse legte es sich über Hopes Körper und drückte mit seinem ganzen Gewicht schwer auf ihre Schultern. Innerhalb eines Tages hatte sie nicht nur ihre Großmutter verloren, sondern war auch noch von ihrem Freund enttäuscht worden. Demjenigen, für den sie alles aufgegeben hätte. Nun war sie allein, und der Wunsch, ihre Eltern und ihre Grandma wiederzusehen, war so groß, dass sie das Gefühl hatte, nicht mehr richtig atmen zu können.

Schwer seufzend stand sie auf, um in die Küche zu gehen.

Im Vorbeigehen zog sie die Vorhänge an den Fenstern auf, um das Tageslicht hereinzulassen. An der Balkontür zögerte sie einen Moment und ihr Herz schlug schneller. Hastig verdrängte sie das aufkeimende Gefühl von Sehnsucht, und nach einem tiefen Atemzug schob sie den dicken Stoff beiseite.

Der Anblick des leeren Balkons, versetzte Hope einen schmerzhaften Stich. Natürlich war er nicht da. Sie hatte ihm ihre Meinung nur allzu deutlich mitgeteilt. Trotzdem war da dieses Fünkchen Hoffnung in ihrem Inneren, das sich nicht so leicht ersticken ließ.

Verärgert pustete sie sich eine Haarsträhne aus dem Gesicht. Dann sollte Liam eben bleiben, wo der Pfeffer wächst. Ihre Entscheidung stand fest und wenn er sie nicht wollte, würde sie einfach ins Licht weiterziehen. Nach so vielen Jahren könnte sie endlich ihre Eltern wiedersehen, ihre Großmutter umarmen, bei den Menschen sein, die sie ehrlich liebten. Dafür brauchte Hope keinen Geisterfreund, der ihr nur im Weg stand. In der Nacht hatte sie sich einen Plan zurechtgelegt.

Wenn es nach ihr gegangen wäre, hätte sie auf den heutigen Arbeitstag verzichtet, aber sie wollte nicht gehen, ohne sich zu verabschieden. Die ganze Nacht über hatte sie an ihren Großvater gedacht. Blind vor Trauer hatte sie den einzigen Menschen vergessen, der jetzt noch für sie da war. Doch er war alt und was wäre, wenn er sie plötzlich auch verlassen würde? Genau wie ihre Eltern und Grandma. Sie könnte es nicht ertragen völlig allein auf der Welt zu sein. Obwohl sie bei dem Gedanken daran, ihren Grandpa zurückzulassen, tiefe Traurigkeit überkam, hatte sie das schmerzliche Gefühl, dass ihr keine andere Wahl blieb. Die Entscheidung war getroffen, sie wollte endlich weg von all dem Schmerz und der Entbehrung, doch eine Verabschiedung war das Mindeste, was sie ihrem Großvater schuldig war. Sie würde ihm zwar nichts von ihrem Vorhaben erzählen, doch in den letzten Stunden hatte Hope einen Brief geschrieben, der alles erklären würde.

In der Küche stellte sie den Wasserkocher an, schnappte sich eine Tasse und wählte einen Teebeutel aus. Sie goss das heiße Wasser ein und deckte das Ganze mit einem kleinen Teller ab.

Während der Tee zog, holte sie sich frische Kleidung und versuchte, mit Make-up und Concealer die tiefen Augenringe und die blasse Gesichtsfarbe ein wenig zu verdecken. Selbst ihre Haare standen heute in alle Richtungen ab, als hätte sich Hopes

Stimmung auf sie übertragen, und egal, wie oft sie sie durchkämmte, sie wollten sich einfach nicht bändigen lassen. Nach dem gefühlt hundertsten Bürstenstrich gab sie auf, band ihre rotblonde Mähne zu einem lockeren Pferdeschwanz zusammen und kehrte zurück in die Küche. Mit dem Tee in der Hand öffnete sie die Balkontür und trat hinaus auf den weichen Holzboden.

Sofort wärmte die aufgehende Sonne ihre Haut wie eine vertraute Umarmung. Die Luft war erfüllt von Vogelgesängen und dem Summen der Bienen, die geschäftig auf der Suche nach den größten Blumen waren. Hope legte den Kopf in den Nacken und sah hinauf zum wolkenlosen Himmel. Genüsslich sog sie den Duft des Sommermorgens ein.

Das war er also. Der letzte Tag ihres Lebens. Bald wäre alles vorbei.

Für einen Moment huschten Liams Worte durch ihren Kopf.

Das ist nicht der richtige Weg.

Bevor sich ihre Gedanken weiter damit beschäftigten, riss sie das laute Klingeln des Telefons so abrupt zurück in die Realität, dass sie vor Schreck zusammenzuckte. Heißer Tee schwappte über ihre Finger.

»Mist!«, schimpfte sie, stellte die Tasse auf dem Balkontisch ab, schüttelte die tropfende Hand aus und lief eilig ins Wohnzimmer. Genervt griff sie nach dem Telefonhörer. »Hallo?«

»Guten Morgen, Hope«, ertönte die unsichere Stimme ihres Großvaters. »Tut mir leid, ich wollte dich nicht stören.«

Schuldbewusst biss sie sich auf die Zunge. »Nein, Grandpa. Du störst mich nicht. Hab nur gerade den Tee verschüttet. Ist alles in Ordnung bei dir?«

»Jaja«, antwortete er schnell. »Ich wollte fragen, ob du heute zur Arbeit kommst?«

Hope seufzte. Würde sie ihren Großvater nicht so gut kennen, hätte sie die Schwere in seiner Stimme wahrscheinlich nicht einmal bemerkt.

»Natürlich. Ich wollte gerade los.« Ihr Blick fiel auf den lichtgrauen Briefumschlag, der mitten auf dem Couchtisch lag. Ein Anflug von schlechtem Gewissen ergriff sie und schnürte ihr die Kehle zu.

»Du musst nicht kommen, wenn du noch nicht willst. Nimm dir so viel Zeit wie du brauchst, Hope«, erwiderte ihr Großvater liebevoll.

Sie schluckte schwer und zwang sich, durchzuatmen. Er wird es verstehen.

»Danke, Grandpa«, antwortete sie entschlossen. »Aber ich komme gern.«

Nachdem sie aufgelegt hatte, schlüpfte sie in ihre Boots, zog sich eine dünne, schwarze Strickjacke über und verließ die Wohnung. Den Brief hatte sie sorgfältig in ihrem Rucksack verstaut.

Auf dem gesamten Weg zum Crossroads war es seltsam still heute, als wüsste die ganze Welt über Hopes Vorhaben Bescheid und hielt die Luft an.

Sogar Trudy und Jim waren nirgends zu sehen. Normalerweise begleiteten ihre Geisterfreunde sie morgens zur Arbeit.

Mit einem Seufzen vertrieb Hope die Enttäuschung. Im Grunde war es besser so. Sie wollte ihnen nicht erklären müssen, was sie vorhatte. Es war gar nicht so einfach, Trudy anzulügen, und wer wusste, wie die beiden reagiert hätten. Vielleicht wären ihre Freunde ihr genau wie Liam in den Rücken gefallen.

So hielt sie es für das Beste, die Situation zu akzeptieren und den Arbeitsweg allein zurückzulegen. Wirklich entspannt war sie dabei trotzdem nicht. Bei jeder kleinen Bewegung, die sie in den Augenwinkeln wahrnahm, keimte wieder dieser winzige Funken Hoffnung in ihr auf, dass Liam oder ihre Freunde vielleicht doch in ihrer Nähe waren. Aber egal, wohin sie auch sah, nirgends eine Spur von einem Geist.

Endlich erreichte sie das Bestattungsinstitut und schlüpfte eilig durch die schwere Eingangstür. Der Empfangsbereich lag verlassen und still vor ihr. Es roch scharf nach Putzmittel und nicht wie sonst nach frisch aufgebrühtem Tee, den ihre Großmutter jeden Morgen in der winzigen Küche aufgesetzt hatte. Hope fröstelte. Ohne die Liebe und Wärme ihrer Grandma kam ihr dieser Ort viel dunkler und kälter vor.

Ihr Großvater hatte die Leiche seiner Frau einem anderen Bestatter überlassen, worüber Hope sehr froh war. Sie wusste nicht, ob sie die Kraft gehabt hätte, den leblosen Körper ihrer Großmutter ein weiteres Mal zu sehen und für die anstehende Beerdigung vorzubereiten.

»Grandpa? Ich bin's!«, rief sie in den leeren Raum und ihre Worte hallten von den Wänden wider.

»Ich bin im Arbeitszimmer!«, ertönte eine tiefe Stimme. Hope hängte ihre Strickjacke an die Garderobe und trat durch die Tür in den Nebenraum.

Ihr Großvater war gerade dabei mit einem breiten Bodenwischer, die Fliesen zu reinigen. Langsam zog er den Mopp über den glatten Untergrund hin und her.

Bei seinem Anblick seufzte Hope. »Grandpa, du musst das nicht machen. Das habe ich doch vorgestern alles erledigt.«

Er blieb stehen, zog ein kariertes Stofftuch aus seiner Hosentasche und wischte sich damit den Schweiß von der Stirn.

»Ich weiß«, sagte er erschöpft. »Aber wenn ich nicht irgendetwas tue, fange ich an zu grübeln und das ...« Er stockte und in seinem Blick lag tiefe Trauer. Erst jetzt fielen Hope die dunklen Schatten unter seinen Augen auf.

»Schon gut, Grandpa. Du musst mir nichts erklären.«

Ohne ein weiteres Wort öffnete Hope den Schrank im hinteren Teil des Zimmers und holte einen zweiten Bodenwischer heraus.

Die nächsten Stunden verbrachten sie schweigend damit, alle Räume, Ablagen und Fenster zu reinigen. Hin und wieder lächelte ihr Großvater ihr liebevoll zu und immer, wenn er das tat, zog sich Hopes Magen schmerzhaft zusammen.

Er wird es verstehen. Er wird es verstehen.

Wie ein Mantra wiederholte sie diese Worte wieder und wieder in ihrem Kopf. Sie hatte gewusst, dass es nicht leicht werden würde, doch ihre Entscheidung war gefallen.

Den ganzen Tag über erschien kein Kunde und die erdrückende Stille und die allgegenwärtige Trauer drohten Hope langsam zu ersticken. Sie empfand ein kleines bisschen Erleichterung, als ihr Großvater am späten Nachmittag sagte: »Geh nach Hause, Hope. Heute ist sowieso nichts mehr los.«

»Bist du sicher?«, fragte sie und wieder loderte das schlechte Gewissen in ihr auf.

»Ist schon in Ordnung. Hier vor mich hin arbeiten tut mir ganz gut. Vielleicht putze ich noch mal alles durch«, fügte er mit einem traurigen Lächeln hinzu.

Schweren Herzens dachte Hope an den Brief, der in ihrer Hosentasche darauf wartete, an einem günstigen Ort platziert zu werden. Es war so weit.

Der Kloß in ihrem Hals, den sie schon den ganzen Tag mit sich herumgetragen hatte, machte sich jetzt deutlich bemerkbar und sie schluckte schwer. Dieser Abschied kostete sie all ihre Kraft.

»Wir sehen uns dann morgen, Liebes«, verabschiedete sich ihr Großvater.

Liebes ... So hatte ihre Großmutter sie immer genannt.

Ohne ein weiteres Wort fiel sie ihm um den Hals und ihre Augen füllten sich mit Tränen. Er schloss sie liebevoll in seine starken Arme und für einen Moment verlor sie sich in der vertrauten Geborgenheit.

»Ist schon gut, Hope. Mit der Zeit wird es leichter. Du wirst sehen.«

Seine tiefe Stimme vibrierte durch ihren Körper und beruhigte ihre Seele.

»Ich hab dir viel zu selten gesagt, wie lieb ich dich habe, Grandpa«, flüsterte sie an seiner Schulter und schniefte.

»Das weiß ich doch«, erwiderte er sanft. »Ich dich auch.«

Langsam löste sie sich aus der Umarmung und wischte sich die Tränen von den Wangen. Er schenkte ihr ein warmherziges Lächeln und Hope betrachtete ihren Großvater ein allerletztes Mal.

Sein warmer Blick, die sympathischen Lachfalten, die sich über die vielen Jahre um Augen und Mund gebildet hatten, das vertraute freundliche Gesicht.

So wollte sie ihn in Erinnerung behalten, bis sie sich wiedersahen. Er schaffte das, dessen war sie sich in diesem Augenblick ganz sicher und das machte es ihr einfacher, sein Lächeln zu erwidern.

»Jetzt geh, Hope. Wir sehen uns dann.«

»Ja, Grandpa«, antwortete sie. »Das werden wir.«

Auf dem Weg nach Draußen steckte sie den Brief in die Tasche seiner Jacke, ließ ihren Blick ein letztes Mal durch den Raum schweifen und verließ dann das *Crossroads Bestattungsinstitut.*

Kapitel 27

»Euch zu finden ist echt schlimmer, als eine Nadel im Heuhaufen zu suchen«, beschwerte sich Liam und schwebte am Ufer des breiten Flusses entlang. Den ganzen Tag hatte er Trudy und Jim gesucht. Wenn Hope schon nicht auf ihn hören wollte, dann vielleicht auf ihre besten Freunde.

»Liam!«, rief Jim erfreut, als er ihn erblickte. »Alles fit im Schritt?« Er verzog schmerzvoll das Gesicht, als ihn Trudys Ellenbogen in die Rippen traf.

»Was denn?«, verteidigte er sich. »Ist eben so eine Redensart unter Kumpeln.«

Die Geisterblondine machte eine wegwerfende Handbewegung. »Ach, halt die Klappe, Jim.« Sie wandte sich an Liam. Bei seinem Anblick zog sie überrascht die Augenbrauen hoch. »Alles in Ordnung bei dir? Du siehst aus, als hättest du einen Geist gesehen.«

Neben ihr prustete Jim los, doch es brauchte nur den bösen Blick seiner Freundin und er verstummte schlagartig.

»Also?«, erkundigte sie sich erneut.

Seufzend ließ Liam die Schultern hängen. »Ich war gestern mit Hope im Krankenhaus. Ihre Großmutter hatte zwei Schlaganfälle. Sie hat es leider nicht geschafft.«

»Scheiße!«, entfuhr es Jim.

Trudy riss schockiert die Augen auf. »Oh, nein. Wie furchtbar. Arme Hope.«

Einige Augenblicke sagte niemand ein Wort, bis die Geisterblondine die Hände in die Hüfte stemmte und sich empört an Liam wandte.

»Was machst du dann hier?«, blaffte sie ihn an. »Gibt es denn keine sensiblen Männer mehr in diesem Universum? Ich dachte, im Gegensatz zu Jim hättest wenigstens du ein bisschen Gefühl.«

»Es kann ja nicht jeder in deiner Rosa-Wolken-Welt leben«, schaltete sich Jim schnaubend ein.

Fassungslos hob Liam die Augenbrauen. War das ihr Ernst?

Ein wütendes Schnauben entwich ihm. »Schluss jetzt! Habt ihr überhaupt zugehört? Hopes Großmutter ist gestorben! Es geht ihr verdammt mies. So mies, dass sie vorhat sich das Leben zu nehmen. Und ja, ich habe versucht, ihr das auszureden, aber sie will nicht auf mich hören. Also hört endlich auf zu streiten und helft mir. Die Zeit läuft uns davon. Hope hat bald Feierabend und wir müssen zu ihr.« Seine Gestalt flackerte vor Wut. »Und fangt endlich an, nett zueinander zu sein. Damit wäre allen geholfen. Jeder weiß, dass ihr scharf aufeinander seid.«

Schlagartig verstummten die beiden Geister und sahen erst Liam, dann einander an.

»Ich weiß ja nicht, wie es euch geht«, setzte er entschlossen hinzu. »Aber ich will für Hope da sein und mache mir Gedanken darüber, wie ich ihr helfen kann. Weil sie mir wichtig ist. Weil ich sie liebe.«

Trudy blinzelte verdutzt, dann erschien ein verträumtes Lächeln auf ihrem Gesicht. »Wirklich? Oh, wie romantisch.« Doch als Liams ernster Blick sie traf, räusperte sie sich schnell. »Natürlich, du hast recht. Wir sollten uns auf Hope konzentrieren. Sie ist unsere beste Freundin und wir möchten auch für sie da sein. Nicht wahr, Jim?«

Nachdem von Jim keine Antwort kam, verpasste sie ihm einen Tritt mit dem Fuß.

»Äh, klar«, antwortete er wie aus der Pistole geschossen. »Wie können wir helfen?«

Erleichtert, dass seine Standpauke Wirkung gezeigt hatte, atmete Liam auf. »Wir dürfen sie auf keinen Fall allein lassen. Außerdem werdet ihr beide versuchen, ihr das Ganze auszureden. Auf mich hört sie nicht mehr.«

Liam schluckte schwer. Die Angst, Hope zu verlieren, schnürte ihm die Kehle zu. Wenn ihr etwas zustoßen würde, könnte er sich das niemals verzeihen. Nichts war ihm wichtiger als ihr Glück, ihr Leben.

»Alles klar. Dann nichts wie los«, erwiderte Trudy, packte Jim am T-Shirt und zog ihn mit sich.

Sie flogen so schnell sie konnten. Wälder, Hügel, Straßen und Häuser rauschten an ihnen vorbei. Liam war es nur recht. Er wollte keine Sekunde verlieren und als er endlich das vertraute alte Gebäude des *Crossroads* erblickte, musste er sich konzentrieren, nicht plötzlich abzustürzen.

Sanft landeten sie hinter der Garage und Liam spähte durchs Fenster.

»Sie ist noch da«, stellte er erleichtert fest. »Am besten warten wir etwas abseits vor dem Haus auf sie.«

Gemeinsam schwebten sie zur Straße zurück und positionierten sich unter einer alten Kastanie auf der anderen Straßenseite.

»Was habt ihr eigentlich am Fluss gemacht?«, fragte Liam nach einer Weile. »Hat ausgesehen, als wolltet ihr Fische fangen.«

»So langweilig ist uns auch wieder nicht«, kommentierte Jim das Ganze. »Obwohl …«

Trudy verdrehte die Augen. »Quatsch. Wir haben nach unserem Übergangsort gesucht.«

»Eurem was?« Liam hob fragend eine Augenbraue.

»Unserem Übergangsort. Der Stelle, an der wir gestorben sind.« Sie fuhr sich mit der Hand durch die Haare und strich sich eine Strähne hinters Ohr.

»Genau«, übernahm Jim das Wort. »Aber da wir ja in diesem reißenden Fluss ertrunken sind, gestaltet sich die Suche natürlich etwas schwierig. Wir suchen schon seit Jahren.«

»Warum wollt ihr die Stelle überhaupt finden? Ich dachte immer, euch gefällt es hier.«

Trudy sah Liam direkt in die Augen. »Nach so langer Zeit zwischen Leben und Tod wäre es zumindest schön, die Möglichkeit zu haben, weiterzuziehen.«

»Weiterzuziehen? In den Himmel oder was?«, fragte er.

»Ja«, entgegnete Trudy.

»Oder in die Hölle!«, rief Jim dazwischen.

Sofort dachte Liam an den schwarzen Rauch, der den Poltergeist umhüllt und mit sich gerissen hatte. Ein eisiger Schauer lief ihm über den Rücken und ein Anflug von Panik erfasste ihn. Hastig sprach er weiter und verdrängte damit seine Gedanken. »Und? Habt ihr die Stelle heute gefunden?«

Die beiden wechselten einen kurzen Blick und Liam sah etwas wie Mitleid in Trudys Augen aufblitzen. Galt das etwa ihm?

»Nein, haben wir nicht. Wir wurden ja auch von einem wild umherschwirrenden Geist unterbrochen«, entgegnete Jim, bevor er seine Gedanken weiterspinnen konnte.

»Jim!«, ermahnte ihn Trudy. »Hier geht es um Leben und Tod. Das ist jetzt wichtiger, findest du nicht?«

Überrascht beobachtete Liam, wie Jim der Geisterblondine tief in die Augen sah. Die beiden hatten sich schon tausende Male angesehen, aber diesmal war irgendetwas anders.

Der Geist seufzte. »Du hast recht. Natürlich ist es wichtiger.«

Gerade wollte Liam genauer nachhaken, da wandte sich Trudy an ihn. »Warum bist du eigentlich noch hier in der Zwischenwelt?«

»Es ist schön hier«, antwortete er prompt. »Mein Leben war Shit. Hier bin ich frei und kann tun und lassen, was ich will. Warum sollte ich wegwollen?«

Sie nickte verständnisvoll. »Ich versteh dich, aber spürst du nicht auch manchmal diesen inneren Drang?«

»Klar«, erwiderte er und grinste breit. »Sogar mehrmals am Tag.«

Jim lachte auf und flog zu Liam, um ihm ein High-Five zu geben.

Die Geisterblondine schnaubte und verschränkte die Arme vor der Brust. »Idioten! Ihr seid echt so was von primitiv.«

»Aber du stehst drauf«, entgegnete Jim mit einem Augenzwinkern, das Trudy sofort die Röte ins Gesicht trieb. Daraufhin räusperte er sich hastig und wandte sich wieder an seinen Kumpel. »Also jetzt mal im Ernst, willst du echt für immer hier versauern? Bist du denn gar nicht neugierig, was es noch gibt?«

Liam zuckte die Schultern. »Keine Ahnung.«

»Ach Jim, du verstehst mal wieder gar nichts. Er ist in Hope verliebt. Da kann er sie doch nicht einfach verlassen«, schaltete sich Trudy erneut ein.

»Solange sie diese reduzierte Beziehung mitmacht, kann er ja noch bleiben«, entgegnete Jim.

»Schluss jetzt!«, fuhr Liam die beiden Geister scharf an und sie hoben überrascht die Augenbrauen.

»Schon gut, Kumpel. Chill mal. War nur eine Frage.« Beschwichtigend hob Jim die Hände.

Liam seufzte. Seine Reaktion war heftiger ausgefallen als beabsichtigt, aber er wollte das Thema unbedingt beenden.

Natürlich hatte er darüber nachgedacht weiterzuziehen, hatte sich gefragt, was ihn hinter dem Licht erwarten würde. Doch da war etwas in ihm, dass ihn zurückhielt. Ein winziger Schatten, der immer auftauchte und Zweifel in ihm säte, sobald er diese Gedanken hatte.

Was, wenn es tatsächlich eine Art Hölle gab? Würde er dort landen?

Sein Leben war nicht sonderlich gut verlaufen und er hatte so manche schlechte Entscheidung getroffen. Die vielen Straftaten, die er begangen hatte, konnte er schon nicht mehr zählen. Allein die Auftragsschlägereien, das Leid, das er diesen Menschen zugefügt hatte, reichten sicher aus, um seine Seele für immer in die Dunkelheit zu verbannen. Seine Opfer waren zwar hauptsächlich Junkies und kleine Drogendealer gewesen, doch was machte das für einen Unterschied? Es waren schließlich auch nur Menschen, mit ihrem eigenen Schicksal, ihrer eigenen Geschichte.

»Liam?« Trudys Stimme riss ihn zurück ins Hier und Jetzt. Sie deutete zum Bestattungsinstitut. »Da kommt sie.«

Sein Blick folgte ihrer Handbewegung. Bei dem Anblick der Geisterflüsterin breitete sich ein ungutes Gefühl in ihm aus. Angst umklammerte seine Seele und er schloss für einen Moment die Augen.

»Bist du dir auch ganz sicher, dass sie das vorhat?« Jim sah ihn fragend an.

»Er wird es wohl wissen«, schaltete sich Trudy ein, dann legte sie freundschaftlich eine Hand auf Liams Arm. »Ich vertraue ihm.«

Für einen winzigen Augenblick betrachtete Jim ihre Berührung misstrauisch, lenkte seinen Blick aber sofort wieder zu ihrem Gesicht. »Und das aus deinem Mund?«

Sie zuckte die Schultern und grinste. »Tja, Dinge ändern sich.«

»Stimmt, soll vorkommen«, erwiderte Jim und zwinkerte Trudy grinsend zu.

»Los jetzt, ihr zwei. Ich verlass mich auf euch. Das ist euer Einsatz«, forderte Liam die Geister auf. »Ich bleibe in der Nähe, aber sagt Hope nicht, dass ich da bin.«

»Yes, Sir.« Jim salutierte vor ihm, nahm Trudy an der Hand und die beiden schwebten hinter ihrer Freundin her.

Liam konnte kaum noch still schweben. Seine Erscheinung flackerte heftig und zitterte vor Nervosität. Hoffentlich waren die beiden erfolgreich und Hope hörte auf ihre besten Freunde. Denn wenn nicht ...

Kapitel 28

Die schwere Eingangstür des Bestattungsinstituts fiel mit einem klackenden Geräusch ins Schloss. Hope nahm einen tiefen Atemzug und machte sich entschlossen auf den Heimweg.

In einem günstigen Moment hatte sie unbemerkt eine Packung Schlaftabletten aus dem Oberschränkchen in der Küche eingesteckt. Ihre Grandma hatte zu Lebzeiten häufig Probleme mit dem Einschlafen gehabt und hier immer eine Ersatzpackung deponiert. Sicher hätte sie nie gedacht, welchen Zweck diese Mittel einmal erfüllen würden.

Auf einmal hörte sie eine vertraute Stimme hinter sich und wandte sich seufzend um.

»Hallo, Süße. Wie geht's dir?«, begrüßte Trudy fröhlich ihre beste Freundin. Mit Jim im Schlepptau flog sie auf Hope zu.

»Hey, Hope«, grüßte Jim knapp.

»Alles gut«, log sie ihre Freunde an. Sie plante immer noch nicht, ihnen von ihrem Vorhaben zu erzählen. Die Angst, dass sie sich genau wie Liam von ihr abwenden könnten, saß tief in ihrem Inneren.

»Wirklich?«, hakte Trudy mit einem besorgten Unterton in der Stimme nach.

Irritiert sah Hope ihre Freundin an. »Äh ... ja.« Ahnten die beiden etwa was? Unsicher strich sie sich eine Haarsträhne hinter das Ohr und beschleunigte ihre Schritte ein wenig, doch die Erscheinungen ließen sich nicht abschütteln.

»Bist du dir ganz sicher?« Der durchdringende, besorgte Blick der Geisterblondine machte Hope nervös.

»Ach, Trudy«, mischte sich auf einmal Jim ein. »Quatsch nicht immer um den heißen Brei rum. Frag sie doch einfach, ob es stimmt, dass ihre Großmutter gestorben ist und sie sich jetzt umbringen will.«

Empört starrte Trudy ihren Freund an. »Schon mal was von Feingefühl gehört?«

Jim zuckte die Schultern, schenkte ihr aber einen entschuldigenden Blick. »Sorry, ich dachte nur, weil uns doch die Zeit wegläuft. Das waren Liams Worte, oder nicht?«

»Ich wusste es«, unterbrach Hope die zwei Geister und runzelte verärgert die Stirn. Ihr hätte klar sein müssen, dass Liam sofort ihre besten Freunde informieren würde. »Hat er euch geschickt?«, stellte sie die beiden zur Rede.

In Trudys Gesicht spiegelte sich das schlechte Gewissen und sie biss sich verlegen auf die Unterlippe. »Na ja, irgendwie schon.«

Hope seufzte kopfschüttelnd. »Und was sollt ihr mir sagen? Dass ich einen Fehler mache?«

»Ja, verdammt!« schimpfte Jim auf einmal los. »Liam hat völlig recht. Überleg dir das gut. Das Leben ist zu kostbar, um es einfach wegzuwerfen. Es ist ein Geschenk und du hast es gefälligst zu genießen.«

»Du klingst wie ein Prediger, Jim«, entgegnete sie gereizt und blieb abrupt stehen. Natürlich sagten sie das Gleiche wie Liam. Er hatte sie schließlich beauftragt. »Was soll ich denn bitte genießen? Meinst du vielleicht die Tatsache, dass mich alle für einen Freak halten? Oder ich meine Eltern als Teenager ins Licht führen musste? Denkst du, ich sollte es feiern, dass ich völlig allein auf der Welt bin und nicht mal meinen Freund anfassen kann, bei dem sich übrigens herausgestellt hat, dass er mich wohl doch nicht so gernhat, wie ich meinte? Ich dachte, wenigstens ihr, meine besten Freunde, würdet mich verstehen. Aber da habe ich mich wohl getäuscht.«

Hopes Herz raste und sie fühlte einen dicken Kloß in ihrem Hals aufsteigen. Hastig wandte sie sich ab und starrte auf den Boden.

»Aber, Hope …« Trudys sanfte Stimme schmerzte in ihrem Inneren. »Natürlich verstehen wir dich. Und es ist schrecklich, was dir in deinem Leben bisher widerfahren ist. Doch vor lauter schlechten Dingen vergisst du die vielen guten Seiten.«

»Genau, Bier zum Beispiel. Du könntest nie wieder Bier schmecken.« Jim leckte sich sehnsuchtsvoll über die Lippen.

Nachdem sie ihrem Freund einen bösen Blick zugeworfen hatte, fuhr Trudy fort. »Wenn, dann reden wir hier von Schokolade. Aber im Ernst. Du könntest nie mehr die Wärme der Sonne, den Regen auf der Haut oder den Wind in den Haaren spüren. Niemals mehr den Duft der Blumen im Frühling oder das Salz des Meeres riechen. Und was ist mit deinem Grandpa? Er wäre ganz allein. Willst du das wirklich?«

Hope ließ den Kopf hängen.

Nein, sie wollte ihren Großvater nicht zurücklassen, doch sie hatte keine andere Wahl, um wieder bei ihrer Familie zu sein und dem Schmerz zu entkommen. Bilder ihrer Großmutter erschienen vor ihrem inneren Auge und ihre Brust zog sich heftig zusammen. Sie fühlte Tränen in sich aufsteigen und presste die Lippen fest aufeinander, um sie zu verdrängen. Zwecklos.

»Ich habe mich entschieden«, entgegnete sie mit zitternder Stimme, ihren Blick weiterhin gesenkt. Sie konnte Trudy und Jim jetzt nicht mehr in die Augen sehen. Es war zu spät.

»Es tut mir leid«, schluchzte sie und lief davon.

So schnell ihre Beine sie trugen, rannte sie die Straße entlang. Vorbei am Park, an den Spaziergängern, an den fahrenden Autos und grünen Bäumen. Obwohl Hopes Oberschenkel brannten und ihre Lunge schmerzte, lief sie weiter. Fort von den unzähligen Stimmen in ihrem Kopf, die alle auf sie einredeten.

Du Freak!
Tu es nicht!
Deine Eltern sind tot.
Es tut mir leid.
Das darfst du nicht.
Das Leben ist schön.
Grandma hatte einen Schlaganfall.
Lass mich gehen.
Das ist der Lauf der Dinge.
Du hast das gefälligst zu genießen!

Erst am Eingang des Mehrfamilienhauses blieb sie für einen Moment stehen. Mit zitternden Fingern kramte sie den Hausschlüssel hervor, schloss auf und rannte die Treppe hinauf zu ihrer Wohnung.

Bevor sie die Tür öffnete, sah sie sich ein letztes Mal im Hausflur um.

Nichts.

Keine Geister weit und breit. Hope war allein. Genau wie sie es gewollt hatte. Trotzdem spürte sie einen kleinen Stich in ihrem Herzen. Sie schluckte den Schmerz hinunter, trat ein, griff nach der schwarzen Dose unterhalb der Garderobe und schloss wie gewohnt die Salzlinie hinter der Tür.

Kapitel 29

»Was steht ihr hier noch rum?«, rief Liam und sauste auf Trudy und Jim zu. »Wir müssen Hope hinterher!« Keiner der beiden Geister rührte sich. Fassungslos blieb er vor ihnen stehen. »Hey, habt ihr nicht gehört? Wir müssen los!«

Jim kratzte sich am Kopf. »Ich weiß nicht, Kumpel. Sie klang ziemlich überzeugt und irgendwie verstehe ich sie.«

Kopfschüttelnd starrte Liam ihn an. Wie konnte er so etwas sagen? Hier ging es verdammt noch mal um Hope!

»Hey«, fuhr Jim beruhigend fort. »Sie ist immerhin eine erwachsene Frau und hat ihre Entscheidung getroffen. Sollten wir das nicht akzeptieren?«

»Willst du mich verarschen?«, entgegnete Liam gereizt. »Wir müssen sie aufhalten! Trudy!«, wandte er sich direkt an die Geisterblondine. »Wenigstens von dir hätte ich mehr erwartet. Du bist ihre beste Freundin. Wie kann dir das alles egal sein? Wir reden hier nicht von irgendwem, sondern von Hope!«

Seit dem übereilten Verschwinden der Geister-flüsterin war Trudy wie erstarrt und hatte bisher kein Wort gesagt. Ihren Blick fest auf den Asphalt gerichtet, schwebte sie still über dem Boden.

Wut stieg in Liam auf und er spannte die Kiefer-muskeln an. Er war so enttäuscht. Niemals hätte er mit so einer Reaktion gerechnet. Doch er würde Hope ganz sicher nicht aufgeben.

»Dann rette ich sie eben allein«, entgegnete er entschlossen und stieß sich vom Boden ab.

»Warte!«, rief Trudy im letzten Moment und er wandte sich um.

Die Geisterblondine stemmte die Hände in die Hüfte. »Du hast vollkommen recht. Hope sollte ihr Leben nicht einfach wegwerfen. Egal, wie schwer es im Moment für sie ist. Ich würde alles dafür geben, die Zeit zurückdrehen zu können und nicht in diesem Fluss zu sterben. Du nicht auch, Jim?« Sie warf ihrem Freund einen auffordernden Blick zu.

»Na ja«, antwortete dieser gedehnt, gab sich jedoch schnell geschlagen. »Ist ja gut. Ich bin dabei.«

Liam fiel ein Stein von der Seele und er fuhr sich erleichtert durch die Haare. Er hatte es doch geschafft, die Freunde zu überzeugen, und musste nicht allein um Hopes Leben kämpfen. Diese Dis-kussion hatte sie jedoch viel zu viel Zeit gekostet.

»Los jetzt! Wir müssen uns beeilen!«, rief er und schon jagten die drei Geister die Straße entlang.

Obwohl sie so schnell unterwegs waren, dass ihre Umgebung ein einziger Strudel aus Farben und Formen war, kam ihm der Weg bis zu Hopes Wohnung unendlich lang vor. Die Angst, sie nicht rechtzeitig zu erreichen, sie für immer zu verlieren, zerfraß seine Seele jede Minute ein Stück mehr. Oh Gott, sie mussten es einfach schaffen!

Liam war nie gläubig gewesen, aber jetzt schossen ihm die Worte auf einmal durch den Kopf.

Wenn es da oben jemanden gibt, der gerade zuhört, bitte helft mir, Hopes Leben zu retten. Lasst sie nicht den gleichen Fehler begehen wie ich. Sie hat es verdient, glücklich zu werden. Sie ist ein guter Mensch, die leuchtendste Seele, die ich kenne. Bitte!

»Wir sind gleich da!«, rief Trudy in diesem Moment und riss ihn aus seinen Gedanken.

Eilig flogen sie auf das Mehrfamilienhaus zu, bogen davor ab und umrundeten das Gebäude. Aufgeregt landeten sie auf dem Holzbalkon. Zum Glück hatte Hope den Vorhang heute Morgen zurückgezogen. Voller Angst trat Liam näher an die Scheibe heran und spähte ins Wohnzimmer.

Nichts.

»Bist du dir sicher, dass sie nach Hause gelaufen ist?«, fragte Jim und schielte ihm über die Schulter.

»Vielleicht ist sie in einem anderen Zimmer?«, überlegte Trudy und schwebte nebenan zum Küchenfenster. »Hier ist sie auch nicht.«

Ohne ein weiteres Wort sauste Liam zurück zur Vorderseite des Hauses. Vor einem der Schlafzimmerfenster blieb er in der Luft stehen. Was er dort sah, ließ ihn erstarren.

Auf dem Bett lag Hope. Reglos, die Augen geschlossen. Ein halb gefülltes Glas stand auf dem kleinen, runden Nachttisch, daneben lag eine geöffnete Medikamentendose, deren Beschriftung für ihn nicht lesbar war.

»Verdammte Scheiße!«, entfuhr es Jim neben ihm und Liam zuckte zusammen. Er hatte die beiden Geister gar nicht kommen sehen.

»Die Tablettendose ist ja fast leer. Hat sie sich die alle eingeschmissen?«, fuhr Jim fort.

Entsetzt schlug sich Trudy die Hände vors Gesicht. »Oh nein! Ist sie etwa schon …«

Schockiert starrte Liam erst die Verpackung, dann Hope an. Unzählige Erinnerungen strömten auf ihn ein.

Ihr Lächeln, als er sie zum ersten Mal auf den Balkon gelockt hatte. Hopes überraschter Gesichtsausdruck, als er ihr eröffnet hatte, dass sie ins Freibad einbrechen würden. Das Funkeln in ihren Augen kurz bevor er sie geküsst hatte.

Panik überrollte ihn unaufhaltsam und drückte auf seine Seele, sodass er das Gefühl hatte zu implodieren. Kopfschüttelnd ballte er die Hände zu Fäusten. Nein. Er würde nicht aufgeben.

»Hope!«, schrie er dicht an der Scheibe. »Hope, hörst du mich? Wach auf!«

»Was brüllst du denn so? Wir können doch einfach reingehen.« Noch bevor Liam den Geist warnen konnte, streckte Jim bereits einen Fuß Richtung Fensterscheibe. Kaum hatte er sie berührt, wurde er mit einem lauten Knall weggeschleudert.

Trudy keuchte erschrocken. »Was war das?«

»Hopes Salzlinie«, erwiderte Liam gequält. »Wir werden niemals zu ihr durchkommen.«

Jim hatte mittlerweile sein Gleichgewicht wiedergefunden und strich sich empört die Haare glatt. »Mann, was war denn das für eine Scheiße?«, schimpfte er und gesellte sich in gebührendem Abstand zu seinen Freunden.

»Das ist das Schutzschild, von dem Hope immer erzählt hat. Weißt du noch?«, erklärte ihm seine Freundin. »Aber was machen wir denn jetzt?«

»Für mich sieht sie tot aus. Da brauchen wir nichts mehr machen.« Jims Kommentar bescherte ihm die wütendenden Blicke der beiden anderen, woraufhin er sofort entschuldigend die Hände hob.

»Hope lebt. Das spüre ich«, entgegnete Liam überzeugt. »Wir müssen sie aufwecken. Wenigstens für einen Moment. Nur so lange, dass sie die Salzlinie unterbrechen kann.«

»Und was dann?«, fragte Trudy besorgt.

»Uns fällt schon was ein. Erst mal müssen wir da rein.«

Jim rieb sich freudig die Hände. »In Ordnung. Dann lasst uns gemeinsam rufen. Unsere Geisterschreie wecken sogar die Toten auf.«

»Auf drei«, wies Liam die seine Freunde an. »Eins ... zwei ... drei«

»Hope! Hope! Aufwachen! Los! Mach die Augen auf! Hope! Wach auf!«

Nichts. Keine Reaktion. Ein weiteres Mal schrien sie vor dem Fenster, doch die Geisterflüsterin reagierte nicht.

»Es hat nicht funktioniert«, flüsterte Liam entsetzt und ließ verzweifelt den Kopf hängen.

Es war zu spät. Er hatte versagt.

»Doch! Hat es!«, rief Trudy plötzlich begeistert und deutete aufgeregt zu Hope.

Überrascht folgte er ihrem Blick und sah, wie Hope kaum merklich die Finger bewegte. Einen Augenblick später flatterten ihre Augenlider und schließlich öffnete sie müde die Augen.

Kapitel 30

»Liam ... Was ... « Jedes Wort, das über Hopes Lippen kam, fiel ihr unglaublich schwer. Sie wandte all ihre Kraft auf, um ihren Mund zu bewegen. Ihr Kopf fühlte sich an, als wäre er vollständig mit Watte gefüllt, und doch hatte er zu viel Gewicht, um ihn anzuheben.

»Hope, du musst die Salzlinie durchbrechen! Dann können wir dir helfen.« Aufgeregt flog Liam vor dem Fenster hin und her.

»Aber ... ich ...«

»Nein! Hope, bitte! Es ist noch nicht zu spät!«, rief er hoffnungsvoll. »Wirf dein Leben nicht weg. Du bist die reinste Seele, die ich jemals getroffen habe. Du hast mir gezeigt, wie schön das Leben hätte sein können. Ich würde alles dafür geben, es mit dir verbringen zu dürfen. Als Mensch, nicht als Geist. Bitte, Hope. Gib nicht auf. Denk an deinen Grandpa. Er wäre ganz allein ohne dich. Und deine Familie würde das sicher niemals wollen.«

Liam biss verzweifelt die Zähne aufeinander. Er wusste nicht, was er sonst noch sagen sollte.

»Er hat recht, Hope«, übernahm Trudy jetzt das Wort. »Deine Eltern würden das niemals gutheißen. Außerdem, wenn du weg bist, wer führt denn dann für mich das Leben, das ich niemals haben werde? Es muss doch wenigstens eine von uns glücklich werden.« Mit dem Ellenbogen stieß die Geisterblondine ihrem Freund in die Rippen. »Jetzt sag doch auch was, Jim.«

»Au ... ja, also«, setzte er an und rieb sich übertrieben die schmerzende Stelle. »Hör auf die beiden. Ich stimme ihnen zu.« Nach einem bösen Blick seiner Freundin seufzte er und fuhr fort. »Okay, im Ernst. Selbstmord ist scheiße. Ich meine, wer macht so was? Sorry, Liam. Aber du wirfst so viele tolle Dinge einfach weg. Du könntest die Welt bereisen, kistenweise Bier trinken ...« Ein erneuter Stoß in die Rippen traf ihn. »Jaja, und eine Familie gründen und glücklich sein. Das Leben bietet so viel und dir steht alles offen.«

Dumpf drangen die Aussagen ihrer Freunde durch die Fensterscheibe und legten sich auf die Watte in ihrem Kopf. Sie seufzte schwer. Ohne diese Worte war es so viel leichter gewesen. Jetzt fraßen sie sich durch die weiche Füllung und tief in ihrem Inneren spürte sie einen dumpfen Schmerz.

»Ich liebe dich, Hope«, ertönte Liams Stimme erneut und ihre Blicke trafen sich. »Ich liebe es, wie du bist, dich Tag für Tag in deinem Alltag zu begleiten. Wenn du für mich sterben würdest, könnte ich mir das nie verzeihen. Deshalb habe ich im Schwimmbad so reagiert. Bitte, Hope. Bleib am Leben. Für mich ...«

»Für deine Freunde«, setzten Trudy und Jim hinzu.

»Für uns«, beendete Liam den Satz.

Erschöpft blinzelte Hope die Tränen weg, die ihr aus den Augenwinkeln liefen. Sie schluckte schwer und sah erneut zum Fenster.

Da war Trudy, die ihr einen liebevollen, warmen Blick schenkte, Jim, der beide Daumen gehoben hatte, und Liam, in dessen Augen so viel Seelenschmerz lag, dass es ihr das Herz brach. Und in diesem Augenblick verstand sie es.

All die Gefühle, die sie seit dem Verlust ihrer Grandma versucht hatte, zu verdrängen, platzten mit einem Schlag heraus. Die Angst, die Trauer, die Hilflosigkeit und die Wut über den Tod und das Leben. In ihrer Verzweiflung war sie einfach davongelaufen. Sie begann, unkontrolliert zu schluchzen, und Liams Worte hallten ihr durch den Kopf. Er hatte sie nicht von sich gestoßen, er wollte sie nur beschützen.

Mit aller Kraft stemmte sie sich hoch, doch Hope hatte nicht mit dem enormen Widerstand ihres Körpers gerechnet. Ihre Gliedmaßen fühlten sich an, als wären sie aus Gummi, als hätte man all die Knochen daraus entfernt. Außerdem war da diese bleierne Müdigkeit, die unaufhörlich auf sie eindrückte.

Ihre Bewegungen blieben von den Geistern nicht unbemerkt.

»Ja! Liam, sie kommt! Wir haben es geschafft!«, schrie Trudy euphorisch und fiel Jim um den Hals, der irritiert die Augen aufriss, doch die Umarmung mit einem liebevollen Lächeln erwiderte.

Normalerweise hätte sich Hope für die beiden gefreut, aber im Moment kämpfte sie damit, von diesem blöden Bett aufzustehen. Unter großer Anstrengung spannte sie die Muskeln an und erhob sich zitternd. Alles um sie herum fing auf einmal an sich zu drehen.

»Hope!«, rief Liam von Draußen. »Gib nicht auf! Du schaffst das! Sieh mich an!«

Aus halbgeöffneten Augenlidern schaute sie ihn an. Blickte in sein liebevolles Gesicht und ein zaghaftes Lächeln erschien auf seinen Lippen.

Nach einem tiefen, schweren Atemzug, trat sie einen Schritt vor. Augenblicklich spürte sie, wie ihre Beine unter dem Gewicht nachgaben, war jedoch unfähig etwas dagegen zu unternehmen. Mit einem dumpfen Schlag landete sie auf dem Teppichboden, doch da waren keine Schmerzen, nur Müdigkeit.

»Hope! Nein!«, hörte sie Liam weit entfernt rufen.

Auf einmal begann ihre Umgebung zu verschwimmen, bis sie nichts mehr als einen riesigen grauen Fleck wahrnahm. Es war zu spät.

Ihr letzter Gedanke, bevor sie die Augenlider schloss und sich der Müdigkeit hingab, galt Liam, seinem Lächeln, seinen sanften Küssen, seinen vertrauensvollen Augen.

Kapitel 31

Ohne darüber nachzudenken nahm Liam Anlauf und flog gegen die unsichtbare Mauer hinter dem Fenster. Mit einem lauten Knall schleuderte ihn die Kraft der Salzlinie zurück, doch diesmal ließ er sich nicht davon abhalten. Wieder und wieder versuchte er, die Barriere zu durchbrechen, Hopes bewusstlosen Körper immer vor Augen. Aufgeben kam für ihn nicht in Frage. Sie wollte leben und das würde sie auch, und wenn er dafür seine Seele opfern müsste.

»Liam! Hör auf!«, rief Trudy verzweifelt. »Das bringt doch nichts.«

Bevor er in der Lage war, den nächsten Versuch zu starten, packten ihn die beiden Geister an den Armen und hielten ihn zurück.

»Lasst mich los!«, schrie Liam und wand sich in ihren festen Griffen.

»Hey, Kumpel. Beruhig dich«, mischte sich Jim ein. »Das hat keinen Sinn, außer du stehst drauf, Katapult zu spielen.«

Liam ließ die Schultern hängen. Die zwei hatten recht. Er würde niemals in die Wohnung gelangen. Hope würde sterben und es war seine Schuld. Wenn er nur früher hier gewesen wäre. Dann hätte er das verhindern können. Ein dicker Kloß bildete sich in seinem Hals und er schluckte schwer.

»Ich weiß es!«, rief Trudy so plötzlich, dass die beiden Jungs erschrocken zusammenzuckten. »Wenn wir schon nicht in diese Wohnung kommen, müssen wir eben Hilfe holen.«

Jim hob fragend die Augenbrauen. »Und wie stellst du dir das vor? Sollen wir uns ein Laken überwerfen und vor den Menschen rumwedeln? Das macht zwar bestimmt Spaß, aber ich denke nicht, dass unsere Botschaft rüberkommt.«

Verärgert presste die Geisterblondine die Lippen zusammen. »Das weiß ich noch nicht genau«, murmelte sie und verschränkte seufzend die Arme vor der Brust.

Jim legte ihr locker einen Arm um die Schultern. »Macht doch nichts. Kann ja nicht jeder Spitzeneinfälle haben.«

»Ach ja? Was schlägst du denn vor?«, entgegnete sie trocken.

Jim kratzte sich am Kinn. »Na ja, wir könnten auch etwas durch die Scheibe werfen.«

Entgeistert starrte Trudy ihren Freund an. »Und Hope erschlagen? Oder denkst du, nur weil das Fenster kaputt ist, ist die Salzlinie auf einmal weg?«

Mit jeder Sekunde, die verstrich, wurde Liam panischer. Wenn er doch nur ein Mensch wäre, dann könnte er einfach die Tür aufbrechen und die Schutzlinie würde ihm nichts anhaben.

Wie ein Blitz traf ihn auf einmal eine Idee.

»Leute, ich hab's! Wir müssen Hopes Großvater holen!«

Trudy und Jim hielten erstaunt inne, bevor sie zustimmend nickten.

»Gute Idee, aber wie willst du ihn hierherlocken? Du kannst ihn ja schlecht hinter dir herschleifen«, entgegnete Jim stirnrunzelnd.

Liam warf einen letzten Blick auf Hope, die immer noch reglos auf dem Teppichboden lag. »Ich mach das. Ihr bleibt hier und versucht noch mal, sie aufzuwecken.«

Mit diesen Worten sauste er in die Luft und war im nächsten Augenblick schon auf dem Weg zum Haus von Hopes Großeltern. Auch wenn diese Idee ihre einzige Hoffnung war, hatte Liam keine Ahnung, wie er es anstellen sollte, den alten Mann zu informieren.

Schnell wie der Wind flog er über die Straßen hinweg, getrieben von der Angst, es nicht mehr rechtzeitig zu schaffen. Die Sonne stand mittlerweile tief und hüllte die Welt in ein warmes, goldenes Licht. Um diese Zeit musste ihr Großvater bereits zu Hause sein. Erleichterung überkam ihn, als endlich das kleine gelbe Gebäude mit dem großen Garten vor ihm auftauchte.

Eilig ließ er sich hinabsinken und sauste an den Fenstern entlang um das Haus herum. In der Küche brannte Licht. Liams Gefühl hatte ihn nicht getäuscht, ihr Grandpa war hier. Mit einem Schwung schlüpfte er durch die Scheibe und sah sich im Raum um. Weit und breit war niemand zu sehen. Er fragte sich schon, ob der alte Mann nur vergessen hatte, das Küchenlicht auszuschalten, da hörte er ein leises Schluchzen.

Hastig schwebte er den dunklen Gang entlang. Das Geräusch kam aus dem Wohnzimmer. Die Dämmerung tauchte den Raum in ein warmes Licht. Auf der Couch saß eine Gestalt, bei der es sich eindeutig um Hopes Grandpa handelte. In der einen Hand hielt er einen Ring, in der anderen ein kariertes Stofftaschentuch. Leise schluchzte er vor sich hin und wischte sich zwischendurch mit dem Tuch über die Augen.

Bei seinem Anblick überkam Liam eine tiefe Welle von Mitleid. Der arme Mann hatte vor kurzem seine Frau verloren. Allein der Gedanke, er würde Hope verlieren, riss seine Seele in tausend Stücke. Wie musste es dann sein, wenn einem der Partner, mit dem man sein ganzes Leben zusammen verbracht hatte, so plötzlich genommen wurde?

Liam schluckte das drückende Gefühl hinunter. Dem alten Mann konnte er nicht mehr helfen, aber Hope.

Nervös sah er sich um und überlegte fieberhaft, wie er die Aufmerksamkeit ihres Großvaters auf sich lenken konnte. Da fiel ein Bild, das auf einer kleinen Ablage stand, in sein Blickfeld. Die Fotografie zeigte Hope, an ihrem letzten Geburtstag im Garten ihrer Großeltern. Schnell sauste er hinüber, rieb die Hände aneinander und konzentrierte sich. Mit einem kräftigen Stoß landete der Bilderrahmen scheppernd auf dem Parkettboden.

Erschrocken fuhr der alte Mann herum. Mühsam stand er auf und humpelte zur Ablage. Mit einer Hand hielt er sich fest und beugte sich stöhnend hinunter, um das Bild aufzuheben. Stirnrunzelnd betrachtete er es, schüttelte den Kopf und stellte es an seinen Platz zurück.

Liam schnaubte verzweifelt. So würde das nie klappen. Hektisch sah er sich um. Unglücklicherweise hatte Hopes Großvater nicht dieselbe Gabe wie seine Enkelin. Er brauchte etwas, das der alte Mann sehen konnte.

Auf einmal erinnerte er sich an die Karte, die er der Geisterflüsterin nach ihrem ersten Date geschrieben hatte. Seine Schrift war zwar nicht die Schönste gewesen, doch das würde reichen.

Liam fuhr sich durch die Haare. War er nicht im Flur an einem Stifthalter vorbeigesaust?

Aufgeregt huschte er aus dem Wohnzimmer und seufzte erleichtert. Auf dem runden Garderobentisch stand ein großer Becher. Mindestens zehn verschiedene Stifte steckten darin. Ohne zu überlegen, schnappte sich Liam einen davon und flog zurück zu Hopes Großvater, der sich in der Zwischenzeit wieder auf die Couch gesetzt hatte und nun schweigend aus dem Fenster starrte. Das schwebende Schreibutensil bemerkte er dabei gar nicht.

Liam bündelte seine Kraft und konzentrierte sich auf den schwarzen Stift in seiner Hand. Mit einem Ruck zog er die Verschlusskappe ab, wandte sich zu einer freien Stelle an der weißen Wand und begann angestrengt zu schreiben.

HOPE IN GEFAHR! BRAUCHT HILFE! ZU HAUSE!

Jeder einzelne Strich kostete Liam seine ganze Konzentration und er spürte, wie er von Wort zu Wort mehr zitterte. Das hier musste funktionieren!

Als er fertig war, warf er den Stift mit Schwung auf den Boden. Erneut fuhr der alte Mann herum.

»Was zum …« Mit offenem Mund starrte er auf die mit schwarzen Buchstaben beschriebene Wand. »Hope?«

»Los! Sie müssen uns helfen! Die Zeit läuft uns davon!«, schrie Liam verzweifelt neben ihm. Wenn er jetzt nicht reagierte, war alles verloren. Sie würde sterben und er konnte nichts dagegen tun.

In diesem Augenblick erhob sich Hopes Grandpa und humpelte so schnell er konnte zur Haustür.

»Ja!«, jubelte Liam, folgte ihm in den Flur und sah dabei zu, wie er sich mit einer Hand den Autoschlüssel schnappte, in ein Paar lockere Slipper schlüpfte und eilig das Haus verließ.

Erleichtert atmete Liam auf. Er hatte es geschafft. Doch tief in seinem Inneren keimte die Angst wieder auf und dämpfte das Gefühl des kleinen Erfolges.

Noch war es nicht vorbei. Hope befand sich immer noch in Lebensgefahr und Liams Aktion hatte länger gedauert als geplant. Was, wenn es bereit zu spät war?

Kapitel 32

Entspannt betrachtete Hope die vorbeiziehenden Wolken. Der Himmel war tiefblau und die Sonnenstrahlen wärmten ihre Haut. Unter dem Rücken spürte sie den weichen, kühlen Boden und einzelne Grashalme kitzelten sie an den Armen.

Es war schön hier. So still und friedlich. Hope nahm einen tiefen Atemzug, da berührte etwas ihre Hand und sie wandte den Kopf zur Seite.

Neben ihr lag Liam und lächelte, sein Blick voller Liebe und Geborgenheit. Sofort machte ihr Herz einen freudigen Sprung und als er mit dem Daumen über ihren Handrücken strich, tanzten tausende Schmetterlinge gleichzeitig in ihrem Bauch.

Zufrieden gab sie ein wohliges Seufzen von sich und ein Lächeln breitete sich auf ihrem Gesicht aus. In diesem Moment hatte sie ein unbeschreibliches Gefühl von Freiheit in der Brust, als hätte jemand alle Last von ihr genommen. Hope war glücklich.

Liam drehte sich zu ihr und stützte sich mit dem Ellenbogen auf die Wiese. Der leichte Wind bewegte einzelne Strähnen seiner verwuschelten, dunkelbraunen Haare und das Sonnenlicht verlieh seinen braunen Augen einen goldenen Glanz.

Erst jetzt fiel ihr auf, wie klar seine Erscheinung war. Fast als hätte er einen menschlichen Körper.

Bevor sie weiter darüber nachdenken konnte, beugte sich Liam zu ihr hinunter und legte seine Lippen auf ihre. Seine Berührung schickte warme Wellen über ihre Haut und sie wünschte, die Zeit würde genau in diesem Augenblick stehenbleiben. Diesmal war der Kuss nicht sanft wie eine Feder, sondern stark und leidenschaftlich. Sie fühlte ihn auf den Lippen, spürte seinen Atem auf ihrer Haut. Er roch nach Sonne und frisch gemähtem Gras und schmeckte eindeutig nach mehr.

Viel zu schnell löste sich Liam von ihr und Hope sah ihn überrascht an.

Das war unmöglich. Er konnte doch nicht ...

Zögernd streckte sie eine Hand aus und berührte seinen Arm. Ihre Augen wurden groß, als sie unter ihren Fingern seine Haut fühlte.

Liam lebte. Vor ihr war ein Mensch aus Fleisch und Blut. Ein Mensch, den sie anfassen und spüren konnte.

Hastig setzte sie sich auf. »Aber, wie ...«, stammelte sie und die Gedanken rauschten in wilden Spiralen durch ihren Kopf.

Mit einer weichen Bewegung kam er ebenfalls zum Sitzen und strich mit einer Hand sanft über ihre Wange. Diese kleine Berührung reichte aus, um Hope aus ihrer Starre zu holen. Wie ein Kind, das zum ersten Mal seinen neuen Teddybären in den Arm nehmen durfte, zog sie Liam an sich.

Es war das schönste Gefühl, dass sie jemals erlebt hatte. Nie mehr würde sie ihn loslassen. Tränen stiegen ihr in die Augen und sie vergrub ihr Gesicht an seiner Schulter. Sanft streichelte er ihr über den Rücken und sie schluchzte.

So lange hatte sie sich diesen Moment gewünscht, hatte sich nach dieser Geborgenheit gesehnt.

Plötzlich spürte Hope eine Hand auf der Schulter und fuhr erschrocken herum.

»Genieße dein Leben, Liebes. Du hast nur das eine.«

»Grandma?« Ihre Großmutter schenkte ihr ein warmherziges Lächeln. Ihr Anblick trieb erneut Tränen in Hopes Augen. »Du ... Was tust du hier?«

»Ich unterstütze Liam«, antwortete sie sanft. »Er ist ein guter Junge und ich bin froh, dass du auf ihn gehört hast.«

Verwirrt sah Hope zwischen den beiden hin und her.

»Das Leben ist kostbar, Liebes. Auch wenn es seine Tiefen hat, so hat es genauso viele Höhen. Vergiss das niemals und gib die Hoffnung nicht auf. Vertraue darauf, dass alles gut wird und höre auf dein Herz. Es sagt dir alles, was du wissen willst.«

Irritiert wischte sich Hope über die Wangen.
»Aber ...«

»Es tut mir leid«, flüsterte Liam auf einmal dicht an ihrem Ohr.

Überrascht sah sie ihn an. »Was meinst du?«

Er schenkte ihr ein liebevolles Lächeln. »Dass du gleich aufwachen wirst.«

»Was?«

Noch während er die Worte aussprach, fing sein Körper an zu wabern und sich Stück für Stück in Luft aufzulösen.

»Nein!«, schrie sie verzweifelt. »Liam! Bleib bei mir! Ich brauche dich!«

Grelles Licht erschien vor Hopes geschlossenen Augen und sie blinzelte heftig. Fast zeitgleich mit der Helligkeit schoss ein dumpfer Schmerz durch ihren Kopf und sie stöhnte auf. Wo war sie?

Alles um sie herum war hell und verschwommen und sie erkannte nur wenige Umrisse.

Da war ein Fenster, dort ein Tisch mit einem Stuhl. Der intensive Geruch von Desinfektionsmittel lag in der Luft. Naserümpfend wandte sie den Blick auf die andere Seite des Raumes. Direkt neben ihr, auf einem Stuhl, saß eine Gestalt mit dunkelblauer Kleidung.

Sie kniff die Augen zu und blinzelte erneut. Endlich zeigte es Wirkung und ihre Umgebung gewann langsam wieder an Klarheit.

»Hope?«, erklang die vertraute, tiefe Stimme ihres Großvaters. Er stand auf und beugte sich besorgt über sie.

»Wo bin ich?«, krächzte Hope und ihr Hals fühlte sich beim Sprechen an, als hätte sie ein Reibeisen verschluckt. Vor Schmerz verzog sie das Gesicht.

»Du bist im Krankenhaus. Es ist alles gut«, antwortete er und in seinen Augen glitzerten Tränen.

Im Krankenhaus?

Mit einem Schlag kamen ihre Erinnerungen zurück.

Der Abschiedsbrief in der Jackentasche ihres Großvaters. Die Tabletten ihrer Großmutter. Die bleierne Müdigkeit, als ihre Freunde vor dem Fenster auf sie einschrien. Ihre letzten Gedanken, bevor sie die Augen schloss. Liams Schrei, der durch die grauen Tiefen zu ihr durchdrang, bevor die Schatten sie mit sich gerissen hatten.

»Wie ... bin ich hergekommen?«, fragte sie durcheinander und verdrängte dabei die Schmerzen beim Sprechen.

Ein warmes Lächeln erschien auf dem Gesicht ihres Grandpas. »Einer deiner Geisterfreunde hat mich geholt. Sonst hätte ich nie davon erfahren, was du ...« Seine Stimme brach ab und er räusperte sich schnell.

Verwirrt runzelte Hope die Stirn und bereute es sofort, als ihr Kopf zu pulsieren begann. Er hatte den Brief also nicht gefunden.

»Aber ... du kannst doch gar keine Seelen sehen«, entgegnete sie leise.

»Da hast du recht. Zum Glück konnte der Geist schreiben«, antwortete er erleichtert.

Überrascht sah sie ihn an und fragte sich, ob Liam dieser gute Freund war.

»Ich werde noch mal mit dem Arzt sprechen und später wieder nach dir sehen«, sagte ihr Großvater und tätschelte liebevoll ihren Arm, bevor er langsam zur Zimmertür humpelte.

»Grandpa«, hielt Hope ihn mit zitternder Stimme zurück und er wandte sich um.

In seinen Augen lagen Kummer und Schmerz.

»Es tut mir so leid.«

Mitfühlend schüttelte er den Kopf. »Das muss es nicht, Hope.« Ihr Großvater seufzte traurig. »Ich wünschte nur, du hättest mit mir über deine Sorgen gesprochen. Aber mach dir darüber keine Gedanken. Ich bin unendlich dankbar, dass du noch bei mir bist.«

Damit trat er in den Krankenhausflur hinaus und ließ sie mit einem dicken Kloß im Hals zurück.

Sie blinzelte die aufsteigenden Tränen weg und schloss für einen Moment die Augen. Wie hatte sie nur so egoistisch sein können? Von Anfang an hatte sie ein schlechtes Gefühl bei der Sache gehabt und es einfach übergangen. Hope hatte weder auf ihre Freunde noch auf Liam gehört. Dabei wollten ihr alle nur helfen und sie beschützen. Ihr war klar, dass sie einen großen Fehler begangen hatte, und sie fragte sich, wie sie das jemals wieder gut machen konnte.

Bilder von Liam blitzten vor ihren Augen auf und schlagartig zog sich ihr Magen schmerzhaft zusammen. Die Erinnerung an den Streit im Freibad bahnte sich einen Weg nach oben und sie schämte sich für ihr Verhalten. Ohne Rücksicht auf seine Gefühle hatte sie ihn von sich gestoßen.

Das ist nicht der richtige Weg.

Auch wenn es schmerzte, mit diesen Worten hatte Liam recht gehabt. Selbstmord war keine Lösung. Sie hätten zwar als Seelen zusammen sein können, doch ein glückliches gemeinsames Leben stellte sich Hope anders vor. Enttäuscht über sich selbst und die ganze Situation seufzte sie schwer.

Da fiel ihr auf einmal die Stille auf, die den ganzen Raum einnahm und sie fragte sich, wo Liam gerade steckte. Hope dachte an den Ausdruck von Angst in seinem Gesicht, als sie auf den Boden gestürzt war. Seine Entschlossenheit, sie zu retten. Vielleicht war es doch noch nicht zu spät für ihre Liebe?

»Liam?«, flüsterte sie hoffnungsvoll in den leeren Raum.

»Ich bin hier«, ertönte seine leise Stimme und er schwebte zögernd durch das geschlossene Fenster herein. Erleichterung breitete sich in ihrem Körper aus wie eine warme, vertraute Welle. Obwohl sie ihn verletzt hatte, war er nicht gegangen. Bei seinem Anblick fing ihr Herz an, schneller zu schlagen, und ihr wurde klar, wie sehr sie diesen Geist liebte. Für ihn würde sie alles tun. Hauptsache, er war glücklich.

Kapitel 33

Behutsam ließ sich Liam am Bettende nieder. Hope sah so klein und hilflos aus in diesem riesigen Krankenhausbett. Über einen Schlauch war ihr Arm mit einem Infusionsbeutel verbunden, der langsam, aber stetig vor sich hin tropfte. Er war so unendlich dankbar und erleichtert, sie lebendig in diesem Bett zu sehen.

Zum Glück hatte er die Idee mit dem Stift gehabt und es hatte nicht lang gedauert, bis der Krankenwagen vor Ort gewesen war. Die ganze Nacht war Liam an Hopes Seite gesessen, gemeinsam mit ihrem Großvater, der in den frühen Morgenstunden auf einem der unbequemen Metallstühle eingenickt war.

Erst als die Geisterflüsterin angefangen hatte, sich zu bewegen und langsam aufzuwachen, war es Zeit für Liam geworden sich zurückzuziehen. Er respektierte die Privatsphäre zwischen Hope und ihrem Grandpa.

»Liam«, krächzte sie und ihre kratzige Stimme wurde von einem Hustenanfall erstickt.

Eilig holte er einen Becher vom Nachttisch und hielt ihn ihr entgegen. »Du musst was trinken.«

Vorsichtig ergriff Hope das Wasser und nahm ein paar Schlucke. Bei jeder Bewegung verzog sie schmerzhaft das Gesicht. Das mehrmalige Auspumpen ihres Magens und die stabilisierenden Medikamente hatte ihre Folgen. Nachdem sie fertig war, stellte er das Getränk wieder auf den Tisch und setzte sich zurück an den unteren Bettrand.

»Wie geht's dir?«, erkundigte er sich besorgt.

Sie zuckte die Schultern und sah ihn mit großen Augen an.

»Warst du das mit dem Schreiben?«, flüsterte Hope nach einer Weile. Ihre Stimme klang langsam wieder fester.

Er nickte und blickte ihr tief in die Augen.

Traurig sah sie ihn an. »Warum hast du mich gerettet? Ich war so mies zu dir.«

Liam rutschte näher an sie heran. »Weil ich dich liebe«, antwortete er voller Zuneigung. »Und glaub mir, wenn es irgendeine Möglichkeit für uns gäbe, würde ich keine Sekunde zögern. Aber ...« Er stockte.

»... Selbstmord ist nicht der richtige Weg«, sprach sie seinen Satz zu Ende.

Traurig schüttelte er den Kopf. »Nein, ist er nicht.«

»Ich versteh das jetzt, Liam«, entgegnete sie. »Aber ich würde gern wissen, warum du so denkst.

Du hast doch auch dein Leben beendet, als du nicht mehr konntest.«

»Ja«, erwiderte er schuldbewusst. »Das war mein größter Fehler.«

Irritiert sah Hope ihn an. Sie war immer davon ausgegangen, dass er seine Entscheidung von damals nicht bereute.

»Klar hat das Geisterdasein in mancher Hinsicht seine Vorteile. Du bist frei, kannst dich bewegen, wohin du willst, bist niemandem mehr Rechenschaft schuldig.« Liam seufzte schwer. »Aber du bist eben tot, hast keinen Körper mehr, den du fühlen kannst. Du bist viel einsamer als zuvor und das Schlimmste ist, dass du nichts mehr spüren kannst. Keinen Wind in deinen Haaren, keine Sonne auf deiner Haut, keine Küsse auf deinen Lippen. Und auch dich kann niemand mehr berühren. Selbst unter Geistern sind Berührungen nicht mehr dasselbe. Alles fühlt sich so dumpf und unecht an.«

Bei seinen Worten presste Hope die Lippen aufeinander und sah ihn mitfühlend an.

Ein zaghaftes Lächeln erschien auf seinem Gesicht, als er weitersprach. »Das alles war mir egal. Bis ich dich getroffen habe. Du hast mir gezeigt, wie schön das Leben ist. Auch wenn es manchmal schmerzt. Das gehört eben dazu. Genau, wie die Liebe und das Glück.« Zögernd legte er seine Hand auf ihre. »Deshalb wollte ich nicht, dass du denselben Fehler begehst wie ich. Das könnte ich nicht ertragen.«

Für einen Moment schloss Hope die Augen und nahm einen tiefen Atemzug, bevor sie Liam einen entschuldigenden Blick zuwarf. »Es tut mir so leid.«

»Das muss es nicht«, erwiderte er ruhig. »Nichts macht mich glücklicher, als zu sehen, dass du am Leben bist.«

Bei seinen letzten Worten wurde ihr Gesichtsausdruck weich und sie lächelte seufzend. »Ich liebe dich«, flüsterte sie zärtlich.

Angenehm, warme Wellen durchzogen seine gesamte Erscheinung. Es war so schön, diese Worte aus ihrem Mund zu hören.

»Auch wenn es schmerzt, dass wir nicht wie andere Paare sein können. Ich bin froh, dass du bei mir bist.« In ihrem Blick lagen Liebe und tiefe Zuneigung.

Liam sah in ihre leuchtenden, blaugrauen Augen, beugte sich zu ihr und küsste sie sanft auf den Mund. Selbst diese zarte Berührung schickte tausend winzige Stromstöße durch ihn hindurch und er war so erleichtert, dass er am liebsten durch die Luft gesaust wäre. Lächelnd strich er über ihre Wange.

»Oh, wie romantisch!« Trudys schwärmerische Stimme ließ die beiden zusammenfahren.

Jim, der hinter seiner Freundin zum Fenster herein schwebte, prustete los. »Warst du am Anfang nicht diejenige, die Hope vor Liam, diesem Spannerschwein, gewarnt hat?«

Beleidigt runzelte sie die Stirn. »Ach, das ist doch schon ewig her. Und jetzt lass den Blödsinn. Wir sind schließlich wegen Hope hier.« Sie wandte sich ihr zu. »Wie geht's dir, Süße?«

Beim Anblick der beiden schmunzelte Hope. »Es wird schon wieder. Danke, ihr zwei. Ihr seid die besten Freunde, die man sich wünschen kann.«

Verlegen winkte die Geisterblondine ab. »Ach, ist doch selbstverständlich.«

Jim, der gar nicht weiter auf Hopes Worte einging, pfiff anerkennend durch die Zähne. »Übrigens hab ich mich gefragt, wie du so viele Tabletten auf einmal schlucken konntest. Beeindruckend.«

»Jim!«, rief Trudy schockiert und er hob fragend die Schultern.

»Was denn? Ich frag doch nur.«

»Das Thema ist durch, Leute«, schaltete sich Liam ein. »Aber im Ernst jetzt …« Damit wandte er sich wieder an Hope. »Ohne die Hilfe dieser beiden durchgeknallten Gestalten, hätte ich es nicht geschafft.« Bei seinen Worten klappte Trudy die Kinnlade herunter und sie errötete.

»Das stimmt«, warf Jim stolz ein.

Hope lachte und trotz der pochenden Kopfschmerzen, war sie so glücklich, wie schon seit
Ewigkeiten nicht mehr.

Kapitel 34

Zwei Tage musste Hope im Krankenhaus bleiben. Aufgrund des Selbstmordversuchs wollten die Ärzte sichergehen, dass sie stabil war. Außerdem konnte sie nur entlassen werden, sofern sie einwilligte eine Therapie zu besuchen. Das nahm sie gern in Kauf dafür, dass sie am Leben war.

Jede Minute verbrachte Liam an ihrer Seite und abends, wenn die Besuchszeit vorbei war, tauchten Trudy und Jim auf, um ihnen Gesellschaft zu leisten.

Heute war es so weit und Hope durfte endlich nach Hause. Liam freute sich für sie. Jetzt konnte sie alles hinter sich lassen und neu anfangen. Sie warteten nur noch auf die Abschlussuntersuchung des Stationsarztes, dann konnten sie von hier verschwinden.

»Wie spät ist es?«, fragte Hope und steckte den Kopf durch die geöffnete Badtür.

»Gleich halb zwölf.« Die Arme locker vor der Brust verschränkt, hatte Liam es sich auf dem Krankenhausbett bequem gemacht.

»Oh Mann, wie lang dauert das denn noch?«
Sie verdrehte genervt die Augen und verschwand
wieder im Badezimmer.

Er grinste. »Soll ich mal in den Flur schweben
und einen Arzt in deine Richtung spuken?«

»Ich bin für jede Hilfe dankbar«, hallte ihre
amüsierte Stimme aus dem Bad.

Kurz darauf eilte Hope heraus, in der Hand ihren
schwarzen Kosmetikbeutel, und holte den Rucksack aus dem Schrank.

Während sie ihre Sachen einpackte, erledigte ihr
Großvater den schriftlichen Kram, der zur Ent-
lassung aus dem Krankenhaus nötig war.

»Freust du dich auf zu Hause?«, fragte Liam und
setzte sich auf den Nachttisch, um Platz für den
Rucksack zu machen.

»Und wie«, antwortete sie sehnsuchtsvoll. »Endlich kein Krankenhausfraß mehr.«

Liam lachte. »Ja, der grüne Wackelpudding war
mir echt suspekt. Hätte mich nicht gewundert, wenn
er angefangen hätte zu laufen.«

»Genau.« Hope kicherte. »Wie Slimer von den
Ghostbusters. Gut, dass du nicht so ein Geist bist.«

In diesem Moment wurde die Zimmertür geöffnet und eine junge Ärztin betrat den Raum.
Sie hatte es sichtlich eilig, denn ihr weißer offener
Kittel wehte im Schwung ihrer Bewegung. Nach
einer knappen Begrüßung schnappte sie sich das

Klemmbrett vom Fußende des Bettes. Konzentriert rückte sie ihre rote Brille zurecht und überflog im Eiltempo die Eintragungen.

»Also«, fing sie danach an, ohne den Blick zu heben. »Sieht doch alles ganz gut aus. Wie fühlen sie sich, Miss Adams?«

Hope zuckte die Schultern. »Ganz gut. Darf ich jetzt nach Hause?«

Die Ärztin hob den Kopf und der Anflug eines Lächelns huschte über ihr Gesicht. »Sie haben es wohl eilig, wie?«

»Äh ... na ja, ich ...«

»Schon gut, ich verstehe das. Sie dürfen gehen, aber vergessen sie nicht, sich vorher noch einen Termin für die erste Therapiesitzung geben zu lassen.«

Gehorsam nickte Hope. »Das erledigt gerade mein Großvater für mich.«

»Gut«, entgegnete die Ärztin knapp und verließ daraufhin eilig das Zimmer.

»Bei dem Tempo hätte ich schon längst einen Herzinfarkt bekommen.« Liam fasste sich gespielt an die Brust, verzog das Gesicht und ließ sich rückwärts auf das Bett plumpsen, woraufhin Hope losprustete.

Lachend zog sie ihren Rucksack zu, da klopfte es an der Tür und ihr Großvater kam herein. »Bist du so weit? Ich möchte endlich hier weg. Diese Formularbürokratie bereitet mir Kopfschmerzen.«

»Dann lass uns schnell verschwinden«, erwiderte Hope und legte ihm mitfühlend eine Hand auf den Arm. Ihr Anblick erhellte Liams Seele und er seufzte.

Seit sie aus ihrer Bewusstlosigkeit erwacht war, hatte sich seine Freundin verändert. Sie war gelöster und glücklicher. Sie war wieder seine Geisterflüsterin, die Frau, die er so sehr liebte.

»Wir sehen uns dann bei mir«, flüsterte Hope unauffällig in seine Richtung und lächelte ihm zu, bevor sie gemeinsam mit ihrem Großvater das Krankenzimmer verließ.

Liam schwebte durch das Fenster, stieß sich am Fenstersims ab und flog weit über die Häuser hinaus. Er genoss den Ausblick von hier oben. Die Welt war so klein und friedlich. Hier stand er über den Dingen und es fiel ihm leichter, seine Gedanken zu ordnen.

Die letzten Wochen mit Hope hatten Liams Dasein völlig verändert. Niemals hätte er es für möglich gehalten, echte Liebe zu erfahren. Sie hatte sein gesamtes Weltbild durcheinandergewirbelt. Wegen ihr hatte er seine bisherigen Handlungen, sein ganzes Sein in Frage gestellt. Hope hatte es geschafft, die Hoffnung, die er vor langer Zeit tief in sich begraben hatte, wieder ans Tageslicht zu befördern. Sie war der fehlende Teil seines Herzens, den er im Leben immer gesucht hatte.

Aber warum jetzt? Er hätte sie gebraucht, als er noch gelebt hatte. Sie hätte es geschafft, ihn auf den rechten Weg zu bringen. Doch dafür war es zu spät.

Für einen Augenblick schloss Liam die Augen und biss gequält die Zähne zusammen. Die Ereignisse der letzten Tage hatten tief vergrabene Erinnerungen an sein früheres Leben nach oben befördert und immer wieder schossen Bilder durch seinen Kopf. Alles erschien unscharf, wie durch einen Nebel aus Alkohol und Gewalt. Mitten in dem ganzen Chaos tauchte plötzlich Hope auf. Wie sie auf dem Teppich lag und die Schwere sie mit sich riss. Sie war bereit gewesen, ihr Leben für ihn zu geben.

Einerseits überwältigte ihn diese Geste der Liebe, doch ein großer Teil seiner Seele wusste, dass er es gar nicht so weit hätte kommen lassen dürfen. Mit seinem Auftauchen hatte es angefangen. Liam brachte alles durcheinander. Wegen ihm konzentrierte sich Hope noch mehr auf die Geisterwelt, wandte sich dabei jedoch Stück für Stück von den weltlichen Dingen ab.

Traurig schüttelte er den Kopf. Nein, das war nicht gut für sie. Tief in seiner Seele wusste er, dass es nicht richtig war, ihr das anzutun. Hope hatte ein erfülltes, glückliches Leben verdient. Mit Menschen, die sie liebten. Nicht mit Verstorbenen.

Mit seinem Dasein fesselte er sie an eine falsche Welt, in die sie nicht gehörte. So wie er nicht in ihre passte. Liam versuchte, den aufsteigenden Kloß in seinem Hals hinunterzuschlucken. Ohne Erfolg. Wieder und wieder drängte sich ihm eine Frage auf.

Was wäre er für ein Monster, wenn er von ihr verlangen würde, sich aus ihrer Welt zurückzuziehen? Wenn er ihr dabei zusah, wie sie ihr Glück verpasste? Und das alles nur seinetwegen.

Nein, das konnte er ihr nicht antun. Hope hatte mehr verdient. Auf einmal dachte er an Trudys Worte.

Nach so langer Zeit zwischen Leben und Tod wäre es zumindest schön, die Möglichkeit zu haben, weiterzuziehen.

Ich versteh dich, aber spürst du nicht auch manchmal diesen inneren Drang?

Unsicher fuhr sich Liam durch die Haare. Er wusste, wovon die Geisterblondine gesprochen hatte. Der Wunsch die Zwischenwelt hinter sich zu lassen, war ihm nicht fremd. Doch er hatte Angst davor, was ihn nach dem Licht erwartete. Was, wenn Jim recht hatte und eine Hölle existierte?

Hinzu kam, dass allein der Gedanke, Hope zu verlassen, schmerzhaft an seiner Seele zerrte. Aber was hatte er für eine andere Wahl?

Es war an der Zeit für Liam, Frieden mit sich zu schließen, sich seinen Ängsten zu stellen und für seine Taten geradezustehen. Und Hope ... Sie hätte die Chance auf ein erfülltes, glückliches Leben und das war alles, was für ihn zählte.

Kapitel 35

Lächelnd wischte Hope mit dem Fuß das Salz auf dem Boden beiseite. »Willst du nicht reinkommen?« Mit einem zufriedenen Seufzen ließ sie sich rücklings auf das Sofa plumpsen. »Endlich zu Hause.« Als Liam nicht antwortete, hob sie die Augenbrauen. »Was ist? So lange war's doch auch wieder nicht.« Entschuldigend hob sie die Hände. »Ich kann leider nicht fliegen.«

»Nein, alles gut«, erwiderte er und ein Lächeln erschien auf seinem Gesicht. Bevor es jedoch seine Augen erreichte, war es schon wieder verschwunden.

Stirnrunzelnd beobachtete Hope, wie er zur Couch schwebte und sich zu ihren Füßen niederließ. Er sah bedrückt aus, wie er dort mit hängenden Schultern saß, und sie hatte das Gefühl, als würde er ihren Blicken ausweichen. Mit einer Hand an der Rückenlehne zog sie sich ins Sitzen. »Was ist los mit dir?«, fragte sie misstrauisch.

Kaum merklich zuckte er zusammen, als hätte sie ihn ertappt, dann wandte er den Oberkörper zu ihr.

»Ich ... nichts, ich habe nur gerade nachgedacht ... wie wir den heutigen Tag feiern könnten. Jetzt, da du wieder zu Hause bist.«

Skeptisch hob Hope eine Augenbraue. Das war auf keinen Fall die Wahrheit, aber sie spürte, dass sie im Moment nicht mehr aus ihm herausbekommen würde. Also beließ sie es erst einmal dabei. »Hm, ich weiß nicht ... Wie wär's mit einem Film und Popcorn?«

Sichtlich dankbar für die Ablenkung nahm er einen tiefen Atemzug, bevor er grinsend antwortete. »Du meinst, Film für mich und Popcorn für dich?«

»Na ja, so in etwa. Nur dass ich auch mitschauen darf«, entgegnete sie und sah ihn mit großen Augen an.

»Netter Hundeblick, den du da draufhast, aber ich weiß nicht ... irgendwie zieht der bei mir nicht.« Liam lachte. Gespielt gelangweilt verschränkte er die Arme vor der Brust. Daraufhin beugte sich Hope nach vorn, bis ihr Gesicht nur wenige Zentimeter von seinem entfernt war.

»Vielleicht zieht ja was anderes?«, hauchte sie und sah ihm dabei tief in die Augen.

Einen Moment verharrten die beiden in dieser Position, bis Liams Blick sehnsuchtsvoll zu ihrem Mund wanderte. Bei dem Gedanken, dass er sie gleich küssen würde, fing Hopes Herz an, schneller zu schlagen.

»Das könnten wir mal ausprobieren«, wisperte Liam, während er den Abstand zwischen ihren Lippen schloss. Tausend Schmetterlinge erwachten in ihrem Inneren und flatterten aufgeregt durcheinander. Auch wenn sie seine Berührungen nur gedämpft spüren konnte, reagierte jede einzelne Zelle ihres Körpers auf ihn.

Es war ein sanfter Kuss, so voller Liebe und tiefer Zuneigung, dass Hope davon schwindelig wurde. Zärtlich glitt seine Hand ihren Rücken hinab und für einen Moment vergaß sie alles um sich herum. Da war nur noch Liam.

»Ich denke, der Film kann warten«, flüsterte er dicht an ihren Lippen.

»Sehe ich genauso«, erwiderte Hope, bevor sie erneut die Augen schloss.

***

Es war bereits Abend, als der Abspann über den Fernsehbildschirm lief.

»Ich liebe diese sinnlosen Horrorstreifen« Hope angelte nach der Fernbedienung, um das Gerät auszuschalten.

»Gut, dass ich keinen Schlaf brauche«, entgegnete Liam mit aufgerissenen Augen. »Den könnte ich jetzt nämlich vergessen.«

Bei seinem Anblick lachte Hope auf. »Wie kann ein Geist nur so ein Schisser sein?«

»Witzig.« Beleidigt verschränkte Liam die Arme vor der Brust. Im nächsten Moment begannen seine Mundwinkel verdächtig zu zucken. Laut prustend fiel er in ihr Gelächter ein.

Mit dem Handrücken wischte sie sich die Lachtränen aus dem Gesicht und betrachtete Liam. Sie liebte sein ausgelassenes Lachen. Es war so ansteckend und ehrlich, außerdem sah er dabei verboten gut aus.

Glücklich seufzte sie. »Wollen wir uns noch eine Weile auf den Balkon setzen?«

»Du bist in letzter Zeit verdächtig oft da draußen.« Liam grinste breit. »Ist das etwa mein Verdienst?«

»Ich liebe diesen Balkon«, erwiderte Hope gespielt empört. »Und ich hab auch ohne dich schon unzählige Male dort gesessen.«

»Ah, ja. Wie oft gleich noch?«

»Ach, halt die Klappe und komm mit.« Sie lachte und vollführte eine übertrieben wegwerfende Handbewegung. Mit einem Sofakissen unter dem Arm öffnete sie die Balkontür und trat hinaus. Liam folgte ihr lächelnd.

Hope warf das Kissen vor sich auf den warmen Holzboden, um es sich darauf bequem zu machen. Mit dem Rücken an das Geländer gelehnt, legte sie den Kopf in den Nacken und betrachtete den Nachthimmel.

»Ich finde es immer wieder erstaunlich, wie viele Sterne es dort oben gibt«, stellte sie beeindruckt fest.

Liam, der sich zu ihr gesetzt hatte, folgte ihrem Blick.

»Manchmal stelle ich mir vor, dass jeder Stern für eine verstorbene Seele steht. So können sie uns beobachten und beschützen.« Seufzend senkte sie den Kopf. »Ich weiß, dass das albern klingt, aber es hat mir geholfen, als meine Eltern starben.«

»Ich finde die Vorstellung schön«, erwiderte Liam und sah sie aufmerksam an. »Was glaubst du, ist eigentlich hinter dem Licht?«

»Weiß nicht.« Hope zuckte die Schultern. »Auf jeden Fall Frieden und Glück, denke ich. Ob es jetzt Himmel heißt oder Paradies macht doch keinen Unterschied, oder?«

Liam starrte vor sich auf den Boden, bevor er zögernd weitersprach. »Und was war dieser schwarze Rauch, der Mr. Bates geholt hat?«

Hope sah ihn von der Seite an. »Ich weiß es nicht. Warum?«

Da war sie wieder, diese Traurigkeit, dieser ernste Ausdruck in seinem Gesicht, der tief in ihr ein ungutes Gefühl auslöste und dafür sorgte, dass sie fröstelte.

»Liam?«, fragte sie sanft. »Sagst du mir jetzt, was mit dir los ist? Ich sehe doch, dass dich etwas beschäftigt. Was es auch ist, du kannst es mir sagen.«

Langsam zog er die Beine an. Seine Verschlossenheit beunruhigte sie noch mehr.

»In deinem Schlafzimmer, als du auf dem Boden lagst ...«, fing er leise an. »Ich hatte solche Angst.«

»Aber das ist doch vorbei«, entgegnete Hope liebevoll. »Du musst keine Angst mehr haben. Ich werde am Leben bleiben.«

Traurig schüttelte er den Kopf. »Das ist es nicht ... Ich ... habe solche Schuldgefühle. Ich habe dich in diese Situation gebracht und das werde ich mir nie verzeihen.«

»Wie kommst du auf so was? Meine Grandma ist gestorben. Das war der Grund für meine Handlung. Nicht du.«

»Nein, Hope, und das weißt du auch. Wäre ich nicht gewesen, hättest du einen Selbstmord niemals in Erwägung gezogen.« Liam hob den Kopf und sah sie an. Seine Augen, die im Mondlicht schimmerten, spiegelten den Schmerz aus seinem Inneren wider. »Ich habe in meinem Leben so viele Fehler gemacht, so viele unverzeihliche Dinge getan. Ich will nicht auch noch dafür verantwortlich sein, dir dein Leben wegzunehmen.«

Ein eisiger Schauer erfasste sie und kroch bis in ihre Zehenspitzen. Die Angst vor seinen nächsten Worten war wie ein dicker Kloß, der schmerzhaft gegen ihre Kehle drückte.

»Hope, du bist der wundervollste Mensch, den ich kenne. Du hast mehr verdient, als dich in der Geisterwelt zu verlieren. Es ist an der Zeit, mich meinen Ängsten zu stellen, endlich die Verantwortung für meine Taten zu übernehmen.«

»Aber ...« Ihre Stimme brach ab. Tränen stiegen ihr in die Augen und ihre Unterlippe zitterte heftig.

Liam presste die Kiefer aufeinander. Es fiel ihm sichtlich schwer, weiterzusprechen. »Ein Leben voller Erfüllung liegt vor dir. Mit einem Mann an deiner Seite, der dir die Liebe und Berührung geben kann, die du verdienst. Nicht mit einem Geist, den du nicht mal anfassen kannst.« Zärtlich legte er eine Hand auf ihre. »Ich liebe dich, Hope. Du hast meine Seele erhellt, hast mir gezeigt, was im Leben wirklich wichtig ist, hast an mich geglaubt und mein wahres Inneres wieder ans Tageslicht gebracht. Dafür werde ich dir ewig dankbar sein. Aber die letzten Tage haben mir die Augen geöffnet. Es wird Zeit für mich loszulassen.«

Nachdem die Worte seinen Mund verlassen hatten, verschwamm alles um sie herum. Hope hatte das Gefühl, als würde ihr der Boden unter den Füßen weggezogen werden. Sie fiel. Tiefer und tiefer. Eine heftige Welle von Traurigkeit durchflutete ihren Körper und die Tränen ließen sich nicht mehr zurückhalten. Unaufhaltsam tropften sie auf die nackte Haut ihrer Beine und sofort kühlte der leichte Wind die nassen Stellen.

Liam würde ins Licht gehen. Er würde sie verlassen.

Der Gedanke breitete sich wie eine schmerzhafte Krankheit in ihrem Kopf aus, doch sie schluckte die aufsteigende Übelkeit hinunter. Wie durch einen Schleier betrachtete sie ihn. Sah seine liebevollen, braunen Augen, seine weichen, geschwungenen Lippen, die kleinen Lachfältchen in seinen Mundwinkeln. All das würde sie nie mehr sehen. Doch tief in seiner Seele erkannte sie noch etwas, das ihr mehr zusetzte, als ihre eigenen Gedanken. Hope sah Laims inneren Schmerz, seine aufrichtige Sehnsucht nach Frieden.

In diesem Moment verstand sie es. Liam musste gehen. Alles in ihr schrie auf, aber sie wusste, dass es das Richtige war. Er hatte es verdient, endlich Ruhe zu finden. Niemals könnte sie ihm das verwehren.

Mit aller Kraft schluckte sie den schmerzhaft pochenden Kloß in ihrem Hals hinunter, während sie zaghaft nickte. »Ich verstehe es, Liam ... und ich werde dir helfen.«

Kapitel 36

Liam hatte mit vielem gerechnet, aber nicht mit dieser Reaktion. »Du verstehst mich?«, fragte er sie vorsichtig, nur um sich zu vergewissern, dass er sich nicht verhört hatte. Doch sie nickte erneut.

»Natürlich«, flüsterte sie traurig. »Wie könnte ich nicht?«

Der Schmerz in ihren Worten hinterließ ein tiefes Loch in seiner Brust. Er wollte sie nicht verletzen, nicht dafür verantwortlich sein, dass sie sich schlecht fühlte. Liam presste die Hände an den Kopf, der ihm auf einmal wie ein aufgeblasener Luftballon vorkam. Unzählige Stimmen hallten hindurch. So laut, dass er am liebsten losgeschrien hätte.

Du musst gehen.
Bleib bei ihr.
Lass sie los.
Geh nicht.
Tu das Richtige.

»Liam.« Hopes sanfte Stimme riss ihn aus seinen Gedanken, vertrieb all die Geräusche aus seinem Kopf. »Alles in Ordnung?«

Es war so schwer. Er wusste, was das Schicksal von ihm erwartete, aber er fühlte sich dabei wie die dunkelste Seele. Langsam wandte er sich zu ihr, zwang sich, ihr in die Augen zu sehen.

»Ich will dich nicht verlassen, Hope. Aber ...« Verzweifelt presste er die Lippen aufeinander.

»Hör auf, dich selbst zu quälen.« Sie schenkte ihm ein mitfühlendes Lächeln. »Mein Leben lang helfe ich Verstorbenen. Auch wenn es mir im Herzen wehtut, ist mir klar, dass alles einen bestimmten Ablauf hat und jede Seele früher oder später ins Licht gehen wird. Das werden auch Trudy und Jim eines Tages.« Sie schluckte schwer. »Jetzt bist du an der Reihe. Mach dir keine Sorgen um mich. Das ist der Lauf der Dinge. Meine Grandma wusste das und wir beide wissen es auch. Ich liebe dich, Liam. Genau deshalb lasse ich dich los, damit du endlich deinen Frieden finden kannst.«

Ihre Worte hatten einen dicken Kloß in Liams Hals hinterlassen. Er betrachtete die Geisterflüsterin voller Ehrfurcht. Obwohl es ihr das Herz zerriss, gab sie ihm in diesem Moment den nötigen Halt. Sie war so unglaublich stark. Ihre offenen Haare leuchteten in der Abendsonne wie Kupfer und die wunderschönen graublauen Augen ließen ihn tief in ihr Herz blicken. Die Liebe, die er bei ihrem Anblick empfand, war so allumfassend, so gewaltig, dass sie die Gesamtheit seiner Seele ausfüllte.

Zärtlich strich er ihr eine Haarsträhne aus dem Gesicht. »Ich liebe dich, Hope. Mit all meinem Sein gehöre ich dir, für immer und ewig.«

Bei seinen Worten lächelte sie und eine Träne stahl sich aus ihrem Augenwinkel. Eine Weile sahen sie einander schweigend an. Alles zwischen ihnen war gesagt. In diesem Moment zählten nur sie beide.

Sanft fuhr er ihr mit dem Handrücken über die Wange. Als er sich vorbeugte und seine Lippen auf ihre legte, schloss sie seufzend die Augen. Der Kuss war zart und so gefühlvoll, dass er sich jeden einzelnen Moment davon einprägen konnte. Alles um ihn herum verstummte, nur das schnelle Schlagen ihres Herzens war zu hören. Liam weitete seine Küsse aus. Von ihrem Mundwinkel, über die Sommersprossen auf ihrer Wange, hinauf zur Stirn und über die Nasenspitze zurück zu ihren Lippen. Auch, wenn er ihre Haut kaum spürte, würde er sich immer an sie erinnern.

***

Bis tief in die Nacht hatten sie auf dem Balkon gesessen und die Nähe des anderen genossen. Irgendwann in den frühen Morgenstunden war Hope schließlich eingeschlafen, woraufhin Liam sie behutsam ins Bett getragen hatte.

Jetzt lag er neben ihr, den Kopf auf einen Arm gestützt und betrachtete seine schlafende Freundin. Ihr Gesicht war entspannt, während sich ihre Brust im gleichmäßigen Rhythmus des Atems hob und senkte. Ihr Anblick ließ seine Seele aufblühen. Noch nie hatte er so viel Liebe für jemanden empfunden.

Liam dachte an den Schmerz in ihrem Blick, als er ihr gesagt hatte, dass er gehen würde. In ihren Augen hatte er ihr Herz brechen sehen. Diesen Moment würde er niemals vergessen. Allein der Gedanke daran schnürte ihm die Kehle zu, doch tief in seinem Inneren wusste er, dass er keine andere Wahl hatte. Wäre sie ausgerastet oder sauer auf ihn gewesen, hätte sie ihn rausgeworfen oder angeschrien, wäre es ihm vielleicht leichter gefallen zu gehen. Denn dann hätte er gewusst, dass sie über ihn hinwegkommen würde. Jetzt hatte er Angst, dass sie es niemals konnte. Trotzdem war er unendlich dankbar für ihre Hilfe, ihn zu seinem Übergangsort zu begleiten. So konnte er sich wenigstens richtig von ihr verabschieden.

Die ersten Sonnenstrahlen blitzten durch die Jalousien und warfen goldene Streifen auf das Bett. Liam lächelte, als Hope sich neben ihm bewegte.

Sie brummte verschlafen und öffnete langsam die Augen. Nachdem sie ein paar Mal geblinzelt hatte, sah sie zu ihm auf. Ein liebevolles Lächeln erschien auf ihrem Gesicht, doch schon im nächsten Moment legte sich ein trauriger Schatten darüber.

Liam schluckte schwer und versuchte, so viel Liebe in seine Stimme zu legen wie möglich. »Guten Morgen, Geisterflüsterin.«

»Guten Morgen«, wisperte Hope.

Eine Weile sagte keiner von beiden ein Wort. Sie sahen sich tief in die Augen, als würden sie die Zeit dadurch anhalten. Dann streckte Liam die Hand aus und strich mit seinen Fingern zärtlich an Hopes Arm entlang.

Sie nahm einen tiefen Atemzug. »Der heutige Tage wird nicht leicht.«

Niedergeschlagen schüttelte er den Kopf. »Nein, wird er nicht.« Alles in ihm zog sich schmerzhaft zusammen. Wie sollte er das nur überstehen?

Ein mitfühlendes Lächeln erschien auf Hopes Lippen. »Du tust das Richtige, Liam.«

Er fragte sich, woher sie all diese Kraft und Zuversicht nahm. Sie war ein großartiger Mensch, viel stärker als er. Schwer schluckend drängte er die aufkeimende Angst zurück.

Hope setzte sich auf und beugte sich nach vorn, bis ihr Gesicht ganz dicht vor seinem war. »Alles wird gut gehen. Ich bin bei dir«, flüsterte sie mit geschlossenen Augen.

Sanft lehnte er seine Stirn an ihre. »Danke.«

»Du musst mir nicht danken. Ich liebe dich, Liam.«

Zärtlich legte er seine Arme um ihren Körper, bevor er sie küsste. Die tiefe Liebe, die er dabei empfand, verdrängte nach und nach die Angst in ihm.

Alles würde gut werden. Genau wie Hope gesagt hatte.

Kapitel 37

Noch nie war Hope mit einem so schlechten Gefühl aufgestanden. Ihr ganzer Körper schien sich gegen jede ihrer Bewegungen zu wehren. Sie packte eine Flasche Wasser in den Rucksack und zog die alten Bergschuhe ihrer Großmutter an. Liam wollte den Weg zu seinem Übergangsort zu Fuß zurücklegen. So hatten sie wenigstens noch mehr Zeit miteinander.

Bevor sie die Wohnung verließen, rief Hope ihren Großvater an. Auch wenn es ihr unendlich schwerfiel, erzählte sie ihm alles.

»Es tut mir leid, Hope. Es ist nicht leicht für dich in letzter Zeit. Trotzdem kann ich Liam verstehen und es ist wichtig, dass du ihn begleitest. Die Arbeit schaffe ich heute allein. Wenn du willst, hole ich dich später mit dem Auto ab. Dann musst du den ganzen Weg nicht wieder zurücklaufen.«

Hope lehnte das freundliche Angebot ab. »Nein danke, Grandpa. Ich komm schon klar.«

»Sagst du mir wenigstens Bescheid, wenn du zurück bist?« Die Sorge in seiner Stimme war kaum zu überhören.

»Natürlich«, entgegnete sie. »Bis dann, Grandpa.«

Ihr Magen war mittlerweile zu einem riesigen Klumpen zusammengeschrumpft, doch Hope verdrängte die aufkeimende Übelkeit. Es brachte nichts, wenn sie Liam nicht unterstützen konnte.

»Bist du so weit?«, fragte er in diesem Moment zögernd und lenkte sie von ihren Gedanken ab.

»Ja«, erwiderte sie seufzend. »Lass uns gehen.«

Bevor Hope die Tür hinter sich schloss, warf sie einen letzten Blick in die Wohnung. Überall steckten Erinnerungen an Liam und die schönen gemeinsamen Augenblicke, die sie zusammen gehabt hatten.

Schweigend machten sie sich auf den Weg. Kaum hatten sie das Haus verlassen, schossen ihre Geisterfreunde um die Ecke.

»Hey, ihr zwei Turteltauben«, begrüßte Trudy sie gut gelaunt.

Jim deutete auf den Rucksack. »Was habt ihr denn heute vor?«

Mit flehendem Blick sah Hope zu Liam. Sie schaffte es nicht, die Geschichte erneut zu erzählen. Verständnisvoll nickte er, wandte sich an die beiden Geister und erklärte ihnen sein Vorhaben.

»Oh«, entgegnete Trudy, nachdem Liam geendet hatte. »Das ist ... Ich weiß nicht, was ich sagen soll.«

Selbst Jim war auf einmal still geworden und kratzte sich verlegen am Kopf. »Wir kommen mit«, beschloss er und sah hinüber zu seiner Freundin.

»Wenn ihr uns dabeihaben wollt?«, fragte Trudy vorsichtig.

»Klar. Dann weiß ich wenigstens, dass Hope nicht allein ist.« In Liams Stimme schwang ein besorgter Unterton mit, den jedoch alle ignorierten. Keinem von ihnen ging es in diesem Moment anders.

***

Eine Stunde später befanden sich die vier bereits weit außerhalb der Stadt. Schweigend wanderten sie einen breiten Weg entlang, der sich durch die weite, trockene Hügellandschaft schlängelte. Mittlerweile waren graue Wolken aufgezogen und hatten sich zu einer dichten Decke zusammengeschlossen. Es würde nicht mehr lange dauern, bis der Regen einsetzte. Für eine Wanderung war dieses Wetter jedoch perfekt. Die angenehme Temperatur und der leichte, kühle Wind waren eine willkommene Abwechslung zu den heißen Tagen der vergangenen Wochen.

»Bist du dir ganz sicher, dass da überhaupt noch eine Straße kommt?« Jim hob skeptisch eine Augenbraue, während er die Umgebung absuchte.

»Wenn Liam sagt, dass da eine Straße kommt, dann ist das auch so. Denkst du nicht, dass er sich an seinen eigenen Tod erinnern kann?«, fragte Trudy und sah ihren Freund vorwurfsvoll an. »Du bist so ungeduldig. Hast du vielleicht noch was vor heute?«

Jim legte lässig einen Arm um die Geisterblondine und zog sie näher heran. »Na ja, mir würden schon ein paar Dinge einfallen, die ich noch gern machen würde.«

Ihre Wangen färbten sich rosa, doch sie stieß ihn empört mit dem Ellenbogen in die Rippen. »Sei nicht so unsensibel. Du weißt genau, dass das hier kein lockerer Spaßspaziergang ist.«

Jim rieb sich den Rippenbogen und hob entschuldigend die Hände. »Schon gut. War doch nur ein Scherz. Liam versteht das sicher, oder, Kumpel?« Damit wandte er sich an Liam, der sich zu den beiden umdrehte und ein halbherziges Lächeln aufsetzte.

»Klar, kein Problem.«

»Männer«, erwiderte Trudy augenverdrehend und gesellte sich seufzend zu Hope.

»Wenn wir da sind ... Wie geht es dann weiter?«, fragte sie ihre Freundin vorsichtig.

Hope seufzte schwer. »Na ja, wir finden den genauen Übergangsort, den muss er berühren und dann ...« Ihre Stimme brach ab und sie senkte den Blick.

Beruhigend strich ihr Liam über den Arm. Schon den ganzen Weg hatte sie das starke Bedürfnis, von ihm berührt zu werden. Obwohl sie seine Zärtlichkeiten kaum spürte, waren sie alles, was sie hatte, doch sie hielt sich zurück. Es würde die Sache nur noch schwerer machen.

»Oh ... okay«, antwortete Trudy leise und warf Liam einen besorgten Blick zu. »Bist du dir sicher?«, formte sie mit den Lippen in seine Richtung und nickte dabei unauffällig zu Hope.

Seufzend presste er die Zähne aufeinander. Sie konnte deutlich sehen, wie sehr ihn seine Entscheidung quälte. Er brauchte jetzt kein schlechtes Gewissen von Trudy. Hope sah ihn an und schenkte ihm ein aufmunterndes Lächeln. Auch wenn es ihr das Herz zerriss, sie stand hinter ihm und respektierte seinen Weg.

»Hey, Liam«, durchbrach Jim die Stille zwischen ihnen und deutete nach vorn. »Meintest du diese Straße?«

Hopes gesamter Körper versteifte sich, als sie seinem Blick folgte. Sie befanden sich oberhalb einer flachen Böschung. Unter ihnen lag eine einspurige Straße, die in einer scharfen Biegung hinter dem nächsten Hügel verschwand. Wenige Meter vor der Kurve ragte am Straßenrand eine riesige alte Kiefer in die Höhe.

Bei ihrem Anblick trat ein schockierter Ausdruck auf Liams Gesicht.

»Alles in Ordnung?«, fragte Hope vorsichtig.

Erschrocken zuckte er zusammen und räusperte sich. »Ja. Wir sind da.«

Kapitel 38

Gemeinsam stiegen die Freunde die Böschung hinunter und wanderten schweigend am Straßenrand entlang zur Kurve. Da es sich um eine Nebenstraße handelte, war weit und breit kein Auto zu sehen.

Mit jedem Schritt, den sie der alten Kiefer näher kamen, wurde Hopes Herz schwerer. Bald war es so weit. Liam würde ins Licht gehen und sich von ihr verabschieden. Von der Seite sah sie zu ihm hinüber, wie er schweigend dahinschwebte, seinen Blick starr auf den Baum gerichtet. Das alles war sicher nicht leicht für ihn. Sie musste sich zusammenreißen und für ihn da sein.

»Jetzt weiß ich, warum du dir diesen Baum ausgesucht hast«, sagte Jim, als sie die Kurve erreicht hatten. »Bei dem massiven Stamm war klar, dass du draufgehst.« Beeindruckt pfiff er durch die Zähne und erntete einen bösen Blick von Trudy, die neben ihm zum Stehen gekommen war. Entschuldigend hob er die Hände. »Was? Das wollte er doch, oder?«

»Wie fühlst du dich, Liam?«, erkundigte sich die Geisterblondine mitfühlend. »Ist seltsam, an diesen Ort zurückzukehren, oder?«

Er atmete tief durch, als müsse er all seinen Mut zusammennehmen, um hier zu sein. Am liebsten hätte Hope seine Hand genommen und ihm gezeigt, dass er nicht allein war. Sie konnte sich gar nicht vorstellen, was gerade in seinem Kopf vor sich gehen musste.

»Es passt schon«, murmelte er.

Jim sauste einmal um den dicken Baumstamm herum. »Und jetzt? Muss er auf den Baum klettern, oder was?«

Hope verdrehte die Augen. Manchmal konnte dieser Geist nervtötend sein. »Nein«, antwortete sie genervt und wandte sich mit sanfter Stimme an Liam. »Du musst ihn nur berühren und innerlich loslassen, wenn du bereit bist.« Es kostete sie all ihre Mühe, zuversichtlich zu klingen, doch das war sie ihm schuldig.

»Gut«, erwiderte Liam und trat vor Trudy und Jim. »Tut mir den Gefallen und passt gut auf Hope auf.«

»Natürlich«, versprach die Geisterblondine leise, während sie sich eine Träne von der Wange wischte. »Du kannst dich auf uns verlassen. Nicht wahr, Jim?«

»Klar, Kumpel. Ist selbstverständlich. Halt die Ohren steif da drüben.«

Ein steinharter Kloß drückte schmerzhaft gegen Hopes Kehle, als Liam den Geistern dankbar zunickte und auf sie zuschwebte. Aus dem Augenwinkel sah sie, wie Jim Trudy einen Arm um die Schultern legte und sich die beiden ein Stück von ihnen entfernten.

Zärtlich strich Liam mit den Fingern über Hopes Arme bis zu ihren Händen. Den Blick hielt sie starr auf den Boden gerichtet. Sie spürte den sanften Druck auf ihrer Haut, doch sie konnte Liam nicht ansehen. Wenn sie das tat, würde sie die Tränen, die in ihren Augen brannten, nicht mehr zurückhalten können. Ihr Magen zog sich schmerzhaft zusammen und sie presste die Lippen zusammen.

»Hope, es ist so weit«, flüsterte er dicht vor ihr mit zitternder Stimme. Mit einem kaum merklichen Nicken schloss sie gequält die Augen. Vielleicht würde er bleiben, wenn sie nicht hinsah.

Im nächsten Moment spürte sie eine zarte Berührung unter ihrem Kinn. »Sieh mich an, Hope. Bitte.«

Sie schluckte hart. Wenn sie jetzt nachgab und den Kopf hob, wäre es vorbei.

»Mir fällt es genauso schwer wie dir. Aber …«

Liams Worte erfüllten jede Zelle ihres Körpers. Er hatte recht. Sie sollte ihn nicht aufhalten, sondern ihm helfen. Mit all ihrer Kraft hob sie den Kopf. In dem Moment, als sich ihre Blicke trafen, brach Hopes Schutzschild zusammen. Ein Meer von Tränen lief ihr über die Wangen und raubte ihr die Luft zum Atmen.

Hope wusste, dass sie ihn gehen lassen musste, wusste, dass seine Entscheidung die richtige war, und doch fühlte es sich in ihrem Herzen so falsch an.

»Ich liebe dich, Geisterflüsterin«, wisperte Liam und seine Augen schimmerten im Tageslicht. »Bitte .... versprich mir, dass du dein Leben lebst, Hope. Es ist das Wertvollste, was du hast. Pass gut darauf auf.« Mit einer Hand strich er zärtlich über ihre Wange und wischte ihre Tränen weg. Ein letztes Mal beugte er sich vor und küsste sie.

Der sanfte Druck seiner Lippen auf ihren, brachte Hope fast um den Verstand. Alles in ihr schrie verzweifelt nach Liam, wollte ihn nicht gehen lassen, doch anstatt ihrem Innersten nachzugeben, drängte sie ihre Gefühle zurück.

»Ich liebe dich auch«, schluchzte sie. »Ich werde dich nie vergessen.«

Ein warmes Lächeln erschien auf seinem Gesicht. »Mein Herz und meine Seele gehören für immer dir.«

Langsam löste er sich von ihr und je größer der Abstand zwischen ihnen wurde, desto schwächer fühlte sich Hope. Schützend schlang sie die Arme um ihren Körper.

Liam stand jetzt direkt unterhalb der Kiefer. Zögernd streckte er die Hand aus und als seine

Finger die Baumrinde berührten, frischte wie aus dem Nichts der Wind auf. Die großen Äste ächzten unter der Bewegung.

Gänsehaut überzog Hopes Körper und sie fröstelte. Auf einmal erschien ein kleiner, heller Lichtpunkt in der Baumkrone, der sich rasch vergrößerte. Sie dachte an die letzten Momente mit ihrer Großmutter, als sie ins Licht übergegangen war und die Trauer überrollte Hope wie eine unaufhaltsame Welle. Mit aller Kraft versuchte sie, dagegen anzukämpfen, stark zu sein, für Liam. Doch als er sich ein letztes Mal zu ihr umdrehte und sie mit diesem warmen, liebevollen Blick ansah, konnte sie nicht anders.

»Liam!«, schrie sie verzweifelt.

»Ich liebe dich.« Wie aus weiter Ferne erreichten sie seine Worte.

Das Licht wurde plötzlich so grell, dass sie schützend die Hand vor die Augen hielt. Ein kräftiger Windstoß erfasste sie, wirbelte ihre Haare durcheinander und von einem Moment auf den anderen war alles still. Heftig blinzelnd sah Hope hinüber zum Baum. Die Helligkeit hatte sich verzogen. Liam war fort.

Schluchzend sank sie auf die Knie und vergrub das Gesicht in den Händen.

»Jetzt kann er endlich Frieden schließen«, erklang Trudys mitfühlende Stimme dicht neben ihr und sie spürte eine tröstende Berührung an ihrer Schulter.

Liams Worte hallten durch ihren Kopf.

Versprich mir, dass du dein Leben lebst. Es ist das Wertvollste, was du hast.

Genau das hatte ihre Grandma auch gesagt.

Nach einem tiefen Atemzug wischte sich Hope die Tränen aus dem Gesicht. Langsam stand sie auf.

»Gehen wir nach Hause«, forderte sie ihre Freunde auf, blickte ein letztes Mail zum Stamm der riesigen Kiefer und machte sich auf den Heimweg.

Sie hatte Liam ein Versprechen gegeben und das würde sie halten.

Kapitel 39

Ein letztes Mal wandte Liam sich um. Tränen glitzerten in Hopes Augen und der Schmerz in ihrem Blick zerriss ihm die Seele. Doch in ihrem Gesichtsausdruck lag noch etwas. Wahre Liebe und Zuversicht. Dieser kleine Funke gab ihm Kraft und tief in sich spürte er, was er schon lange verloren geglaubt hatte. Hoffnung.

Das Licht wurde stetig heller und umschloss seinen Körper Stück für Stück, bis er nur noch Hopes schemenhafte Silhouette erkannte. Liam schloss die Augen. Im nächsten Moment spürte er einen heftigen Sog, der an seiner Seele rüttelte. Beginnend an den Beinen, breitete er sich langsam über seine Brust, bis in die Haarspitzen aus.

Es war so weit. Gleich würde er wissen, was der Tod für ihn bereithielt. Er nahm einen tiefen Atemzug, dann ließ er los und gab sich gänzlich dem Sog hin. Egal, was in der Ewigkeit auf ihn wartete, er war bereit dafür.

Plötzlich ertönte ein ohrenbetäubendes Rauschen, fast wie ein gigantischer Wasserfall. Nach wie vor leuchtete alles um ihn herum so grell, dass er es nicht wagte, die Augen zu öffnen. Ein unangenehmes Kribbeln erfasste seine Fingerspitzen und breitete sich in rasantem Tempo über seinen gesamten Körper aus. Liam presste die Zähne fest zusammen und fragte sich, wann das Ganze endlich ein Ende haben würde.

Da erlosch von einem Moment auf den anderen das Licht. Absolute Stille senkte sich auf ihn wie ein riesiger Schleier.

Blinzelnd öffnete Liam die Augen, aber außer undurchdringlicher Schwärze war dort nichts. Erschrocken drehte er sich im Kreis, doch die Dunkelheit hatte ihn gänzlich verschluckt. Bilder von Mr. Bates und dem angsteinflößenden Rauch schossen ihm durch den Kopf. War das etwa der Ort, an den die bösen Seelen kamen? War das seine Strafe? Für immer im Nichts gefangen zu sein, allein mit sich selbst?

Erneut schloss Liam die Augen und rief sich Bilder von Hope ins Gedächtnis. Er sah ihr wunderschönes Gesicht vor sich, ihre Haare, die im Abendlicht leuchteten wie die untergehende Sonne. Augenblicklich fühlte er sich nicht mehr allein. Auch wenn er für immer hierbleiben musste, die Erinnerungen an Hope bewahrten ihn davor, an der Einsamkeit zu zerbrechen.

Auf einmal erschien ein Lichtfleck vor seinen geschlossenen Lidern und er blinzelte irritiert. In einiger Entfernung durchbrach ein kleiner heller Punkt die allumfassende Dunkelheit. Liam kniff die Augen zusammen und versuchte zu erkennen, was dort so strahlte. Zögernd schwebte er dem Licht entgegen. Je näher er kam, desto größer wurde es, bis er schließlich vor einer weißen, glänzenden Tür stand.

Verwirrt betrachtete er den goldenen, geschwungenen Griff. Liam wusste nicht wieso, doch er hatte das sichere Gefühl, dass dieser Durchgang für ihn bestimmt war. Vorsichtig drückte er die Klinke hinunter, öffnete die weiße Tür und schwebte hindurch.

Zum Vorschein kam ein langer, schmaler Gang, dessen lichtgraue Wände mit dem glänzenden Boden an einen Krankenhausflur erinnerten. Doch anstelle einer Zimmerdecke strahlte ein dichtes, hellgrünes Blätterdach über ihm. Vogelgezwitscher erfüllte den Flur und ein tiefes Gefühl von Zufriedenheit legte sich über Liams Seele.

Das Ende des Korridors nahm ein massiver Torbogen aus weißem Marmor ein. Zögernd schwebte er darauf zu, blickte jedoch immer wieder zurück, um sich zu vergewissern, dass die Tür noch da war. Der kunstvoll geschwungene Durchgang führte Liam in einen riesigen, runden Raum, dessen Boden vollständig mit weißem Sand bedeckt war.

An den Wänden rankten verschiedene Pflanzen in die Höhe, deren Blüten in unzähligen Farben leuchteten. Liam legte den Kopf in den Nacken und betrachtete beeindruckt die gewaltige Kuppel, die mit silbernen Ornamenten verziert war. Dieser Raum strahlte eine unglaubliche Ruhe aus und er fragte sich, ob das vielleicht der Himmel war.

Irritiert sah Liam sich um. Außer dem massiven Torbogen waren nirgends Türen oder weitere Ausgänge zu erkennen, geschweige denn andere Seelen. Er war völlig allein.

»Hallo?«, rief er beunruhigt und sein Echo hallte laut von den Wänden wider. »Ist da jemand?«

»Hallo, Liam«, erklang plötzlich eine warme, weiche Stimme hinter ihm.

Erschrocken fuhr er herum. Vor ihm stand eine weiße Gestalt. Sie flackerte so hell, dass sich Liam schützend die Hand vor die Augen hielt. Ob es sich bei seinem Gegenüber um eine Frau oder einen Mann handelte, konnte er nicht mit Gewissheit sagen.

»Wer bist du?« Misstrauisch trat er einen Schritt zurück.

»Alles und nichts«, kam die sanfte Antwort.

Das half ihm nicht weiter. »Na gut, und wo bin ich hier?«, versuchte er es erneut.

»Das ist der Übergang«, erwiderte die Gestalt.

»Aber ...« Liam deutete um sich herum. »Der Übergang wohin? Hier ist noch nicht mal eine Tür.«

»Entscheiden musst du selbst.« Die flackernde Erscheinung schwebte an ihm vorbei und schnipste mit den Fingern. Kaum war das Geräusch verklungen, begann die Luft um sie herum zu flimmern, wie bei einer Fata Morgana, und zwei halbrunde, geschlossene Türen erschienen mitten im Raum. Eine davon schwarz, die andere weiß.

Überrascht öffnete Liam den Mund, brachte jedoch kein Wort heraus. Die Gestalt positionierte sich direkt zwischen den beiden Ausgängen.

»Komm näher, Liam«, forderte sie ihn auf.

Zögernd folgte er ihrer Anweisung und blieb vor den Türen stehen. »Was soll ich jetzt machen? Mir eine aussuchen?«

»Zwei Türen, zwei Möglichkeiten, zwei Wege. Der eine ist denjenigen bestimmt, die frei von Schuld sind. Der andere für die schuldigen Seelen.« Langsam schwebte die Erscheinung auf Liam zu und stellte sich direkt hinter ihn.

Er schluckte schwer, hatte Angst vor den Worten des Unbekannten.

»Die Entscheidung liegt bei dir, Liam. Nur du kannst sie treffen. Nur du weißt, wohin du gehörst«, flüsterte die Gestalt dicht an seinem Ohr und ein Schauer lief ihm den Rücken hinunter.

»Aber ... Wie soll ich ... Woher weiß ich ...« Seine Seele flackerte aufgeregt und er spürte erneut Angst in sich aufsteigen.

»Hör auf dein Innerstes. Zögere nicht. Hab Vertrauen.«

Liam biss die Zähne zusammen. Auf sein Innerstes hören? Diese seltsame Erscheinung hatte leicht reden. Wie sollte er so eine schwerwiegende Entscheidung treffen, wenn alles in ihm ein völliges Chaos war?

»Das schaffe ich nicht ohne Hilfe«, erwiderte er kopfschüttelnd. Als er sich jedoch umwandte, war die Gestalt verschwunden und hatte Liam seinem Schicksal überlassen.

Nervös betrachtete er die zwei Türen vor sich. Immer wieder sah er zwischen ihnen hin und her. Hinter dem weißen Ausgang lag vielleicht eine glückliche Ewigkeit, aber wie konnte er diese wählen, obwohl er sein Leben lang falsche Entscheidungen getroffen und so viele Menschen verletzt hatte? Hatte er das Paradies wirklich verdient?

Liam schloss die Augen.

Hör auf dein Innerstes. Zögere nicht. Hab Vertrauen.

Bruchstücke von Erinnerungen an sein Leben jagten ihm durch den Kopf. Er sah die große Enttäuschung der vielen Pflegeeltern, die Angst seiner Auftragsopfer, die Tränen in den Augen der Angehörigen und wie aus dem Nichts erschien dort auf einmal Hope. Ihr Bild verdrängte all die anderen.

Du machst das Richtige, Liam. Ich glaube an dich.

Langsam öffnete er die Augen und in diesem Moment traf er seine Entscheidung. Ein letztes Mal nahm er allen Mut zusammen und trat durch die schwarze Tür.

Dunkelheit umfing Liam, als sie scheppernd hinter ihm ins Schloss fiel. Das war seine Bestimmung. Er hatte das einzig Richtige gewählt, dessen war er sich sicher.

»Das war eine weise Entscheidung.«

Erschrocken fuhr Liam herum und hielt sich geblendet die Hände vor die Augen, als er die weiße, flackernde Gestalt hinter sich erkannte.

»Was?«, keuchte er überrascht.

»Nicht viele Seelen sind so selbstlos«, erklärte sein Gegenüber mit sanfter Stimme. »Du hast dich für die Dunkelheit entschieden, obwohl du das Paradies bereits vor Augen hattest.«

Liam senkt den Blick. »Aber das habe ich nicht verdient, nicht nach dem, was ich anderen Menschen angetan habe ... und zu guter Letzt mir selbst.«

»Und allein deine Wahl hat gezeigt, dass du das Paradies verdienst.« Erneut hob die Erscheinung die Hand und schnipste.

Im nächsten Augenblick fanden sie sich wieder in dem Raum mit der großen Kuppel, doch anstelle der schwarzen Tür, befand sich neben der weißen nun eine silberne.

»Was soll das?«, fragte Liam verwirrt. So langsam wurde ihm das mit den Türen zu viel.

»Du hast in den letzten Monaten bewiesen, wie sehr du deine früheren Entscheidungen bereust. Du hast erkannt, wie kostbar das Leben ist, und sogar ein anderes aus dieser Überzeugung heraus gerettet.«

Liam schluckte. War damit etwa Hope gemeint?

»Wir stellen dich nun vor eine letzte Wahl, die du dir mit deinem Handeln verdient hast.« Mit diesen Worten deutete die leuchtende Erscheinung auf die Türen. »Das Paradies, in dem du glücklich und zufrieden deine Ewigkeit verleben kannst, oder die Möglichkeit, es besser zu machen.«

»Ich verstehe das nicht«, entgegnete Liam und runzelte irritiert die Stirn. Anstelle zu antworten erhob sich die Gestalt, flog hinauf bis zur Kuppel und löste sich langsam auf wie eine Wolke am Himmel.

Liam verstand gar nichts mehr.

Die Möglichkeit, es besser zu machen.

Er fragte sich, was das zu bedeuten hatte, ob es hier vielleicht um Wiedergeburt ging. Kopfschüttelnd seufzte er. Nein, darauf konnte er nach diesem Leben verzichten.

Entschlossen schwebte er auf die weiße Tür zu und griff nach der Türklinke. Kaum hatte er sie berührt, erfasste ihn ein kräftiger Windstoß, so angenehm warm wie ein Sommerwind.

Und in diesem Augenblick traf ihn die Erkenntnis. Er wandte sich ab und öffnete die silberne Tür.

Kapitel 40

Einen Monat war es jetzt her, dass Liam ins Licht gegangen war. Die letzten Wochen waren wie graue Schatten an Hope vorbeigezogen. Sie konnte sich teilweise nur bruchstückhaft daran erinnern.

Einmal wöchentlich war sie zur Therapiesitzung gegangen, schließlich war das die Auflage des Krankenhauses gewesen. Es fiel ihr schwer, in dieser Stunde einen fröhlichen Eindruck zu vermitteln, obwohl sie innerlich so traurig war, doch ihre Therapeutin schien zufrieden zu sein. Den Rest der Zeit hatte sie im *Crossroads* verbracht und wie in Trance die tägliche Arbeit erledigt.

»Nimm dir Zeit zum Trauern, Hope. Das ist wichtig. Ich bin da, wenn du mich brauchst«, hatte ihr Großvater am ersten Arbeitstag nach Liams Verabschiedung im Bestattungsinstitut verständnisvoll zu ihr gesagt.

Genau wie ihr Grandpa versuchten auch Trudy und Jim, ihr Bestes zu geben, um sie abzulenken, doch so dankbar sie ihnen auch war, Hope konnte sich nicht darauf einlassen. Für sie fühlte es sich an, als hätte Liam einen Teil ihrer Seele mitgenommen. Ihr Herz gehörte sowieso schon lange ihm.

Womit sie aber am meisten zu kämpfen hatte, waren die Erinnerungen an ihn, die in allem um sie herum lauerten. Gedanken an die Zeit, die sie miteinander verbracht hatten, an ihre gemeinsamen Abenteuer, die langen Gespräche auf dem Balkon.

Wie die letzten Abende saß Hope heute allein dort draußen und betrachtete die Sterne. Ob Liam einer davon war? Konnte er sie vielleicht sogar sehen?

Traurig seufzte sie und nippte an ihrem heißen Tee. Sie dachte an das Versprechen, das er ihr bei seinem Abschied abgenommen hatte.

Versprich mir, dass du dein Leben lebst. Es ist das Wertvollste, was du hast.

Hope hatte eingewilligt, wollte ihm diesen letzten Wunsch erfüllen, doch bisher schien es, als würde sie es niemals können. Ohne Liam wirkte alles so leer und trostlos. Auch wenn ihrem Verstand klar war, dass er das einzig Richtige getan hatte, wollte ihr Herz es nicht akzeptieren.

Eine Sternschnuppe schoss quer über den Nachthimmel und Hope schloss die Augen. Sie hatte nur einen Wunsch und obwohl sie wusste, dass es ein Aberglaube war, wünschte sie sich immer wieder dasselbe.

Nachdem sie ihren Tee ausgetrunken hatte, stand sie gähnend auf. Sie brauchte dringend Schlaf.

Vielleicht hatte sie Glück und ihr Körper war heute so müde, dass sie bis zum nächsten Morgen durchschlief.

Nach einer warmen Dusche schlüpfte sie ins Bett und kurz darauf fielen ihr vor Erschöpfung die Augen zu.

Gemeinsam lagen sie auf dem Rücken auf der Wiese im Park und beobachteten die vorbeiziehenden Wolken. Ihre Hände waren miteinander verschränkt und mit dem Daumen strich Liam sanft über ihren Handrücken.

»Es wird Zeit, Hope«, sagte er ruhig.

Sie drehte den Kopf und sah ihn an. »Wofür?«

»Loszulassen.«

Tiefe Traurigkeit überrollte sie und drohte ihr die Luft zu nehmen. »Aber ... ich kann nicht.«

Ein liebevolles Lächeln erschien auf seinem Gesicht. »Doch, du kannst. Du bist so stark. Ich glaube an dich, Hope.«

Sie schluckte den dicken Kloß in ihrem Hals hinunter.

»Ich liebe dich, Hope und werde es immer tun, aber du musst jetzt loslassen.«

Gequält schloss sie die Augen und als sie sie wieder öffnete, war Liam verschwunden.

Mit klopfendem Herzen erwachte Hope am nächsten Morgen. Dieser Traum war so realistisch gewesen. Es war so schön, ihn wiederzusehen. Bei dem Gedanken spürte sie einen heftigen Stich in ihrem Herzen.

Liam hatte recht. Sie hatte ihm versprochen, ihr Leben zu leben. Er war fort und das musste sie endlich akzeptieren. Sie sollte dankbar sein für die Momente, die sie miteinander gehabt hatten. Niemals würde sie ihn vergessen, doch es war Zeit nach vorn zu blicken.

Entschlossen stand Hope auf und betrachtete im Bad ihr Spiegelbild. Das, was sie dort sah, erschreckte sie zutiefst. Ihre Haare lagen schwer auf den Schultern, ihre Haut war blass, die Augen leer und trostlos. Kopfschüttelnd stützte sie die Hände auf den Rand des Waschbeckens. Nein. Das hätte Liam nicht gewollt.

Schwungvoll beugte sie sich hinunter und wusch sich das Gesicht mit eiskaltem Wasser. Ihre Haare band sie zu einem lockeren Dutt nach hinten, bevor sie sich eilig anzog. Für einen Tee hatte sie heute keine Zeit mehr. Im Vorbeigehen schnappte sie sich das Telefon und wählte.

»Hallo?«, ertönte die vertraute, tiefe Stimme ihres Großvaters.

»Guten Morgen, Grandpa. Ist es okay, wenn ich mir heute frei nehme? Ich muss noch etwas erledigen.«

»Natürlich. Wir sehen uns dann morgen. Und, Hope ...« Seine Stimme brach ab.

Sie seufzte. »Alles in Ordnung, Grandpa. Mir geht es gut. Ich passe auf mich auf, okay?«

Am anderen Ende der Leitung ertönte ein erleichtertes Seufzen. »In Ordnung. Dann bis morgen.«

»Bis morgen«, erwiderte Hope, warf das Telefon auf die Couch und verließ die Wohnung.

Die Sonne schien ihr ins Gesicht und sie blinzelte, bis sich ihre Augen an die Helligkeit gewöhnt hatten. Suchend sah sie sich um.

Wo blieben denn Trudy und Jim heute? Normalerweise hielten sie sich immer in der Nähe ihrer Wohnung auf und warteten auf sie, wenn sie das Haus verließ. Hope zog ihren Fahrradschlüssel aus der Jackentasche und öffnete das Schloss. Dann würde sie eben ohne sie losfahren.

Sie zog ihr rotes Fahrrad aus dem Ständer und schwang sich auf den Sattel. Die Luft war bereits angenehm warm und der Fahrtwind vertrieb ihre letzte Müdigkeit. Ein paar Querstraßen weiter stellte Hope das Rad an einer Hauswand ab und betrat einen kleinen Blumenladen. Kurz darauf kam sie mit einer roten Rose in der Hand heraus. Bei dem Anblick ihres Fahrrads schmunzelte sie.

Jim saß mit Trudy auf dem Schoß auf dem schwarzen Sattel. Die beiden hatten die Köpfe zusammengesteckt und er flüsterte seiner Freundin etwas ins Ohr, was ihr augenblicklich ein leises Kichern entlockte.

»Ist mein Fahrrad bequem?«, fragte Hope und beobachtete amüsiert, wie die beiden Geister erschrocken auseinanderfuhren.

»Äh ... Hallo, Hope. Wir wollten gerade ...« Verlegen strich sich Trudy die Haare aus dem Gesicht.

»Hey, du«, begrüßte sie Jim lässig. »Was soll die Rose? Du kaufst dir doch nicht etwa schon selbst Blumen, oder?«

»Jim«, schimpfte Trudy sofort und bedachte ihn mit einem bösen Blick. Dann wandte sie sich wieder ihrer Freundin zu. »Du weißt ja, dass er ein unsensibler Macho ist.«

»Ja, ich weiß.« Hope schmunzelte. »Bei dir scheint er aber eine Ausnahme zu machen in letzter Zeit.«

»Ach, quatsch«, erwiderte Trudy verlegen. »Aber jetzt erzähl uns mal, für wen diese Rose ist.«

»Für Liam«, antwortete Hope wahrheitsgemäß und sofort wurden die Gesichter der beiden Geister ernst.

»Oh. Tut mir leid, das wussten wir nicht.« Trudy senkte den Blick und biss sich auf die Unterlippe.

Hope seufzte. Ihre Unsicherheit konnte sie ihnen nicht verübeln. Das Thema hatten sie in den letzten Wochen eher vermieden. Jedes Mal, wenn es zur Sprache kam oder nur in die Richtung ging, hatten ihre Freunde nicht mehr gewusst, was sie sagen sollten, da Hope alle Gespräche über Liam vehement abgelehnt hatte.

»Schon gut«, beruhigte sie die beiden. »Ich habe nachgedacht. Liam hätte nicht gewollt, dass ich mich so zurückziehe. Deshalb möchte ich mich endgültig verabschieden und diese Rose an seinen Baum legen.« Hope sah in die überraschten Gesichter ihrer Freunde. »Das brauche ich für mich, um abzuschließen. Außerdem hatte ich gehofft, dass ihr mich begleitet?«

Trudy und Jim sahen sich mit erhobenen Augenbrauen an.

»Und du willst nur die Rose ablegen und nicht selbst vor den Baum fahren?«, fragte Jim misstrauisch, was seine Geisterfreundin mit einem Augenverdrehen kommentierte.

»Nein.« Hope seufzte genervt. »Ich hatte nicht vor mich umzubringen, wenn es das ist, was du meinst.«

»Ach, jetzt hört schon auf ihr beiden. Natürlich begleiten wir dich«, sagte Trudy entschlossen und legte ihr mitfühlend eine Hand auf die Schulter. »Dafür sind Freunde doch da.«

***

Genau wie beim letzten Mal sahen sie die alte Kiefer schon von Weitem einsam am Straßenrand stehen. Außer dem Zwitschern der Vögel war nichts zu hören. Die Sonne brannte vom wolkenlosen Himmel und Hope verfluchte sich innerlich selbst, kein Wasser mitgenommen zu haben. Sogar die Rose in ihrer Hand ließ kraftlos den Kopf hängen. Erschöpft wischte sie sich den Schweiß von der Stirn.

»Warum konnte Liam nicht einfach in der Stadt sterben, statt hier am Arsch der Welt?«, beklagte sich Jim.

»Sagt der Geist, der in einen reißenden Fluss gestürzt ist«, konterte Hope.

»Wo sie recht hat ...« Trudy grinste ihren Freund an.

»Das war ja nicht meine Idee«, grummelte er.

Empört zog sie die Augenbrauen nach oben. »Willst du etwa damit sagen, dass ich mir das ausgesucht habe?« Sie stemmte die Hände in die Hüften und schnaubte.

»Vielleicht«, platzte Jim heraus, aber als er Trudys finsteres Gesicht sah, lächelte er entschuldigend. »Na ja, ein bisschen Schuld trage ich auch. Außerdem ...« Liebevoll legte er einen Arm um sie. »Wäre dieser Unfall nicht passiert, hätten wir uns wohl nie so gut kennengelernt. Und das fände ich furchtbar schade.«

Einen Moment sah Trudy ihn noch böse an, dann erschien ein verlegenes Lächeln auf ihren Lippen.

»Wir sind da«, unterbrach Hope das Geisterpaar und blieb vor dem riesigen Baum stehen. Den Kopf in den Nacken gelegt, sah sie hinauf zur Baumkrone. Die Sonne blinzelte zwischen den Zweigen hindurch und der Wind ließ die unzähligen Äste leicht hin und her schaukeln.

»Komm, Jim. Gönnen wir Hope ein paar Minuten für sich.« Mit diesen Worten hakte sich Trudy bei ihm unter und zog ihn mit sich.

Dankbar lächelte Hope ihnen zu. Sie war froh, so gute Freunde zu haben. Sie wüsste nicht, was sie ohne die beiden tun würde.

Schwermütig betrachtete sie die Blume in ihrer Hand. Auch wenn sie den Kopf hängen ließ, leuchteten die dunkelroten Blätter kräftig im Sonnenlicht. Genau so eine Rose hatte Liam ihr geschenkt. Nach der Nacht, in der sie das erste Mal auf dem Balkon miteinander gesprochen hatten.

Hope nahm einen tiefen Atemzug, trat dicht an den Baumstamm heran und ließ sich auf die Knie sinken. Behutsam legte sie die Rose im Schatten der Kiefer ab. Ein dicker Kloß bildete sich in ihrem Hals, doch sie schluckte ihn schmerzhaft hinunter.

»Mach's gut, Liam. Ich werde dich niemals vergessen. Mein Herz wird für immer dir gehören. Ich liebe dich«, flüsterte sie.

Kaum hatte sie die Worte ausgesprochen, zog sich ihr Magen heftig zusammen und sie schlang die Arme um ihren Oberkörper. Ihr Herz lag schwer in ihrer Brust. Wie vor einem Monat hatte Hope das Gefühl, nicht richtig atmen zu können.

In diesem Moment frischte der Sommerwind auf und sie schloss die Augen. Warm und tröstend strich die Brise über ihre Haut und für einen Augenblick fühlte sie die Geborgenheit, die sie immer gespürt hatte, wenn Liam bei ihr war.

»Ich liebe dich auch, Hope.«

Erschrocken öffnete sie die Augen. Gänsehaut breitete sich über ihrem Körper aus bis in die Fingerspitzen. Sie schluckte schwer und schüttelte traurig den Kopf. Jetzt bildete sie sich schon ein, Liams Stimme zu hören. Langsam richtete sie sich auf und warf einen letzten Blick auf die rote Rose. Tränen brannten in ihren Augen, als sie sich zum Gehen wandte.

Hope schaute sich nach Trudy und Jim um, doch was sie anstelle ihrer Freunde sah, raubte ihr den Atem.

Vor ihr stand Liam, die Hände in den Taschen seiner schwarzen Jeans vergraben. Der Wind wehte durch sein dunkles Haar und blies ihm einzelne Strähnen ins Gesicht. Liebevoll lächelte er sie an. Hopes Unterlippe zitterte und einzelne Tränen liefen ihr über die Wangen, während sie ihn fassungslos anstarrte.

Nein. Das war ein Traum. Sie war dabei gewesen, hatte gesehen, wie er im Licht verschwunden war. Seelen, die weitergezogen waren, kamen nicht wieder zurück. Das war unmöglich. Und doch stand Liam hier vor ihr und sie fühlte deutlich seine Gegenwart.

»W-was ...?«, stammelte sie.

Lächelnd trat er einen Schritt auf sie zu.

»Das kann nur ein Traum sein. Ich muss aufwachen«, flüsterte sie gequält.

»Das ist kein Traum, Hope. Ich beweise es dir.«

Im nächsten Moment zog Liam sie an sich. Er schlang seine Arme um ihre Taille und hielt sie fest, drückte ihren Körper an seinen.

Es war unglaublich. Sie fühlte die Wärme seiner Haut, seine harte Brust, das Schlagen seines Herzens. Wie von selbst erwiderte sie seine Umarmung. Zog ihn so heftig an sich, dass ihr die Luft wegblieb. Ein heißer Schauer lief ihr über den Rücken. Tränen tropften auf sein schwarzes T-Shirt. Hope schloss die Augen und nahm einen tiefen Atemzug. Sein Geruch umhüllte sie wie eine tröstende Decke. Er roch nach Wind und Sommer. Sie sog seinen Duft ein, als bräuchte sie ihn, um am Leben zu bleiben.

Sanft löste sich Liam von ihr, legte die Hände zärtlich an ihre Wangen und küsste sie. Schlagartig begann sich alles um sie herum zu drehen. Dieser Kuss war wie ein Feuerwerk mit tausenden Raketen. Das erste Mal konnte sie seine weichen, warmen Lippen auf ihren spüren, seinen heißen Atem auf der Haut fühlen. Unzählige Schmetterlinge tanzten in ihrem Bauch und die Zeit stand still. Liam seufzte, und als sich ihre Zungen berührten, explodierte alles in ihr vor Glück.

Sie hätte nicht sagen können, wie lange dieser Kuss dauerte, doch er war das Schönste, das sie jemals erlebt hatte.

»Ich habe dich so sehr vermisst«, hauchte Liam atemlos.

»Aber ... wie ist das möglich? Du bist ein Mensch.« Verwirrt betrachtete Hope ihn, fuhr behutsam mit den Fingern an seinen Arme auf und ab. Seine gebräunte Haut war so weich, fast wie Samt.

Liam zuckte die Schultern. »Ich hatte wohl einen Glücksstern.« Sanft küsste er sie auf die Stirn. Die Wärme seiner Lippen jagte erneut einen wohligen Schauer durch ihren Körper. »Und das bist du, Geisterflüsterin. Du bist der Grund für meine zweite Chance.«

»Eine zweite Chance? Heißt das etwa ...?«, fragte Hope mit zittriger Stimme.

Zärtlich griff Liam nach ihrer Hand und nickte. »Ja, ich darf bleiben. Und das habe ich nur dir zu verdanken.«

Ein unbeschreibliches Glücksgefühl durchströmte sie und ihr Herz schlug so heftig, dass sie das Gefühl hatte, es würde jeden Moment aus der Brust springen. Niemals hätte sie es für möglich gehalten, dass ihre Wünsche sich erfüllen würden. All das Leid, die Trauer und Entbehrung in ihrem Leben waren mit einem Schlag nicht mehr wichtig. In diesem Augenblick gab es nur noch Liam.

»Oh, wie romantisch«, ertönte eine helle Stimme hinter ihnen. Hope hatte ihre Geisterfreunde ganz vergessen. »Das ist mit Abstand das Schönste, was ich jemals erlebt habe«, schwärmte Trudy weiter. Ihre Erscheinung waberte und sie wischte sich eilig ein paar Tränen unter den Augen weg.

»Da muss ich dir recht geben«, stimmte Jim ihr zu, während er liebevoll einen Arm um sie legte.

Bei dem Anblick der beiden lächelte Hope. Sie hatte schon immer gewusst, dass Trudy und Jim füreinander bestimmt waren.

»Lasst uns nach Hause gehen. Ich habe riesigen Hunger«, schlug Liam vor. Ihre Hand ließ er dabei keine Sekunde los.

»Das kann ich mir vorstellen. Was willst du essen?«, fragte Hope lachend.

Nachdenklich fuhr er sich durch die Haare. »Mh ... mal überlegen. Pizza, Schokolade, Tortillas und Eis.« Ein freches Grinsen erschien auf seinem Gesicht und er zwinkerte ihr verführerisch zu. »Und für die Nachspeise fällt mir sicher auch was ein.«

Bei seinen Worten schoss Hitze in ihre Wangen, doch sie erwiderte sein Grinsen.

»Da hast du aber Glück, dass dir die Salzlinie jetzt nichts mehr ausmacht«, hauchte sie, zog ihn an sich und legte ihre Lippen auf seine.

Epilog

Die langen Grashalme kitzelten zwischen ihren nackten Zehen und Hope streckte die Beine aus. Es war ein wunderschöner Spätsommertag und die Sonnenstrahlen wärmten ihre Haut. Sie seufzte glücklich. Mit niemandem auf der Welt würde sie jetzt tauschen wollen.

Lächelnd wandte sich Hope zur Seite. Immer noch konnte sie kaum glauben, dass sie tatsächlich hier waren, mitten in der Blumenwiese im Park.

Mit ausgestreckten Beinen lag Liam neben ihr auf dem Rücken, einen Arm unter den Kopf gelegt, die Augen geschlossen. Seine Brust hob und senkte sich im gleichmäßigen Rhythmus seiner Atmung.

Hope unterdrückte das dringende Bedürfnis, sich auf ihn zu stürzen. Seit er ein Mensch war, konnten sie kaum die Finger voneinander lassen. Sie biss sich auf die Unterlippe. Ach, scheiß auf die Zurückhaltung. Damit beugte sie sich über ihn und überschüttete sein Gesicht mit Küssen.

Überrascht riss Liam die Augen auf und sofort breitete sich ein schelmisches Grinsen auf seinen Lippen aus. »Wenn ich gewusst hätte, wie gierig du bist, wäre ich schon viel früher ins Licht gegangen.«

»Haha«, erwiderte Hope grinsend. »Aber wenn du das nicht magst ...« Damit zog sie sich zurück und ließ sich rücklings in die Wiese fallen.

Empört sah er sie an. »Hey, so war das nicht gemeint.« Liam schlang einen Arm um ihre Taille und zog sie so schnell auf sich, dass Hope vor Schreck aufkeuchte. Ein heißer Schauer breitete sich über ihren Körper aus, als sie seinen Herzschlag an der Brust spürte.

»Na gut, Mr. Ex-Geist, Sie haben es nicht anders gewollt.« Damit versanken sie in einem leidenschaftlichen Kuss.

»Hey, sucht euch ein Zimmer«, ertönte plötzlich eine tiefe Stimme.

Lachend lösten sich die beiden voneinander und begrüßten Jim, der mit Trudy im Arm auf sie zu schwebte.

»Da spricht doch nur der Neid«, erwiderte Liam und grinste. Seit seiner Rückkehr konnte er, genau wie Hope, Geister sehen. Das hatte sicher etwas mit seinem Tod zu tun. Für ihn war das von großem Vorteil, denn so war es ihm nicht nur möglich, weiterhin mit seinen Freunden zu sprechen, sondern auch im Bestattungsinstitut zu helfen. Hopes Großvater hatte den Lebensretter seiner Enkelin sofort willkommen geheißen und ihm einen Job angeboten, den Liam dankbar angenommen hatte.

»Pah, als ob wir neidisch wären«, antwortete Jim und wandte sich an Trudy. »Das können wir doch viel besser.« Er warf ihr einen heißblütigen Blick zu, schwang sie vor sich in seinen Arm und küsste sie stürmisch.

Die Geisterblondine quiekte, gab sich dann aber seufzend seinem Kuss hin.

»Oh, wie romantisch«, entfuhr es Hope mit einem Lachen.

Sie freute sich für die beiden Geister. Nach so vielen Jahren hatten sie endlich eingesehen, dass sie füreinander bestimmt waren. Dafür hatte es nur einen Kommentar von Liam gebraucht.

»Und?«, fragte Trudy, nachdem sie sich von Jim gelöst hatte. Ihre Wangen glühten blassrosa und sie strich sich verlegen die Haare aus dem Gesicht. »Was habt ihr beiden heute noch vor?«

Hope sah hinüber zu Liam und ergriff seine Hand. »Wir gehen ins Freibad. Ich möchte doch sehen, ob er überhaupt schwimmen kann.«

Lachend schüttelte er den Kopf. »Ganz schön frech für jemanden, den ich erst überreden musste, auf den Balkon zu gehen.« Bevor Hope dazu kam zu antworten, zog er sie schnell an sich und küsste sie auf die Nasenspitze. »Aber ich bin froh, dass du es getan hast.«

»Ich auch«, antwortete sie glücklich und legte ihre Lippen auf seine.

ENDE

Mein Schlusswort

Ein Buch zu schreiben ist immer ein gemeinsames Projekt vieler Menschen.

Obwohl ich mir dessen bewusst bin, war ich erneut völlig überwältigt, wie viel Unterstützung ich bei der Entstehung von *Behind the salt line* erhalten habe.

Angefangen mit meinen Kindern, die leise an mir vorbeigeschlichen sind, wenn ich gerade im Schreib-Flow war, oder mir bei besonders emotionalen Szenen tröstend ein Taschentuch gereicht haben.

Ebenso mein Mann, der sich stundenlang mit mir über Liams früheres Leben und Hopes Entscheidung unterhalten hat. Der mir Kraft gegeben hat, als ich mich dazu entschloss, einen Teil der Kapitel umzuschreiben, und mir zu jeder Tages- und Nachtzeit seine starke Schulter zum Anlehnen geboten hat, wenn der Laptop mal wieder gemein zu mir war.

Irgendwann war das Manuskript fertig und meine Testleser positionierten sich am Start. Mutig wie eh und je sagten sie ihre ehrliche Meinung und als mir das kleine Wort Überarbeitung nach unzähligen

Durchgängen (das Leid eines Perfektionisten) ein irres Lachen entlockte, kam der nächste Schritt, das Lektorat.

Die Zeit des Wartens war besonders für mein Umfeld eine Zumutung, da ich als nervöses, schlafloses Monster durch den Tag geschlichen bin. Doch schließlich durfte ich aufatmen und alles war nur halb so schlimm. Das Lektorat hat mir unglaublichen Spaß gemacht, was natürlich zum großen Teil der hervorragenden Arbeit meiner lieben Lektorin zu verdanken ist.

Nun brauchte die Geschichte noch ein Gesicht. Voller Vertrauen habe ich mein Buch an meine Coverexpertin gegeben, die wieder einmal gezeigt hat, wie man eine Story mit einem einzigen Bild perfekt zum Leben erwecken kann.

All diesen wunderbaren Menschen möchte ich für ihre Hilfe und Unterstützung danken. Ohne sie wäre *Behind the salt line* nicht das, was es jetzt ist.

Zu guter Letzt danke ich euch, liebe Leser*innen. Dafür, dass ihr Hope und Liam auf ihrem nicht immer leichten Weg begleitet habt.

Ich hoffe, ihr hattet eine wunderbare Zeit beim Lesen und *Behind the salt line* hat euch genauso tief berührt wie mich.

Alles Liebe,
Eure Veronica

Triggerwarnung

Dieses Buch enthält Elemente, die triggern
können. Diese sind:

Tod, Verlust, Suizid, Erbrechen

*»Wissen deine Eltern, dass du
dich mit mir triffst?«
»Nein. Und das dürfen sie auch niemals.«*

Die siebzehnjährige Lexy ist nicht begeis-tert von dem Umzug aufs Land. Als sie auf einem Wander-ausflug den charmanten Kai trifft, sind ihre Sorgen allerdings schnell vergessen. Er fasziniert sie mit seiner geheimnisvollen Art und sie kann es nicht erwarten, ihn wiederzusehen.

Aber dann taucht ein verletzter Wolf in Lexys Garten auf und sie erkennt, dass in allen Legenden ein wahrer Kern steckt.

Vom ersten Moment an fühlt Kai sich zu der hübschen und unbeschwerten Lexy hingezogen, doch als Gestaltwandler darf er sich auf keinen Fall mit ihr einlassen. Kai muss sich an die Regeln seiner Familie halten und gegen seine Gefühle an-kämpfen, denn tut er es nicht, droht nicht nur seine Welt zu zerbrechen.

FSC
www.fsc.org
MIX
Papier | Fördert
gute Waldnutzung
FSC® C083411

Zeitfracht Medien GmbH
Ferdinand-Jühlke-Straße 7
99095 Erfurt, Deutschland
produktsicherheit@kolibri360.de